双身记

一部虔诚的小说

新编增补版

[塞尔维亚] 米洛拉德·帕维奇 著　张叔强 叶逢 译

上海译文出版社

献给雅丝米娜·米哈伊洛维奇

本书的作者是虚构的，其他人物大多确有其人。书中多次提到的圣母马利亚之泉位于圣母马利亚故居不远的地方，在以弗所城中，现土耳其境内。故事中的戒指也确实存在。我们在友人家中见过。戒指会根据戴戒指人的身体状况变换颜色。小说中提到的两位作家也是实实在在的历史人物——加伏列尔·斯蒂芳诺维奇·凡茨洛维奇（约1680—约1749）和扎哈里亚·奥弗林（1726—1784）。一位住在圣安德烈，在匈牙利境内；另一位在威尼斯生活过一段时间。本书中提及并引用了他们的著作，这些著作流传至今仍可读到。在1772年，威尼斯印刷业主和出版人蒂奥道西出版了奥弗林撰写的巨作《俄国沙皇彼得大帝传记》，今天读来仍是一部激动人心的小说。这部著作当时是世界上装帧最精致的一部书籍。亚历山大·普希金的图书收藏中包括此书，他仔细阅读过这部书。十八世纪的威尼斯也确实有过一座有名的孤儿院，收养身患不治之症的病儿。总而言之，书中的许多人物当时都确有其人，例如音乐家扎贝塔，又如十八世纪威尼斯的宗教裁判官克里斯朵夫洛·克里斯朵夫利，但是他们的命运已失落在时间的阴影中。这里讲述的是为他们重新构思的命运。

双 身 记

慢活早死，
快活晚死。

——引自一件 T 恤衫上的话

目　录

第一部

ΣΥ ΣΟΦΙΗΣ ΤΕ ΧΑΡΙΤΟΣ ΥΠΑΡΧΟΥΣΑ. ΠΟΤΙΖΟΝ ΠΑΝΤΑΣ ΤΟΥΣ ΕΙΣ ΣΕ ΠΡΟΣΤΡΕΧΟΝΤΑΣ.

第一章

来自以弗所^①的三股智慧之泉

一辆漂亮的黄色公交车，日本政府的赠品，在贝尔格莱德的街道上来回行驶。车上有一只手机发出信号，是莫扎特的音乐。一位中年妇女赶紧开始在提包和口袋中摸索。她戴着一顶羊羔皮帽，拳曲的羊毛与她乌黑的头发配合得天衣无缝。手机不知在哪里，又在喊人接电话。再次传来莫扎特的音乐，音乐来自站在妇人身边一个男孩的口袋里。

——是我的手机在你的口袋里响——丽莎·斯威夫特说（说话的便是她），带一点外国口音。

——看你说的！——男孩气鼓鼓地回她一句，恰好从他口袋里又传出莫扎特的音乐。

——要是你的手机，先生，你为什么不接电话呢？——丽莎嘲讽地问，用同样的奇怪口音。

男孩子犹豫片刻，好像在等候着什么。公交车正在减速，快要到特拉兹耶广场^②了，等车子一停，男孩就从口袋里掏出女式诺基亚手机回话：

——喂！谁啊？

他随即下车，把手机递给丽莎说：

——找你，你丈夫打来的！

3

双身记

　　丽莎尖叫一声，说的像是外国话。在车子启动前的最后一刻，她蹿出车门接过手机，慌慌张张地对着手机大声喊叫："喂！"那一头无人答话。

　　来电话的当然不可能是我，她的丈夫，因为四十天前我已经在罗斯福街五十号贝尔格莱德公墓③下葬入土。

　　　　　　＊　　　　　　＊　　　　　　＊

　　服丧几周后，伊丽莎白·斯威夫特，我的妻子，应该说我的寡妇，举办了一场纪念仪式。随后她去柯斯马依山④脚的巴贝村。那儿有我老家的一栋房子，我在那儿的产业得由她办理一些法律手续。她正在房子前面的门廊上用早餐，门廊窗框中的小块玻璃五光十色。我们俩共同生活的种种回忆在她脑中闪现。首先再现的是我们相识和结婚时不同寻常的情景。

　　所有这一切是这样发生的。

　　首先，我得说明我已经到了那把年纪，大家知道，那把年纪的老人年年会有不好过的日子。我那些不好过的日子在生日前后。那几天，我又变成一个娃娃，脑子里想事情跟逮苍蝇一样。在那些不好过的日子里，一天我打开电子邮件，看到有封

---

　　①　以弗所位于爱琴海东岸，是土耳其境内一个重要的古希腊遗址。
　　②　贝尔格莱德市中心的广场。
　　③　米洛拉德·帕维奇于 2009 年 11 月 30 日逝世，12 月 3 日安葬在这个公墓里。
　　④　柯斯马依山位于贝尔格莱德市东南约四十公里。

来信，像是女人自荐求欢的那种信。对此我已经习以为常。信上署名的是一个名叫伊丽莎白·斯威夫特的人，我从来没听说过这个人。她还加上了她的电邮地址。斯威夫特小姐写道：

> 嗨！
>
> 我想我们很久以前通过信。如果你没有与我通过信，我向你道歉。要是确实是你，我那时没法回信，因为我电脑上的 Mozilla 软件管邮件的部分出了问题，好长时间通不了，朋友中没人会修，帮不上忙，所以我已经没有你的地址了。
>
> 我希望你，跟我通过信的人，还有意思，尽管从那时起已经过了很久。
>
> 我真的不知该从何说起。
>
> 或许你现在能给我介绍一点你的情况。我丢失我们以前那些信已经有一段时间了。你现在是什么模样，多大年纪，有什么业余爱好，是否还在寻找？
>
> 要是你真是我写信要找的人，而且有意进一步了解我，我有一份简历在网上，http：//ermo.org.
>
> 我现在确实不知道还有别的什么可说，希望你的地址没错。有意思的话，告诉我。但愿你看到我的照片不会逃之夭夭。
>
> 再见。
>
> > 你忠实的读者
> > 伊丽莎白·伊摩拉·斯威夫特

　　读完信，我就把这事忘了，无非是以作家留给女读者的那副笑脸一笑了之。可是丽莎·伊摩拉·斯威夫特没有忘记。没过多久，她就现身在我的人生之中。

　　你要是一位作家，也许你就知道，有些女读者会醉心于你在故事中描述的脉脉深情，有些男读者会被你引入小说的境界，流连忘返长达月余，而他们的花费不过几百第纳尔①，这些读者会送你一份小小的礼品。论表面价值，他们的礼品全是小意思，但是它们有巨大的虚拟价值。多年来，我积累了各种各样的礼品：一座守护家宅的俄罗斯彩色石像、希腊念珠、玻璃弯刀、瓶装的格鲁吉亚科涅克酒、一幅可折叠的神像画、一位法国读者的烟斗（我不用那个烟斗，因为别人的烟斗是抽不得的）、一盒优质哈瓦那雪茄等等。雪茄，我倒是美美地享受了一番，虽然我知道南美洲女人是在她们丰腴的大腿上把烟叶揉搓成雪茄的。

　　收信之后，我就忘了。过了六个月，斯威夫特小姐再次与我联系，问能不能见个面，她有一件礼物要给我。她人在贝尔格莱德。我们在彼得大帝街上一家名为"怎么样？"的咖啡馆会面。丽莎·伊摩拉·斯威夫特实际比我预料的年轻，一副有条不紊的样子。她在事业上很有成就，家庭背景也同样出色。她的眼睛用黑线勾描，看上去好像镶嵌着洁白的石英、水晶和松香，与古埃及第四王朝②那些著名雕像的化妆十分相像。论

---

① 塞尔维亚的货币单位。
② 古埃及第四王朝大约在公元前 2613 至前 2494 年之间，是古埃及文明的辉煌期。

她的专业，这不可能是巧合。她的真实名字可真是拗口不好说：阿玛瓦·阿佐格·艾乌洛伊亚·伊哈-斯威夫特。伊摩拉是她的别名，伊丽莎白则是她的名字。她母亲世出阿拉贡①贵族伊哈世家。从母亲那儿，丽莎继承了捧起书本就打瞌睡的习惯。她的祖父来自英格兰。在英格兰的时候，他有一天灵机一动买下了剧院中皇家包厢边上的包厢。有种人上剧场要让人看到自己坐在皇家包厢边上，他就把那个包厢出租给那种人，赚了大钱。从她的男性祖先身上，丽莎得知她的生活、行动和人际关系可以像园林一样由她自己安排，恰如一座果园，可以按照她的设计栽培、灌溉以至嫁接……

　　我当时听她说这些，知道她是一位考古学家，我还以为她是对我的历史研究感兴趣。实际不是那么回事。她在桌子上放下一堆我写的小说要我签名。这才是她来的原因。

　　她有时去土耳其挖掘古城遗迹。从那儿，她给我带来了一件礼物。我以为那个小瓶里装的是小亚细亚的什么香油，打开瓶子嗅一下却闻不出香味。我的那位读者哈哈大笑。

　　——那是水——她说——是给你喝的。

　　瓶子里真的是水。我喝下瓶子里的水，然后听她讲那瓶水的故事。那个故事确实值得一听。

　　——以弗所是小亚细亚的一座古城，在爱琴海岸边——伊丽莎白告诉我——它是一个有名的海港。许多世纪以来，商队的货物在那儿转到船上运过浩瀚的大海。大家知道那座古城长

---

　　① 西班牙的东北部。

期以来还是朝拜几位"众神之母"的圣地。那儿最早有一座供奉吉佩拉①的神殿。她是弗里吉亚②众神和大自然的母亲。神殿被毁之后，留下的石头被用来修建希腊女神阿耳特弥斯③的神庙。阿耳特弥斯是永远贞洁的女神、大自然和儿童的保护者。就是在这座以弗所城里，圣母结束她在这个世界上的生命。《约翰福音》（19章25至27节）说：

> "站在耶稣十字架旁边的，有他母亲和他母亲的姐妹，并革罗罢的妻子马利亚和抹大拉的马利亚。耶稣见母亲和他所爱的那位门徒站在旁边，就对他母亲说：'母亲，看你的儿子。'又对那门徒说：'看你的母亲。'从此那门徒就接她到自己家里去了。"

那就是事情的经过。基督遇难复活之后，他的母亲圣母马利亚和他的门徒约翰，即见证这番经历的圣徒，一起到了以弗所，在那儿住下。他们在这个世界上的生命在那儿告终。后来在阿耳特弥斯神庙的地基上，利用先前那座神庙的石材修建了一座教堂，以后盖了一座大教堂。它的遗迹留存至今。穆斯林在同一地点盖了一座清真寺。这是一座世上罕见的没有光塔的

---

① 吉佩拉是弗里吉亚文明中的主要女神。
② 弗里吉亚是公元前1200至前700年间小亚细亚的一个文明区域，位于现土耳其中部。
③ 阿耳特弥斯是古希腊神话中宙斯的女儿。供奉阿耳特弥斯的以弗所神殿毁于401年。

清真寺。这座清真寺同样只保留"女性"特征，因为光塔显示阳刚之力冲天勃发，而拱顶则象征奉献给星辰和月亮的乳房。就这样，"众神之母"的石材从上一位女神传给下一位，延续千百万年之久。

然而丽莎的故事到此并没有结束。一位德国修女，安娜·卡特丽娜·埃穆里克①，在十九世纪某一天梦见以弗所。她从来没有亲眼见过这座城，却在梦中看到圣母马利亚的屋子埋在地下的确切位置。就是在这栋房子里，圣母度过她在这个世界上的最后一年。那位修女出版了一本书讲述她的梦。根据她的书，遣使会教士在她指明的地点发掘出她在梦中见到的屋子，大家便相信那是圣母住过的屋子，是圣母向以弗所居民显示她本人的屋子。她的屋子有个厨房，厨房后边是一间卧室。屋子旁边有一股具有神奇功能的泉水，大家称之为"圣母泉"。泉水分三个出水眼，各有一个精心堆砌的石头壁龛，三股泉水各有各的秘密。据说，其中的一股泉水赐予饮者健康，另一股赐予幸福，第三股赐予爱情。但是传说中没有说明哪个泉眼会带来幸福，哪个会赐予健康，哪个奉送爱情。三股泉水都喝是不管用的，因为只有第一口解渴的水才有效应。

丽莎喝了中间的那股泉水，又在左边的泉眼接了一小瓶水带来给我作礼物。不过这还不是故事的结尾。往瓶里灌水的时候，她注意到有张纸条塞在两块石头中间。她想更多了解泉水

---

① 德国修女安娜·卡特丽娜·埃穆里克（1774—1824）见到圣母住房的幻象。她的故事经人整理后于1852年出版。按她书中的线索，一名法国教士在1881年断定圣母马利亚故居在以弗所的位置。

的秘密，便把纸条抽出来读。纸条上有一个数字，像是一条
密码：

Sorriso di Kebela：*1266*

她感到有些失望，把小瓶卷在纸条中走开了。

由于工作的需要，她要路过慕尼黑，在凯宾斯基四季酒店
住几个晚上。她决定好好享受一番。她的早餐是香槟和草莓。
午餐在一家饭店吃，店里坐满俄罗斯来的女士和夫妇们。饭店
的告示上写着：早餐供应到下午四点。

DAS FRUHSTUCK BIS ZUM 16 UHR WIER SERVEN!

午饭后，她去美术馆参观最早的计算机和馆藏的坐椅。在
道尔梅厄百货公司买了一种由几种茶叶混合配制的茶，名为
"雪花华尔兹"。晚饭吃的是牡蛎。为了将来的婚事，她买了
一对茶杯，杯子挺大，质地轻巧，薄得透光。回酒店的时候，
她觉得累了，但是很开心。在凯宾斯基酒店顶层的游泳池里，
游了四五个来回之后下楼回房间。她看到桌子上放着一张酒店
的卡片，预报明天的天气，卡片背后开列着酒店可以提供的各
种美梦：多达六种枕头可按客人的要求当晚送到房间。酒店备
有普通的羊毛芯枕头，二十一世纪的杰作抗过敏枕头，还有马
鬃芯枕头，鸭绒枕头，各种款式新颖的圆筒枕以及野猪鬃芯的
靠垫。在四季大酒店，客人可以挑选在哪种枕头上享受"晚

安"，可以选择入睡后做什么样的美梦。你几乎能预定你的美梦，法兰西式的、俄罗斯式的、英吉利式的、阿拉伯式的或者希腊式的。我那位女友挑中一个野猪鬃芯的靠垫，因为她喜欢结结实实的枕头。不知道是枕头的缘故，还是因为以弗所一游留下新鲜的印象，她梦见爱琴海里注满昨天的寒雨，然后她梦见自己在圣母泉边喝水，在右边的出水口喝。醒来以后，她思量着要是在梦中尝遍三股泉水，自己也许能分辨出哪一股水会带来幸福，哪一股会带来爱情，哪一股会带来健康。她想要再次梦见以弗所的圣母泉，所以第二天晚上要了另一个枕头。这次，她要的是马鬃芯的枕头。但是不管用。那天晚上她没有梦见以弗所的泉水。下一个晚上也没有梦到，虽然她又换了个枕头。她的朝拜因此在德国某地告终，结束在一只沉甸甸的羊毛靠垫上。

上路前，丽莎决定走贝尔格莱德，把她的礼品交给我——那一小瓶以弗所的泉水。给我的时候，她提醒我留心，有神奇效应的圣母泉分流三股，除了为人造福以外，还给人一条告诫。

——伟大的大自然母亲通过泉水向我们显示她的一条秘密。水是永恒的、英明的——丽莎的故事讲完了——它告诉我们的真理，我们不屑接受，恰如我们不屑接受其他的启迪：

你的幸福未必总是伴随着你的健康或者爱情。

事情就是这样开始的。说起她在互联网上的冒昧来信，我

11

们笑了好一阵子。不到半年，我们就结婚了，虽然我觉得她爱我的作品甚于我本人。

我们一起度过的第一个晚上，她给我唱她最喜爱的歌，"让我们一起倒数直到一"……她吻着我的颈项，问我：

——你能解读亲吻吗？吻好比情书，可以读也可以不打开就扔掉。一个亲吻，它的意思可以是你好！或着是晚安、永别、早安！它表示再见，带来背叛、死亡或者疾病。它的意思是欢迎、别忘了我，或者一路顺风！亲吻预报欢乐或者厄运。通过一个亲吻，我们两个身体之中的一个由此达彼。

我回答说，我已经解读她写在我颈上的信，虽然那是一封用英语写的信。我领她上床。

第二章

活石头的戒指

巴黎有一个广场可说是欧洲最著名的珠宝商场。旺多姆广场的中心有一座纪念碑，广场的历史错综复杂，没人记得清。我想写下旺多姆广场的历史，列出改变广场面貌和命运的重要日子有二十来个之多。环绕广场的是世界上最负盛名的珠宝店。店家的橱窗很小，宛如一个个项链盒子，欧洲大陆上最珍贵的宝石从早到晚在橱窗里熠熠闪烁。天黑以后，珠宝就全部消失在铁杆和钢帘的后面。

你打塞纳河那边穿过广场，拐角左边那一家店是卡地亚。你先按门铃，等候一个衣着笔挺的年轻男士出门来询问你想看看什么首饰。六月间一个上午，一对游客踱进那家珠宝店。女客用带英语口音的法语告诉接待他们的男士，她想看看戒指。珠宝店底层的小橱窗里有项链、颈饰和戒指，但是那个年轻男士没让客人看。他瞥了一眼，便把客人打量清楚送上楼，由资历更深的上司出面接待。那位女客头戴一顶黑缎帽子，身披一件极薄的阿尔伯特·菲尔蒂毛皮大衣，脚穿萨尔瓦托勒·菲拉格莫皮鞋。这一身衣着为她鲜红的指甲——法拉利跑车那种红色——和她同样色调的嘴唇提供高雅的陪衬。她的脖子上围着四圈珍珠。男伴没戴帽子，穿一件芬迪大衣，下颌下面系的不是领带，而是一枚饰扣。年轻男士虽然懂行，居然估不出价来，他不知道这枚饰扣的价值也不知道它来自何处。客人踏上环形楼梯的时候，年轻男子给楼上的那几位发出一个难以觉察的信号，通知他们有顾客上楼，他的差使就算完了。

就这样，我和我的妻子丽莎·斯威夫特开始寻觅一枚宝石戒指，它将标志我们的生存，也将标志我们的死亡。

二楼很宽敞，一扇扇拱形的窗户安装在凹入墙壁的部位之中，俯视旺多姆广场。凹入墙壁的每个位置上有一张桌子和两把给顾客坐的扶手椅。客人一边的座位对着窗，看得见旺多姆广场。有人请我们坐下稍等片刻。安纳特·阿西斯小姐，卡地亚珠宝专家，马上会有时间来接待我们。我们坐下观望着广场，而不是打量陈列在四周的首饰。我们的举止似乎不同寻常。坐在我们边上的两位男士隔着桌子在低声交谈。年龄大的那位一只脚在桌子下边不停移动，仿佛在地板上写字。我们感觉得到，他表面镇定，心里却非常紧张。

丽莎决定由她做主。她毫不犹豫地说，此时此地要办的事该由女人谈，不该由男人谈。这就意味着，尽管她的法语无法跟我相比，该由她用她带英语腔调的法语说明我们的来意。实际上，我在巴黎为丽莎充当法语活词典的次数越来越频繁。

——你说话总是太啰嗦，讲完一句又讲一句。现在没人讲话用完整的句子。给几个提示就够了。提示中间停顿一下，对方自己加进意思，像发短信一样。现在是二十一世纪了，大家要省事。在这方面我比你强。而且我们已经听他说了，桌子那边会是个女的，我跟她说比你跟她说双方理解更快。

　　正说着，安纳特小姐到了。她人过中年，体态发福，皮肤黝黑，眉宇间精力充沛，她那双眼睛见过金字塔的次数当然超过我们。她的身材像威伦道夫的维纳斯一样丰满[①]，头型却像米罗的维纳斯[②]一般端庄。她在我们对面的椅子上坐下，双臂交叉在胸前，胳膊上的两个手镯，一点也不显眼。

　　——你们想要看点什么？——她问。在接待我们的全过程中，她第一次，也是最后一次，露出笑容。那副笑容比她的实际年龄至少年轻十岁，似乎是借来的欢颜。在这个地方，笑颜贵如珍宝。

　　——要一枚戒指——丽莎脱口而出，手指点着我。

　　——不好意思——安纳特小姐低声对丽莎说——你们做爱的时候，他取下戒指吗？

　　——取下。

　　——那就好办。

　　安纳特小姐伸出一条胳臂，挥手划一个大大的圈子，接着说：

　　——尽你挑选！这里随便哪一只戒指在你家里都会显得更漂亮，至少好看十倍，而且比在这里显得更昂贵！

　　——我可是已经选定了！

　　——？

　　——我在朋友家见过这戒指。她告诉我们是在卡地亚店里

---

①　在奥地利威伦道夫出土的一尊旧石器时代石雕女像，有夸张的乳房和臀部。
②　在希腊米罗岛上出土的古希腊石雕女像。

15

买的，所以我们来看看能不能在这里买到同样的戒指。这是一枚石头戒指，只带一道不宽的金环。

——你说是在我们这儿买的？你仔细说说是什么样子？

——那个戒指有人体感应，说是一种"生理指环"，用"活石头"制作的，说不准是哪种石头。

——有人体感应？请你用英语解释一下，行吗？

两位女士换讲英语了。安纳特小姐讲英语跟法语一样流利，但是她的口气仍然保持同样的距离，好像要远远避开滋滋作响的油锅。

——意思说戒指会变颜色——丽莎说——你们有没有这样的戒指出售？

——你说戒指会变颜色？怎么个变法？

——很简单。根据活人发出的生理能量，戒指会显示你的生理状态和情绪。

——你说的一定是我们1977年开始出售的那种指环，名为"情绪"的指环，用液晶制作的。

——不是。是一枚石头戒指，它的功能基于我们人体发射超短波这个原理。

——真有那样的功能？

——一点不假。我们试过，不过结果总是有点出乎意料。如果戒指在你手指上变成红色，那就表示你幸福。蓝色表示你在恋爱。如果变成绿色，你身体健康。

——就这三种颜色？

——不对，还有第四种。要是变成黑色，那意思是它无所表示，它关闭了，不接收信息。我丈夫就是这样。他一次又一次把戒指套在手指上，可是不起作用。指环总是黑的，什么都不显示。跟香水一样，这戒指在我丈夫身上不起作用。

——对不起，你说的是？——安纳特小姐说，拿不准自己是否确实听懂了我妻子的话。她接着问：

——我不太懂。你说要给你丈夫买一只这样的指环，但是你刚才断言指环不会对他的肌体有所反应。

——那有什么可奇怪的，亲爱的女士？我们正在寻找这样的戒指，找一枚会在他手上有所反应的戒指。

——真是太有意思了，太太……可惜我们店里，我想，没有这样的戒指出售。不过请你耐心等一会儿，我去查一下。

安纳特小姐站起身来走开了。

——想不到——等留下我们两个以后，丽莎轻声地说——看来我们白走一趟。是有人搞错了，说是卡地亚的产品。

安纳特小姐回来了，带来更多的问题。

——确实没有，我可以给你最终的答复——我们不生产，也从来没有生产过这种戒指。但是，太太，请你告诉我，你那位朋友是在哪里买到的？谢谢你了。你能给她打个电话吗？我们的电话随你用，只管用就是了！

丽莎从提包里取出她的诺基亚手机，发了一条短信。过了一会儿，手机传出波浪的声音。丽莎读了回话，向我们传达。

——那个戒指是别人给我朋友的礼物，来自德国。

听她一说，这番谈话就算到头了。安纳特小姐送我们出店，一边说要是我们能提供更多有关"石头戒指"的信息，她

17

会不胜感激。我们走到附近的丽思大酒店，酒店平台上供应咖啡，有五种咖啡可选。丽莎要了一杯印度咖啡，我选了南非的。丽思是世界最享盛名的酒店之一，我们用手机拍摄酒店里无可挑剔的花园，在那儿消磨掉下午剩余的时间。

一边喝着佩里埃矿泉水，一边喝着咖啡，丽莎在丽思酒店平台上就表示她不甘心白走这一趟。我们见过她朋友有这样一枚戒指。丽莎给那个朋友打了电话，问她要送她戒指那个人的地址。

一个月以后，我的手指戴上一枚"石头戒指"。丽莎的朋友告诉我们那个人的地址，丽莎跟那个在德国的人联系上了。想不到发现戒指的女人是我以前的学生。她给我和丽莎寄来了我们以前见过但是在巴黎没找到的戒指。寄来的戒指装在细纱布的小袋子里。袋子里有张纸条说明每种颜色的含义。那些我们都知道，也试过。丽莎高兴得不得了，亲手把戒指套在我的手指上。结果却令人大失所望。在我的手指上，这枚戒指显示的也是黑色。它没有变换色彩，也没有其他任何显示。

随戒指一起收到的说明书中写道，要是戒指变成黑色，

黑色——无所奉告……

第三章

魔　诀

我记得很清楚，九月里那一天我们坐在树林中一条毯子上。

那是秋天，森林变颜色的季节。难以捉摸的思绪掠过我的内心深处，像朵朵浮云拂过水面上半明半暗的夜空。我，好像是荒岛上的鲁滨孙，坐在自己的影子上，坐在柯斯马依山脚巴贝村附近一片草地中的毯子上。我头上的山坡上有一座1943年留下的德军碉堡，完全隐蔽在灌木和小杉树丛中。我的身边是我的妻子丽莎·斯威夫特和我的老同学蒂奥多·伊里奇·契息亚。有趣的是他和一位十八世纪的画家同名同姓①。蒂奥多正在盯着丽莎看。男人打量她的眼光，她已经见多不怪。有一次她为我准确地描绘过那种眼光，那是一种介于给女人做妇科检查和给纯种母马估价两者之间的眼光。

我认识蒂奥多的时候，他父亲在巴贝村有个铁匠铺。儿子蒂奥多像铁砧一般壮实，挣来的钱按庄稼人的规矩分"女人钱"（来自家禽、牛奶、乳酪、鸡蛋和蔬菜的收入）和"男人钱"（来自马、麦子、烧酒和鱼的收入）。蒂奥多过日子不靠女人钱也不靠男人钱。据说他情场失意后去意大利跟姑妈住，后来的信是从巴黎寄来的。他最后回到老家，在巴贝村继承祖父

19

和父亲的行当，经营了一段时间铁匠铺。我们分别整整十年之后终于相会，现在正坐在一起。我刚把他介绍给我的妻子。好长时间以来我们第一次有机会谈天，她在场一点不碍我们的事。我们谈着，她在一旁奇怪地看着。我们谈得兴高采烈的事，她基本听不懂，她还在学我们的语言。

我先问他在干什么营生，因为他的铁匠铺子早就关门了。他说他在做买卖。

——你做什么买卖？

——我买卖诗歌。

——你写诗？

——哪里，我才不写呢！

——那么，你印刷诗歌集子？

——也不干那事。我卖口传的诗歌。

——你说的口传诗歌是什么意思？你弹古斯里琴②?

——古斯里是什么意思？——丽莎听不懂，开口问。

——不容易解释——我这样向她解释。现在轮到蒂奥多给我们俩作解释：

——我在意大利从一个远房堂姐那儿继承了好几句诗。天知道是谁传给她的。

——几句诗够你过日子？

——够了，因为每一句都贵比黄金。在意大利的家庭中，

---

① 此处提到的是一位同名同姓的塞尔维亚巴洛克风格画家（1742—1793），作品以宗教题材为主。

② 古斯里是斯拉夫行吟歌手伴唱用的一种拨弦琴。

父亲临终前会分一部分诗歌给每个儿子（像《圣经》一样），
或者给女儿留下一句诗作嫁妆，像船锚一样。

——它们是什么样的诗价值黄金？——丽莎加入我们的谈
话——莎士比亚那些没有付印的诗？

——不是，不是那种诗。口传的诗歌更古老，古老得多。
口头相传，像民谣一样。

——那些诗是什么语言？——我问。

——那我就不知道了，我可以告诉你，那些诗我一点都不
懂。语言总是比诗歌更古老。

——等等，等一下——丽莎打断我们——你们说的，我一点
都听不懂。说慢点。

虽然我们换用英语，但是我也听不懂，所以我问：

——听不懂的诗管什么用？

——你们说英语，我还是听不懂——丽莎又一次打断我们
的话——那意思是不是说，就是买主，比如是我，也不能理解
你这些诗，蒂奥多？

——听不懂的诗我买来干吗？——我问他。

——不用你懂，重要的是你老婆会懂。打个比方，这边丽
莎会懂。我讲的那种诗有实实在在的用处。白天值得，晚上更
值得。你花点钱，我也能让你有一句。

——我要它干什么用？

——那种诗，男人都需要。女人也大有用处。

——到底干什么用？——丽莎想知道。

——念诗的时候，嘴里舌头翻转，女人感到痛快，高潮就

来了。

　　——等等，等等——丽莎又在大叫——他在说什么？

　　——女的同样能让男人痛快？——我的全部注意力被吸引住了。

　　——对，我给你说了，不过我自己没试过。

　　——有女人买你的诗吗？——丽莎在打听。

　　——有，但不如男的多。

　　——女的你要价多少？——我问。

　　——稍许便宜一点，我给你也同样便宜一点。

　　——即使我不是女人？

　　——你不是女人，但你是老同学，而且你有老婆。

　　听了这话，丽莎抱住我，在我耳边轻声说：

　　——给我买一句，请你买了吧。给我买一句！

　　——打了折，还要我多少钱？

　　——要花你两千欧元。

　　——两千欧元一句诗？

　　——对啊。想想它会给你带来什么，不算贵。再说，那是给你的价，我说了的。给别人的价钱还要高呢。你买还是不买？

　　——我不买，多谢你了。你是我的老同学。这句神奇的诗你可以免费给我，低声在我耳边说一下就是了！

　　——没这种好事，别做梦了。

　　——你说实话，你是在开玩笑。

　　——我当然在开玩笑。实际效力比这大得多呢。女人吻你，嘴里要是念着这个秘诀，那就意味着她要你跟她生娃娃，肯定怀胎。这句魔诀称作"吉佩拉的笑靥"，你要给它起个别的什么名称也可以。

——给我买下！给我买"吉佩拉的笑靥"！——丽莎·斯威夫特大声插嘴，但我对此的反应是默不作声。蒂奥多转个弯，换了话题：

——你现在在干什么？还在写小说？——他问。

——我当然写小说，你知道得很清楚。

——我得告诉你。你以前的书好多了。

——算了——我回答说——类似的话以前有人对拜伦说过。

——对拜伦说过什么？——丽莎想知道。

——威尼斯人说他们的城市以前更美丽，这话说了几百年。十九世纪初，他们对拜伦这么说。他回答："没有关系。现在的威尼斯有一种新的俏丽。"

——你书里的那些话我一窍不通——蒂奥多说。

——你怎么会懂？我的书好比自助餐。你想要什么，你就从书里取什么；你想要多少，你就拿多少，不管从桌子哪一头开始都可以。我给你选择的自由。有丰盛的食品任你随意挑选，你就茫然不知所措了，像颇列旦①的驴子一样，在两垛草之间无法决定先吃哪一边的草，最后饿死在两个草垛的中间。

①　让·颇列旦，十四世纪法国哲学家，生卒年份不详。

23

双身记

　　——我不是光说你，我说的是你们作家这个行当。在今天，你们是个多余的行业，被淘汰的老古董。眼下文学能起到的作用最多不过是在小说中效仿电视中的"现实节目"。十八、十九世纪浪漫小说的作用，今天由色情电视频道承担。赤条条一个男人身上挂一个女的，下面是什么戏，我们大家一目了然。有好戏当场看，还要书本干什么用？再说，时下流行庸才。作家写书不再靠才华。所以，有才还是无才，分辨不出个高低。这样一来，写书的当然有利，读书的当然晦气。读者因此不敢拜读。你跟你那班文学同仁……

　　——不过我还是喜欢上床带本书，出门休假带本书。我喜欢花不多几个钱在一部小说中吃住半个月——丽莎·斯威夫特在这场事关二十一世纪文坛的辩论之中加进她的看法。

　　我起身告辞。在树下的毯子上坐久了，双腿酸疼。分手时，我再次对蒂奥多说：

　　——至于你那些秘诀，我可以告诉你，除非有其他东西配合，我知道秘诀不会有效。

　　——要配上什么东西？——丽莎问。蒂奥多神秘地缄口不语。

　　——听土耳其那边的人说，那些秘诀要配上智慧的泉水才会产生充分的效果。

　　——是我带来送你的那种智慧的泉水？——丽莎惊诧不已。

　　——就是那种水，但是还不够。智慧之水和魔诀的传说起源于许多世纪前，我亲爱的蒂奥多……

听到这话，蒂奥多也突然站起身来。他彬彬有礼地向我们告别，带着他的秘密和毯子走开了……

*　　　　*　　　　*

又剩下我们俩。丽莎领我去附近一家小饭馆。她双手抓着我，把我按在花园里一把椅子上。我们在等咖啡的时候，她突然开口说：

——讲，快讲。把你知道的全告诉我，那些你还没告诉我的事。

——什么事我还没有告诉你？

——你什么也没有告诉我。你心里全明白。你知道要留几步余地才能完全脱身……戒指为什么在你身上不起效果？只在你身上不起效果？

——我不知道。但是我有两个设想。

——马上给我说个明白！——丽莎插嘴——开始设想！

——有次在非洲，我们被领到一个柏柏人①的村落。有个巫婆颈上挂着一条活蛇给我们算命。轮到我，她看了我的掌相和耳朵就跑掉了。

——什么意思？

——我想我的能量跟她的能量相互抵消。我也搞不明白。

——你意思说，你的能量与戒指的能量也相互抵消？

---

① 生活在非洲西北部的土著居民。

双身记

——也许是这样吧。

——你真以为戒指怕你，像那个非洲算命婆子一样怕你？莫名其妙。

——不是戒指的缘故，是我的缘故。我阻止自己身体释放能量进入戒指。

——你干吗这样？

——不是我有目的地、有意识地阻止。就是这么回事。实际上，我知道戒指的事太多，对我有妨碍。在威尼斯玛齐亚纳文史馆①和莫斯科的罗密亚契夫图书馆②文稿部做研究的时候，我看到过有关的内容，知道这种戒指以前用作巫术。

——你到现在才告诉我？关于戒指，你写过什么，你会告诉我吗？

——不会。

——为什么不会？

——因为我什么都没写过，也不打算写。

——为什么？难道这不是你专业范围内研究的事吗？

——是又不是。那种事，按古代作家的说法，是"皇上的机密"。他们说，"皇上的机密"断然不可泄漏。

——但是你会把秘密告诉你的夫人，对不对？

——对，但不是因为你是我的夫人。

丽莎生气了，不解地看着我问：

---

① 位于威尼斯圣马可广场的圣马可国立图书馆的前身，始于十六世纪中期。
② 莫斯科最早的公共图书馆，始于1861年，现属俄罗斯国家图书馆。

——那又是为什么？"

——因为有了这枚戒指和从圣母泉取来的水，你自己很快会发现其中的奥秘。我们从今以后一起尽我们的能力，在可能的限度内探索其中的奥秘。这个奥秘被称为第二个身体。

——请你快快说来！

——首先，我能告诉你一件你们英格兰人特别感兴趣的事。"圣杯"的传说只是我说的奥秘的一部分。你当然知道"圣杯"的故事。只要看一眼"君士坦丁堡①裹尸布②"——那块布现在在意大利，称作"都灵裹尸布"——你会注意到布上似乎有基督身体正反两面的印迹。我肯定你知道，这块裹尸布古时候被当作"圣杯"展示。目睹布上印迹的人害怕极了。印子的形象是一个人，有四条手臂、两个头和四条腿。不管这块裹尸布是真是假，圣杯的传说可以有不同的理解，是基督身体两重性的象征。也就是说，这个故事说明基督还有第二个身体这个事实。再说，这一点在《圣经》里写得一清二楚，你只要用心读就会懂。

——你在文献档案中发现了什么？

——以前有人研究过我们是否也有两个身体，像基督一

---

① 奥斯曼帝国在 1453 年占领君士坦丁堡后在此建都，改名为伊斯坦布尔。1923 年，土耳其迁都安卡拉。

② 自中世纪以来在欧洲广泛流传有关"圣杯"的传说。所谓"圣杯"，一般的说法是耶稣在最后的晚餐中使用的杯子。也有人认为"圣杯"是留有耶稣尸体印记的裹尸布，现在收藏在意大利的都灵大教堂。

样。1770 年前后，威尼斯有个女人研究过。在圣安德烈①，在匈牙利境内，有位修道士在 1749 年前后研究过这个问题。也许可以设想那些城市里当时还有别人研究过。举个例子说，有史料证明威尼斯有个弹大键琴②的，为计时钟和街头风琴谱曲的人，曾经用戒指、圣水和魔诀施行过巫术，但是没有成功。他想要确定人有没有第二具人身。那些人的尝试都极其幼稚，但是我相信他们作出的努力有其价值，至少可以说他们在一条长满荆棘的路上迈出了勇敢的步伐。

——他们求助于妖术最后得到什么结论？

——戒指发出的信息令人费解。在场的人觉得戒指在说谎。

——那么戒指是不是在说谎呢？

——我来给你讲个故事，你自己判断吧。

---

① 圣安德烈是现匈牙利北部佩斯地区的一个城市。在十七世纪后期，大批塞尔维亚人移居圣安德烈。
② 现代钢琴的前身。大键琴的键盘受指击后勾动琴弦发声。

第二部

第一章

奇迹运河边的屋子

1764 年 5 月迷雾蒙蒙的一天，扎哈里亚·奥弗林①先生有了一个他自己都不知道的新名字。一辆维也纳来的驿车把他送到离威尼斯不远的地方。他从衬着土黄色布的车厢里下车后，戴三角帽的车夫把箱子交给他，再递上一个塞满潘诺尼亚②鹅绒的红色皮枕头。他的行李不多。乘客必须在这里换船才能继续下一段行程。在带咸味的雾气中，他登上一只布满白蚁蛀洞的冈多拉，眼前威尼斯海湾中的波浪一片朦胧。从那个时刻起，奥弗林先生的名字变了。大家称他萨卡里亚斯③先生，而且只知道他这个名字。坐在奇特的小船上，这位乘客好奇地注视着建在河沿的华厅豪宅，来往船上的女士们好奇地打量着他。这位可笑的英俊男子坐在冈多拉里抱着一个红枕头。陌生人不戴假发，但是有一串玛瑙念珠束在脑后像马尾巴一样浓密的黑发上。他嘴唇上抹的胭脂跟他的模样很相称。他点燃一支伸出冈多拉船舷的长烟斗。烟雾从水面上升起，熏到河上的桥。

船夫划着船，仿佛在穿越时光而不是流水。他本来说的是他惯常说的威尼斯方言粗话，现在忽然改口讲起彬彬有礼的意大利语，心想意大利语对外国人来说更容易听懂。他说：

双身记

　　——我有两件宝贝出售！先生要是两件一起要，我就便宜卖了。

　　——不要，我不买你的宝贝——萨卡里亚斯回答，一边把烟斗里的灰磕进海水里。船夫要么是没听到他的话要么是不愿意听，他放下桨让船淌过水面，伸手从座位底下取出一只用皮革制作的、金黄色的地球仪。

　　——你看一下！科洛纳利④先生亲自做的！只要五块银元！

　　乘客不作声，他在观赏两旁的景色。船往圣克利索斯托莫⑤河驶去，希腊人蒂奥道西⑥已在奇迹运河的拐角边上为他租了房间。

　　——我敢拿我的桨打赌，先生猜不到我还有别的什么可卖——船夫还不罢休。

　　——算你打赌赢了，我猜都不想猜。

　　——你要是猜对，我就给你，不要钱！

　　——一只穆拉诺岛⑦上吹的玻璃杯子？——扎哈里亚笑出声

---

① 全名扎哈里亚·斯蒂芳诺维奇·奥弗林（1726—1785），塞尔维亚作家，对塞尔维亚语言和文学的发展有过重要的贡献。
② 中欧东南部地区，主要由现奥地利东部、匈牙利西部和塞尔维亚北部组成。
③ 在威尼斯方言的口音中，"扎哈利亚"变成"萨卡里亚斯"。
④ 文钦佐·科洛纳利（1650？—1780？），意大利地理学家。他制作的地图和地球仪当时著称于世。
⑤ 约翰·克利索斯托莫（347？—407），君士坦丁堡大主教，死后奉为圣徒。
⑥ 希腊语原名为迪米特里斯·蒂奥道西，生卒年月不详。十八世纪后期，他在威尼斯出版希腊语、俄语和塞尔维亚语的书刊。小说中用的是他的意大利文名字。
⑦ 穆拉诺是威尼斯北边的小岛，以出产玻璃工艺品而闻名。

来——那是每个当地人向外国人兜售的东西。

大大出乎乘客的预料，船夫似乎不愿再谈生意。他使劲划桨，开始用一种难以辨别的语言轻声歌唱。

——也许你想把你的歌卖给我？——扎哈里亚挖苦他一句。

——圣马可①在天有灵，差点给先生猜中了！你怎么知道的？

——那你不要钱把歌给我？

——呵，不给，那可不给。我要出售的不是整首歌。我有那首歌中小小的一部分。这一丁点儿可比地球仪贵多了。

说着，船夫从船中一道布帘下抽出一顶草帽。扎哈里亚看见草帽里有一只玻璃杯。

——瞧，我猜对了。不就是一只玻璃杯吗？

——不对。我要卖给你的不是杯子，而是杯子里的东西。

——杯子里能有什么？

——你自己看——船夫说着把杯子递给客人——可得看仔细了，里面的东西价值超过这个杯子，加上这条冈多拉，再搭上船上我这个人。

扎哈里亚好奇地往杯子里仔细看。杯子，像午饭前的嘴巴，空空洞洞。

——你再仔细看看——船夫说——杯子底上写着什么。实

---

① 圣马可是基督十二门徒之一。他的遗骨据说在九世纪被威尼斯商人从埃及偷运到威尼斯。自此以后，圣马可成为威尼斯的守护圣徒。

际上，我卖的是写在那儿的话。

——看上去像什么谚语……看不太清楚。

——当然看不清楚，不是像你这样往杯子里看着念的，得换个办法——船夫一边回答，一边小心翼翼地把杯子从客人手中接过去——这里是我卖的一句诗，你可没猜中。我几乎全讲给这位好人先生听了，给他引路，就像我现在把他引到圣克利索斯托莫河和奇迹运河汇合的地方……我们到了。那幢有三扇窗户的绿房子，大键琴的琴声正从那儿传来，便是你的目的地。但是付钱之前，你得拿定主意买还是不买这句诗。要是你不买，你以后会苦苦懊恼。你不知道要错失什么样的……

扎哈里亚付了船钱，把皮箱抛到码头台阶上，臂下挟着枕头一个箭步跳上岸。然后他转过身来在雾中问：

——你卖的是什么诗？听你说还挺贵的。是什么咒语？是驱魔辟邪的秘诀那一类的话吧？

——不是，这句诗的语言比死亡还古老，是伊特鲁里亚①语。威尼斯不过是它的小妹妹罢了。我不懂这话，但是它管用。如果你决定买，到我船上来找我就是。我的船篷上有一幅圣塞巴斯蒂安②的画像。看，画像就在那边下面。凭它，你可以认出是我的船。咱们一起吃墨汁目鱼面，我会给你解释。诗的主人该知道的，我会讲得一清二楚。现在我得走了。

石头街道上留下扎哈里亚一个人，不知从哪儿传来教堂的

---

① 伊特鲁里亚指公元前九至前七世纪期间的现意大利中部地区。该地区的文化是罗马文明的先驱。

② 圣塞巴斯蒂安是一位基督教殉难者，被乱箭射死。

钟声。寂静的四周深藏在浓雾中，一阵阵钟声似乎凝结在茫茫的雾中，久久不散。

扎哈里亚缓步踏上通往二楼的扶梯，不知不觉地配合着远处钟声的节拍一步一步地走。楼上有人领他去他的房间。房间里散发着前天的气息，那天他还在阿尔卑斯山间，坐在驿车里。他拉开一个衣橱，里面有挂衣服的钩子、洗漱用具（一只带支脚的玻璃盆）、一把梳理假发的梳子，梳子挂在橱门上。最让他吃惊，也最让他高兴的是衣橱里有一扇窗，俯视两条河的相交之处——圣克利索斯托莫河和奇迹运河。窗台上摆着几只苹果和一瓶酒。他往窗外看，夜色正在雾气中降临。他随后从行李中取出自己的东西。他带来好几本书，包括克利索斯托莫的书。他住处边上的那条河就是以这位希腊教士的名字命名的。在扎哈里亚房间里还有一只柜子，柜子上有上世纪的花卉细雕。上面的木板放平后可以写字。他把羽毛笔、吸墨器和纸张放进柜子。柜子顶上放一把召唤用人的摇铃，摇铃的把手上系着一面小镜子。他把自己艺术作品的手稿放进一个抽屉。那是一本精心装饰的歌曲集，附带乐谱，可以看着唱。歌集的标题是《向莫伊赛·普特涅克致意》①。说实话，这是一部抄稿。原书的装帧要华丽庄重得多，所以已经留给书的主人莫伊赛·

---

① 莫伊赛·普特涅克（1728—1790），塞尔维亚正教的主教兼作家。书中提到的歌曲集是扎哈里亚在 1757 年为了祝贺普特涅克就任主教而创作的。除歌曲之外，这部集子还详细描述了全套就职仪式中颂词、服装、队列顺序等等细节。

普特涅克主教了，保存在巴恰卡①那边。扎哈里亚先生随后把红枕头扔到他新居的床上，出门去活动活动两条腿。马车里一路颠簸，加上坐在船里摇摇晃晃，腿有点僵硬。穿过屋子的时候，他注意到墙上一个凹处有一尊伏尔泰②的胸像，穿着相称的红色丝外套。伏尔泰颈上系着一条法国人称作"贾波"的领巾——一种网纱颈饰。正当扎哈里亚看着这尊出乎意料的塑像时，他闻到一股特别的香味。香味来自楼梯边的一个壁橱和前厅窗下的箱子。整幢房子弥漫着摘下的鲜花、干果、青草和不同植物的香气。窗上摆满来自穆拉诺和默西亚③的彩色玻璃片以及装满花朵、细枝、松针和剥落树皮的瓶瓶罐罐……这幢房子里有人研究植物。

　　他漫无目的地出门，很快在雾气中和小桥间迷失了方向。他走到一个广场，首先看到从浓雾中显露出一位青年女子的身影。她的外表，更准确地说，她超群出众的容貌和优雅自如的姿态完全出乎他的意料，令他为之一怔。他心里顿时紧张，加快脚步往另一个方向走去，一心想要躲避诱惑。他随即看见姑娘与他走的是同一个方向，便又慌不择路，一路奔到水边被河水挡住去路，只得转身返回广场。那个青年女子当然已经不在那儿了。他看到广场上那座哥特式砖砌教堂的名称：

----

　①　巴恰卡是潘诺尼亚的一部分，现分属匈牙利和塞尔维亚。
　②　伏尔泰（1694—1778），法国启蒙运动作家，宣扬政教分离和言论自由，严厉抨击天主教会。
　③　默西亚是西班牙东南部的一个城市，出产色彩鲜艳的陶瓷和玻璃器皿。

圣季沃瓦尼和帕沃洛教堂[①]

　　要是他能克服自己心中的恐惧，要是她什么时候再打这里过，他至少知道在哪里或许能再找到那位姑娘。

　　所以在威尼斯的第一天，他体验到一种完全没有预料到的、前所未有的感觉——对美的恐惧感。那天晚上，他躺在自己的威尼斯床[②]上，实际是一条窄小的水手床铺，新生的恐惧让他又惊又怕，想着想着他入睡了，直到音乐把他唤醒。

　　从隔壁房间传来大键琴的琴声，接着他听到女低音的歌声，宛如用焦糖烧滚的饮料暖人心窝。扎哈里亚突然跳起，好像歌声烫到了他。一位从未相识的青年女子正在唱他谱写的歌曲，就是那首歌，它的乐谱夹在《向莫伊赛·普特涅克致意》歌集的抄稿之中。

　　——不可能的事！——他脑中闪过的第一个念头。在威尼斯，他住下才一天，怎么会有人已经知道他还没有付印的作品，而且唱得如此完美，令人震惊？他跳下床，拉开写字柜的抽屉。歌集的手稿，连同曲谱，可是好端端地摆在抽屉里昨晚的位置上。这件怪事现在愈发不可思议。柔和、温暖的歌声还在从隔壁房间飘来。他听了一会儿，双手抱着身体，不知所措。随后，他突然套上衣服，迫不及待地往屋子里传来歌声的那一边冲去。他一把拉开门，还没踏进去却又把门合上。

_____

① 意大利语中的圣季沃瓦尼和帕沃洛即耶稣的门徒约翰和保罗。
② 指有四根柱子的宽敞大床。

　　——来得快，退得更快——扎哈里亚在心里嘲笑自己。他感到自己更糊涂了。他住的地方那条河叫奇迹运河，还真有道理。在他隔壁的房间里，一位姑娘正坐在檀木大键琴边唱他谱写的歌曲。她就是前一天他在圣季沃瓦尼和帕沃洛广场见到的那位姑娘。就是她的艳丽容颜令他心慌意乱，不顾一切地拔腿逃窜。现在他不得不面对她，但是他不知道该怎么办才好。

　　她知道。

第二章

奶头桥①

那天是扎哈里亚第一次去迪米特里斯·蒂奥道西的威尼斯印刷厂，他在那儿应聘当校对。这位希腊人在威尼斯出版希腊语和斯拉夫-塞尔维亚语②资料，也就是说，供东正教读者阅读的书刊，在奥地利帝国内有塞尔维亚人居住的各个地区发行。见面第一天，这位希腊人友好地接待扎哈里亚：

——我们盼你早日到来——他说，不过听不出这话是真心诚意还是说说而已。他年纪不小，鼻子过敏，所以不断吐气，把对方的烟味和呼吸从自己脸前吹开。他的背心口袋里有一本祈祷书，书上的搭扣始终扣着。书面上明文印着这本书由"斯拉夫-希腊人③迪米特里斯·蒂奥道西的印刷厂"出版。办公室里当然已有一份新雇员及时呈交的履历表。

履历表上说，扎哈里亚·斯蒂芳诺维奇·奥弗林（生于1726 年）信奉希腊正教，是奥地利帝国的国民。论民族，他是斯拉夫-塞尔维亚人。职业活动以"斯拉夫学校校长"为开端，那所学校在多瑙河畔一个名为诺维萨德④的小镇里。本世纪中期他曾居住在布达、维也纳和奥古斯堡，学习刻板和绘画。（这里没说当地政府曾经收到两份起诉书，指控他跟一位被佩斯驱逐的斯洛伐克人学弹大键琴以后没有付学费。这类文件中

双身记

不提那种事不算奇怪。）1757 年莫伊赛·普特涅克就任巴恰卡教区主教的时候，大家开始听说扎哈里亚的名字。他向新任主教呈献他的一部歌集手稿，装帧精致华丽。这部作品《向莫伊赛·普特涅克致意》包括诗歌、绘画、音乐、戏剧等多种艺术形式，为作者以后的成功开通了道路。所以他不久就移居卡洛伏奇⑤，成为巴甫勒·纳那道维奇大主教⑥的秘书，开始制作以语言和宗教事务为题材的华丽手稿。（扎哈里亚的婚姻在这里略去不表。）他跟随大主教到过维也纳，从维也纳得到一部铜版印刷机，安装在教省大主教在卡洛伏奇的宅邸中，从而开始他的镂版和出版活动。1760 年，他印制了《耶稣再次降临颂》，并且绘制了卡洛伏奇教堂大小塔楼的图样。（这里没说他有了一个儿子。）扎哈里亚先生在 1761 年重新开始创作诗歌，作品寄到威尼斯由蒂奥道西的印刷厂分集出版。但是诗歌中的政治内容引起教省大主教和奥地利当局的不满。（扎哈里亚被教省大主教撤除职务一事，这里省略不提。）……

---

① 奶头桥在威尼斯大运河中段丽亚都桥的西边，位于圣卡西亚诺河和安吉洛街相交之处。
② 斯拉夫-塞尔维亚语是十八世纪后期至十九世纪初期塞尔维亚知识阶层的书面语言，没有严格的语法，近似俄语，主要流行在奥地利控制的地区。
③ 指希腊北部及现马其顿共和国范围内通晓斯拉夫语言的希腊人。
④ 诺维萨德位于多瑙河右岸，建于 1694 年，是十八世纪塞尔维亚文化中心之一。
⑤ 卡洛伏奇位于多瑙河右岸，诺维萨德之南，当时是塞尔维亚正教总部所在地。
⑥ 巴甫勒·纳那道维奇（1703—1768），塞尔维亚正教大主教，1749 至1768 年在任，曾在奥地利控制的地区内努力发展塞尔维亚民族的教育事业。

让扎哈里亚聊以自慰的是他与蒂奥道西继续合作在威尼斯印刷出版希腊语和塞尔维亚语的书刊，双方都有益可得。扎哈里亚先生来到威尼斯共和国，对双方都是一件天大的好事。加之，他不久便托人从家乡运来一箱子书到威尼斯。现在已经开箱，书籍已经整整齐齐地排列在厂里他书桌上边的书架上。

他们喝了一点希腊酒，但是蒂奥道西先生没有浪费时间。扎哈里亚马上接受要他准备印一部书的任务，那部书的标题有点嫌长：

斯拉夫-塞尔维亚民族历史的概要导论

这是一部历史书，蒂奥道西打算对这种题材多下点功夫，因为有人要读。作者巴甫勒·尤利亚茨[①]是一位塞尔维亚裔的俄国外交官。书定于明年 1765 年底之前出版。扎哈里亚还答应给出版商一些新诗，双方同意在明后年内分集先后出版。除诗歌以外，扎哈里亚还主动提出编写一本教材，题为《识字小课本》。

——你是个无药可救的教书匠——蒂奥道西先生笑着说——尽管你心里明白，执教有方不过是为失败和颓丧铺路开道……

---

① 巴甫勒·尤利亚茨（1730—1785），塞尔维亚作家。从 1761 年起，他在俄国驻维也纳的大使馆工作，1781 年被任命为俄国驻那不勒斯领事。

双身记

*　　　*　　　*

　　快到五月底了。一天清晨，雾散了。扎哈里亚从衣橱的窗户中看清他住在什么地方，看清他的屋子周围是怎样一幅景象。他身处在世界上景色最美、气味最臭的城市之中。他可以听到隔壁房间里有一只钟在报时，有个男人在咳嗽，听上去那咳嗽已经犯了几十年。还有女低音的歌声传来，听得出她的歌喉训练有素。这些声音，扎哈里亚已经熟悉。草类的香味从前厅飘进他的房间。可以清晰地听到一个男人用威尼斯口音在前言不搭后语地大声唠叨：

　　——记住，呵，要记住了！我们的救世主耶稣基督想事情是从右往左想！基督念数是从右往左念！基督读书是从右往左读！……跟我们不一样！……你记住了吗？安娜，我刚才说的，你记住了吗？

　　——我记住了——一个女子的声音和蔼地回答，但是无精打采，毫无音色。

　　——睡着的人比醒着的人更有才气……——那个男子的声音在继续说，然后话头被打断，说话的人咳得说不下去了。

　　——那准是我房东——扎哈里亚心想。在一阵剧烈的喘咳之中，老头一定是示意安娜可以走了。

　　实际发生的确实如此。一会儿之后，她敲响扎哈里亚的房门。她还没进门，扎哈里亚现在已经知道她的名字。她用手镯叩门，声音非常清晰。不等回音她就进了门，在唯一的一把椅子上坐下，仔细打量周围的一切。她的手腕上绕着一道道绿色的网眼花边，一道花边上套着一只金手镯，形状是只壁虎。

——看来你是萨卡里亚斯先生，我们的新房客。

——看来你是安娜，我的新房东——扎哈里亚回答，在他的水手床铺上坐下。

——我才不是什么房东呢。我是给你房东杰瑞玛依大师帮忙的。我现在来这儿见你，是他差我来的。萨卡里亚斯先生，你打哪里来的？

——我是从彼得洛伏拉廷①来的。

——彼得洛伏拉廷是什么？

——是多瑙河上一座美丽的小镇，那儿有一座军事要塞。

——多瑙河是什么？

——源自天堂的四条河流之一。②

——真的？好心的先生从天堂远道而来，看上去还那么精神饱满。这么说，那地方离这儿可远了。

——对，在奥地利皇朝的地域内。

——萨卡里亚斯先生来威尼斯干什么？

——你的主人杰瑞玛依租房间给我，是我雇主迪米特里斯·蒂奥道西先生推荐的。我的雇主是威尼斯居民，是当地的印刷业主和出版商，所以你知道我为什么来这里。我在蒂奥道

①　彼得洛伏拉廷与诺维萨德隔多瑙河相对，当时是奥地利遏制奥斯曼帝国扩张的军事重镇。

②　出自《圣经·旧约·创世记》第 2 章。伊甸园中有一条河流，分出四条支流。

双身记

西先生的"斯拉夫-希腊"印刷厂里当校对。他和我在彼得洛伏拉廷有几家店，出售我们出版的书刊。

——那并不说明你已经是威尼斯共和国的公民了？

——我还不是，不是。

——那你必须给杰瑞玛依大师预付饭钱，最好现在就付。钱可以交给我。要是你有墨水，我就在收条上签名……

第一次会面就这样以安娜·波泽的签名告终。往外走的时候，她在门口停下。在离开之前，她说：

——我看到你有个摇铃。安顿之前你如果需要什么，尽管召唤我就是了。老先生耳朵不好使已经很久，摇铃不会打扰他。我要是在屋子里随便什么地方听到铃声，就会来侍候你。

这次来访之后，扎哈里亚在房间里待不下去了。他又一次听到隔壁房间传来大键琴的琴声。但不是安娜在弹琴，他一听就知道，因为手指在键盘上速度惊人，几乎像一台机器在运作。

琴声开始吐露气息。听得出要出什么事，可怕的、与音乐完全无关的事。此事的苗头何时显露，扎哈里亚已经心中有数。大键琴的琴声与下午五点钟的教堂钟声混合。扎哈里亚不知道自那天以后他的房东杰瑞玛依大师每天会在这时间弹奏斯卡拉蒂①的作品。

他踏出门外，踩着自己在积水中的身影。运河上刮着肮脏

---

① 斯卡拉蒂是十七、十八世纪意大利的一个音乐世家，其中最有名的是多米尼各·斯卡拉蒂（1685—1757），以键盘奏鸣曲著称。现在提到斯卡拉蒂，通常指的是他。

的风，吹得鸟儿透不过气来。空中没有雾，但是寂静正像雾一样降临到海湾的水面上。扎哈里亚缓步走着，一边在想，企求免不了唐突，而且总是难以明说。

＊　　　　＊　　　　＊

六月间的一个下午，从隔壁房间传来杰瑞玛侬大师深沉的嗓音，再次惊动扎哈里亚。好像透过一桶子水传来老头儿神秘莫测的话语：

——两个男人之间的差别可能会大于一男一女之间的差别……你记住了吗，安娜？但是两个女人之间的差别总是大于一男一女之间的差别……你听懂了吗，安娜？你不会把话搞错吧？……够了，今天到此为止。你走吧，我得咳嗽……

扎哈里亚抓住这个时机，把那个陈旧的铃子摇得叮当作响。铃声让他自己吃了一惊，因为在威尼斯，摇铃的音色听来跟在彼得洛伏拉廷或维也纳的不一样。他仔细打量那个摇铃，几乎以为有人换了一个铃。安娜端着一杯酒走进来的时候，看到的正是他在纳闷的模样。这酒，她说，是杰瑞玛侬大师送的。

——年轻的先生，找我有什么事？——安娜说着把酒放到桌上。

——我有两个问题想问你，还有一件你意想不到的事。

——可好了，让我先听听你有什么问题。意想不到的事，我们随后再说。意想不到的好事，迟一点知道不碍事。

——凭什么像我这样一个陌生人值得你的周到用心，安娜

双身记

小姐？

——我们很相似。

——为什么你会这么想？

——我读出这意思了。

——你在哪儿读出这个意思？

——在好心的先生的旅行文书中。文书里写道你是个鳏夫，有一个儿子，但是他没跟你来威尼斯。你的姓是奥弗林，意思是孤儿。我也是孤儿，捡来的孩子。我的解释够清楚了吧？

——不够，你自己说了，你偷偷检查我的抽屉，查看我的文书。拿到《向莫伊赛·普特涅克致意》那首歌的曲谱以后，你抄了一份。所以那天上午你知道它的旋律。

——年轻的先生完全搞错了。我听你房东杰瑞玛依大师的吩咐来查阅你的文书。那时候，我看到你抽屉里的歌曲，就把曲调记住了。

——看一眼就记住了？

——对，我有读谱的天赋，按音乐家的说法，甚至一眼看到随便哪几个音符，我就马上知道全部的曲调。我能把音符汇集成歌，当场或者以后唱出。说来那是我在孤儿院里学会的本领。你也许也是在孤儿院里学的音乐。

——我只能让你失望，亲爱的安娜小姐。我的第二个姓"奥弗林"，①这个词源自点金术，意思是用特殊方式切割的

---

① 塞尔维亚姓名有三部分，先是名，中间通常是根据父亲名字而定的姓，最后是家姓。

石头。

——那样说，你不是个孤儿？

——我只能说我记不得我的父母。你呢？你是杰瑞玛依大师领养的女儿吗？

——我可不是。我告诉过你，我是在圣季沃瓦尼和帕沃洛收容所里长大的。

——那是个什么地方？

——像是一个孤儿院，收养被抛弃的、有音乐天赋的女孩子。威尼斯有四所这样的收容所。在那儿教课的一定是最杰出的音乐家，像加卢比、普罗波拉、斯卡拉蒂、钦玛洛萨[①]之类，你也许听说过他们？杰瑞玛依大师在那儿教过我大键琴，那儿还教我唱歌，你已经听我唱过。要是有机会的话，你来听一场我们晚上举办的音乐会，称作"学馆"。你该来听听我们的演奏。威尼斯是音乐的首府……现在，讲你的第二个问题吧。

——这个问题多少涉及你的私事。杰瑞玛依大师下午有时吩咐你记录他的话，咳嗽一发作，他就说不下去了。我听不懂他说的话。

——那些是"套话"——安娜笑着回答——但是我们以后有时间再谈。现在轮到你讲那件要让我惊奇的事了。

——第一天见面，你问我在蒂奥道西先生的印刷厂里干什么。我要给你看看由我排版，在那儿刚印出来的东西。

---

① 十八世纪意大利巴洛克音乐家：巴尔达萨·加卢比（1706—1785），尼古洛·普罗波拉（1686—1778）和多米尼各·钦玛洛萨（1686—1768）。关于斯卡拉蒂，见第44页注①。

双身记

——什么东西？

——这是我已经动笔的一部表达祝贺的诗集。完稿以后，与蒂奥道西一起印制，趁 1765 年新年来临之际，在我的家乡彼得洛伏拉廷和诺维萨德免费散发，书的封面上这样印着……上天有心，我也会给你一本，祝你在新的一年中万象更新，身体健康。

——用哪种文字印？

——用我的母语，斯拉夫-塞尔维亚语，我写作用的语言。我来念给你听第一首诗，因为我已经写完了，让你能听听它的音韵：

> 明媚的天气快要迎接我们，
> 冬季现在正在消退。
> 春天马上会在此问候我们，
> 夏季，它正在走近。
> 我们头上展现明亮的蓝天，
> 今天的光明已经胜过昨天。
> 啊，黄金一般的春季！①

——好极了！现在唱唱这些诗句——安娜喜出望外地喊起来。

——可是，安娜，这是新年贺词，以诗集的形式发表，不

---

① 引自奥弗林 1765 年出版的《春之歌》。

是给人唱的。

　　——请允许我提个问题，尊敬的先生。不能唱的诗，谁会要？我就不要。我跟你说老实话，你最好就此作罢。别再打这个主意了。不要再白费心思，浪费时间。你们从阿尔卑斯山那边过来的人，总是阴沉沉地追逐自找的不幸。要理解、重新开导你们可真不容易。不过我们来试试，马上开始。我也有东西要给你看，也有东西要让你惊喜。今天下午，你到奶头桥去。那座桥在丽亚都桥的那一边，圣克罗奇区的那边。或者你最好来我的孤儿院，在圣季沃瓦尼和帕沃洛广场上的收容院。就是那天傍晚你第一次看到我、慌慌张张拔腿逃走的地方。我还住在那儿，我们可以一起租条船。不过别迟到，因为我必须与你在五点二十六分准时到达桥头。记住了，十七时二十六分……

　　　　　　＊　　　　　＊　　　　　＊

　　——这个地方有个传说，说是许多世纪以前男人丧失了与女人交媾的意愿，女人也失去了追求男人的欲望。于是乎人畜交媾、同性求欢在威尼斯一时成风……

　　安娜·波泽以这番话开始她的故事。她和扎哈里亚并排坐在奶头桥的栏杆上。

　　——由于威尼斯以及周围地区人口下降，为了摆脱同性求欢的风气，当局允许娼妓在这一带，就在这个地点，施展她们的魅力，袒胸露臂地招徕过路客人。桥的名字由此而生，流传至今——"奶头桥"。

双身记

说到这里，安娜·波泽敞开肩上的披巾，向扎哈里亚展现她光彩夺目的风情。她的长裙前襟镂空，无遮无拦的一对乳头直视扎哈里亚。这一对礼品吓得他几乎又要像第一天在两位使徒的广场上那样撒腿逃跑。是安娜的话阻拦了他的逃遁：

——我给你看，你不必奇怪。你也许已经注意到时下大多数女子的裙袍前襟镂空，露出奶头。我可不是为了追求时髦才向你显示。你好好打量一下。如果中意，它们将归你所有，不过现在还不属于你。在某个好日子的晚上，如果你听我的话，如果你不致为了"更紧要"的事情舍我而去，你便能得到我奉赠予你的这一对礼品。

听了这话，扎哈里亚把安娜拉到身旁给她一个亲吻。她问：

——你读了我的嘴唇吗？

——嘴唇可以读？

——当然可以。每个吻都可以解读。你给我的吻，我读了。

——它们说了什么？

——我已经对你讲过，你打威尼斯湾那边来，你称威尼斯湾为亚得里亚海，你这种人样样事情麻烦多。要教你寻欢作乐、谈情说爱，谈何容易。但是好心的先生，你也必须教我一件事作为报答。男人的事，我从未体验过。我见过男孩子在船上往圣路加运河里撒尿，不过那不算数。你得把你的什么东西让我看上一眼，不过现在不必。给我一点时间。女人的时间和男人的时间流的不是同一个方向。我希望好心的先生已经领悟

50

到，时间最好在这座桥上度过，而不是用于苦思冥想没法唱的歪诗……

目瞪口呆、头昏脑涨的扎哈里亚一动不动，不知接下来会发生什么事。

——你那副模样仿佛你还没付钱似的——她在挖苦他，又吻了他，用披肩裹住自己的身子。

窗户已经合上。扎哈里亚心想自己是不是错过了机会。走回他们住的卡斯特洛区的时候，他突如其来、傻乎乎地问：

——为什么在五点二十六分？

——你问为什么，是什么意思？

——我不懂为什么非得十七时二十六分到达"奶头桥"？

——因为我要在你诞生的时刻向你展现自己。我在你的文书中看到，你出生在1726年，对不对？所以你在十七点二十六分看到我，是件好事。那个时刻可以说是你每天的生日。"奶头桥"便算是我送你的一份生日礼物。要是你听我的话，你将会每天在这个时刻和这个时刻以后收到生日礼物。但是你要记住，倘若你把爱情放在末位，排在其他种种责任之后，那么爱情就只能待在末位，沦为你生活中最后的一件事，沦为人世间的最后一件事。

第三章

病儿收容院[①]

——乱得一团糟，我的天哪，一团糟！蜡烛烧到蜡钎根，镜子熏得照不出人脸。桌子上的摇铃和安娜·波泽，他不记得了。萨卡里亚斯先生新来的念头又白费掉他两个珍贵的威尼斯夜晚。先生要写一部厚厚的书，用那种古怪的斯拉夫文字，连说斯拉夫语的人都看不懂。而窗外是世界上最美丽的城市，一派升平景象，我们强大的舰队停泊在海港之中。我们的莫契尼戈总督[②]已经去丽都滩[③]，他将把戒指抛进海湾宣告威尼斯与大海联姻成亲[④]。全城的人都在那儿。我们也要去。杰瑞玛侬大师预订了一条冈多拉，船夫正在下面奇迹运河边等我们。萨卡里亚斯大老爷快快醒来起床吧，不光是咱们俩呢。我的朋友扎贝塔[⑤]已经登门拜访。不必因为我们的缘故而不好意思。能看见的，我们已经见过，萨卡里亚斯大老爷喜欢光着身子睡觉……

安娜·波泽这番话加上一连串别的话唤醒了扎哈里亚。他火燎屁股似的蹦下床，但是一打量四周，马上退回床上，把被子扯到下巴遮盖他的身子。他面前站着两位美女，每人三个头。靠他这边的青年女子光着双肩，他没见过。在她的鼻尖和耳垂之间似乎有条线，从那条线往下她脸颊上的颜色招眼，使她的脸显得轮廓鲜明。在她背后，他看到安娜。她们各自在胸前挂着两个狂欢节的面具。陌生的姑娘挂着太阳和月亮的面具，安娜挂着两个有长喙的面具。每张面具的口中突出一个奶头，像舌尖也像指尖。扎哈里亚当即断定，扎贝塔的奶头更加饱满，远远胜过安娜。他想马上发起反击，便把被单围在腰上，起身说：

——安娜，你不妒忌扎贝塔小姐？她能把我偷走了。

姑娘们哈哈大笑。安娜情深意长地回答：

——不妒忌，我不妒忌。可惜扎贝塔不再跟男人睡觉……

扎哈里亚拿出浑身解数划着冈多拉，年轻的姑娘们看着他的架势，乐得不可开交。船以蜗牛的速度沿圣克利索斯托莫河向大运河流淌而去。上船的时候，扎哈里亚注意到船底有一件东西，吃了一惊。那儿有一张圣塞巴斯蒂安的画像。

——船夫想卖给我杯子中的诗句，杯子是不是也在草帽底下？——他心里纳闷，伸手去摸草帽。杯子当然已经不在那儿了。

---

① 十六至十八世纪期间，威尼斯的一家收容院，接收孤女和身患不治之症的妇女。这家收容院聘用名家教授音乐，所以在下文中也被称作是音乐学校。

② 艾尔维塞·季沃瓦尼·莫契尼戈（1701—1778）在1763至1779年间任威尼斯总督。

③ 丽都滩是位于威尼斯东南端的一条沙坝。

④ 威尼斯的居民在耶稣升天节庆祝大海与威尼斯联姻。

⑤ 小说中这个人物的名字出自法国人查理·德·勃洛斯（1709—1777）在1739年前后从意大利发出的信函，内中提到病儿收容院中有一位女歌手，名字为扎贝塔。由不同孤儿院培养的女音乐家在现存的历史文献中均有名无姓。

双身记

考虑到这位斯拉夫船夫笨拙的掌船功夫，他们决定不去丽都滩。船在扎尼帕洛广场①靠岸，他们就登岸了。她们的男伴在那儿的举动让两位姑娘大为惊讶。

广场正中矗立着一尊巨大的青铜骑士②，跃跃欲试。扎哈里亚从未见过如此雄伟的景象，第一眼的印象给他的震撼使他呆若木鸡。这件光芒炫目的举世杰作，仿佛横空出世，刚刚降落人间。骑士的双臂——一手持缰，一手落在马肋边——似乎正在制服周围的世界。扎哈里亚在这个奇迹之前站了一会儿，不幸的是他熟悉的那种张皇失措的感觉又一次征服他，有点像是疾病突然发作。心中容纳不了眼前的美景，他开始逃跑。就像初见安娜，他禁不住从她眼前逃开，现在在同一个圣季沃瓦尼和帕沃洛广场上，他逃离威风凛凛、策马追来的骑士。惊骇失色的扎哈里亚自感孤立无援，一路仓皇逃窜，甚至没有意识到那两位三个头的美女在后边一路追赶，被他远远抛在身后。

两位女伴惊慌之余总算追上了他，把他领进一个隐蔽的院子，院子里有一家小馆子，两位女伴把他安顿下来。他们在院中坐下，要了酒，让他镇定一下，接着又点了扎哈里亚听不懂的菜。直到菜端到他们面前，他才知道是玉米糊炸蟹。这位行为古怪的斯拉夫朋友惹出了一场惊骇。现在他们听着附近教堂的钟声，边吃边喝边聊天，大家才慢慢地恢复过来。

——眼下斯拉夫‐希腊印刷厂的校对先生在忙什么新差

---

① 扎尼帕洛广场是威尼斯方言中圣季沃瓦尼和帕沃洛广场的简称。
② 这座铜像纪念保卫威尼斯的雇佣军统领巴托洛缪·考利奥尼（1395—1475）。

使？——安娜用息事宁人的口气问。

——我设想过——扎哈里亚心不在焉地回答——办一份期刊，或者出一本历书。

他也希望大家尽快忘掉这段尴尬的插曲。

——什么标题？

——用"历书"、"杂志"、"塞尔维亚大全"或者类似的标题。题材包罗万象，不求精深，读者可以各取所好。由我写一篇前言，接着是对文学作品语言的探讨，再就是地理、人文知识、教育、历史、法律各方面的文章，加上新书评论。前前后后还要穿插几篇东方的故事，一两首十四行诗，捍卫妇女权益的文章……

听到这儿，扎哈里亚的两位女伴鼓掌称好，从胸前取下面具作扇子凉快一下。不知所措的扎哈里亚眼睛不知往哪儿看才好，赶忙往下说他的事：

——还要讨论家政、贸易、工艺制作、建筑、音乐和绘画，尤其要讲镂刻和雕刻专业，也就是说铜版印刷……我会征求读者投稿描述他们最有趣的梦……

——你要发表？——扎贝塔小姐插嘴说。

——对——他回答。

——读者念他们白纸黑字的梦？太妙了！——扎贝塔评论说——你收到过什么梦吗？

——严格地说，还没有。

——既然如此，你怎么办呢？

——我不知道。

双身记

　　——我知道——安娜加入了谈话——发表你自己的一场有
趣的梦，也许用个假名。近来你做过怪梦吗？

　　——有过怪梦，可是不能发表！——扎哈里亚回答。

　　——为什么不能？快，讲给我们听。我们会告诉你我们的
想法。

　　——你们爱怎么想就怎么想，那个梦讲不得，更别提公开
发表了。

　　——快讲来给我们听！——两位姑娘一起喊叫。

　　——我梦见自己正走在你们那座大名鼎鼎的丽亚都桥上。
我不知道桥是谁造的，不知道是米开朗琪罗、巴拉狄奥、德·
邦特还是桑索维诺修的桥①。但是那座桥造得可漂亮了。你们
知道，沿着桥两侧的栏杆一路都是商铺，有些是卖书的。我在
梦中必须在人来人往、拥挤不堪的桥上走过。我正在赶着去什
么地方办要紧的事，所以没有时间穿衣服。我在桥上意识到自
己几乎光着身子，上半身披一件衬衫，下半身赤条条的。

　　听到这会儿，姑娘们咯咯地笑，又用面具扇风。

　　——我心里希望自己不至于太惹眼。我就这样跑着穿过人
群。说来大家似乎没怎么注意我。但是到了桥中间，有个女人
喊了一声："该死的！"我也不知道她是不是在说我。最糟糕
的是我在旁人的肘子、手掌、胸脯、屁股和大腿之间挤过来挤

---

　　①　丽亚都桥按照安东尼奥·德·邦特（1512—1595）的设计于1591年建
　　　　成。参与设计和施工的艺术家和建筑家包括米开朗琪罗（1475—
　　　　1564）、安德烈·巴拉狄奥（1508—1580）和雅各布·桑索维诺
　　　　（1486—1570）。

过去，这里有男有女，我那个玩意儿勃然挺立。我推开人群跑到桥的那一头，栽倒在一块石头上。醒来的时候，我在杰瑞玛依老爷的绿屋子里我的水手铺位上，铺位上黏糊糊的……

　　他的故事又一次迎来一片嬉笑。但是安娜忽然认真起来，小声地说：

　　——我亲爱的萨卡里亚斯先生，能让我给你讲讲你那场梦，讲讲你的逃跑吗？你在不计代价地逃避美。你回避一切魅力，好像在这儿，在威尼斯，美对你是一种威胁。你不接纳美，不把美视作上帝的恩赐。你躲避石头中体现的美，你想尽快穿过一座美丽的桥，以致光着屁股狂奔！扎尼帕洛广场中的青铜骑士，威尼斯共和国的卫队长考利奥尼，令你丧魂落魄，不是因为他是一名武士，而是因为美体现在他的身上！因为他是维洛基沃①那位天才大师创造的杰作。你躲开房间里的摇铃，因为它召来美丽的安娜·波泽！你逃避爱情，因为你想钻进自己的小房间，在彻夜不熄的烛光下拼死拼活地著书立说。那些书不能给你带来幸福，对别人一样毫无用处。我不是说识字课本、拉丁语教材和书法书，那些是必要的书。你在印刷厂里当校对，多少总得有点收益才能维持生活。但是那份差使不会给你爱情，也不会给你健康和幸福。你绘画的功底很深，谱曲也有本事。威尼斯既是艺术家的母亲也是音乐的母亲。别老拿着蒂奥道西先生斯拉夫-希腊出版社，随你称它什么，拿着那

---

　　① 安德烈·德尔·维洛基沃（1435?—1488），意大利画家和雕塑家。上文中提到的铜像由维洛基沃设计制模。

双身记

儿校对员的眼光来看待周围的一切，要用画家、作曲家的眼光
来看。我们两个在这儿是为了拯救你，给你不同的体验。再说
你自己得拿个主意。我们将去新剧场听蒙特威尔第的歌剧，去
圣卡西亚诺剧院欣赏卡瓦利和那儿的阉伶歌手①，去圣徒歌剧
院享受契斯蒂……②不要害怕美！你自己就是一位艺术家。今
晚我们去听音乐会。别对我说晚上你必须写作，写那种没法唱
的爱国诗篇或者祖国的召唤。那种呼吁呐喊，在蒂奥道西那儿
一出版，就会在你的祖国，在你的教会，在维也纳，同样引起
审查官的注意，给你招来没完没了的麻烦……

＊　　　　＊　　　　＊

　　卡斯特洛区下午五时的教堂钟声与绿色屋子里传出的大键
琴声交融在一起，把扎哈里亚从午睡中惊醒。他听了一阵琴
声，他是懂音乐的行家，加之刚被惊醒，所以听得加倍留神。
弹琴的人在大调区比在小调区更显得得心应手，连音紧凑流
畅，三度音的控制训练有素，恰到好处。在意想不到的几处，
节奏略有变化，然而不失分寸。这种变化在莱比锡被称作"罗

---

① 早期巴洛克歌剧中常由男歌手唱女角。为了保持近似女声的音色，这
　类男歌手接受阉割手术。
② 威尼斯是歌剧的主要发源地之一。此处提到三位意大利巴洛克歌剧作
　曲家：爱德华多·季沃瓦尼·安东尼奥·蒙特威尔第（1567—
　1643）、弗朗西斯各·卡瓦利（1602—1676）和安东尼奥·契斯蒂
　（1623—1676）。上演他们作品的三个剧院：新剧场，始于1640年，
　1645年关闭；圣卡西亚诺剧院，始于1637年，1812年关闭；圣徒歌
　剧院，始于1641年，关闭年月不详。

巴托"①。这位陌生人稍稍延长音节中的第一个音，四分之四拍的曲调听来仿佛是四分之三拍，然后突然加速好似弹弓射出石子……弹琴的肯定是个男人。但是扎哈里亚注意到他的弹法有点奇怪。在某些段落，或者更准确地说，在某几个音符上显得疲乏。他的指法在键盘中那几个位置上胆小谨慎，在接近那些部分之前似乎迟疑不决。扎哈里亚凝神谛听，发觉自己能够准确判断在哪几个音上弹琴的人迟钝拖沓。这往往发生在"唻"这个音上，在"发"的音上就少一点，不过总是在键盘上所谓"男高音八度"②的音域之内。

　　——奇怪——他心想，可是他接着听见绿房子的门铃叮当作响。扎哈里亚马上作好准备下楼出门。按照他和安娜·波泽的约定，街上有个贡多拉船夫在等着送他去听音乐会。

　　那天下午挺暖和的。船夫嘻嘻哈哈、心情愉快，扎哈里亚立刻认出他。船夫东拉西扯，说个不停。坐船的人从而得知船夫叫塞巴斯蒂安，和贡多拉船上的圣像中的圣徒同名。扎哈里亚还得知船夫就住在奇迹运河边绿房子的隔壁。近来他的运道不错，地球仪已经脱手，他又找到一个要买杯子里诗句的顾主。倘若扎哈里亚先生不想要，他今晚回住处取杯子就把它卖了……

　　扎哈里亚问船夫要带他上哪儿去，在哪里跟安娜·波泽碰头。塞巴斯蒂安回答说，那地方就是著名的病儿音乐学校。

---

①　音乐术语 rubatto，又译"自由节奏"。
②　指以钢琴键盘中部 C 键"哆"音为起点的八度音阶。

双身记

　　——病儿音乐学校是个什么地方？——扎哈里亚问。塞巴斯蒂安大为惊讶，回问道：

　　——你不知道？那是个有名的收容所，收纳无药可治的病人。小女孩和年轻姑娘患上治不了的病就住在那里，在修道院边上。那儿有麻风病人，也有病人染上的是以古代爱神维纳斯命名的那种病①。

　　——那儿可是举办音乐会的地点？

　　——当然啰。有突出音乐天赋的姑娘集中在那里接受治疗。病儿音乐学校师生举办的音乐会与威尼斯最优秀的音乐厅相比毫不逊色。

　　——令人难以想象——扎哈里亚望着河水，发出感叹。扎哈里亚听着船夫没完没了的唠叨，眼前出现一件东西，引起他的注意。运河边的墙上长着一株植物，有什么东西挂在上面，他一时认不出来。等船划近，那东西看来是一只被抛弃的或丢失的女式手套，一只绿色的网眼抽纱手套……冈多拉在手套边划过，向着一条更宽阔的运河淌去。船夫还在讲他的故事：

　　——比如说，病儿音乐学校有第一流的小提琴手和歌手，哪方面都不比圣母怜子收养所②差，收养所在斯基亚弗尼大

────────

　　① 在有些欧洲语言中，"性病"的拉丁词根是"维纳斯"。
　　② 圣母怜子收养所在圣马可广场的东边，收养男女孤儿，是威尼斯的另一个高水准的音乐学校。收养所门前大街的街名意思是"斯拉夫人大街"。

街。咱们的老修士安东尼奥·维瓦尔第①在那儿长期执教。现在小提琴家基亚雷塔在那儿演出……

——你对这儿音乐界的了解令人惊叹——扎哈里亚意识到了这一点。

——可以理解，客人经常要我送他们去歌剧院或音乐会。

说到这儿，塞巴斯蒂安开始唱歌，声音不大，悠扬悦耳。在两条运河交叉的地方拐弯的时候，他说：

——我自己就是在这样一个"音乐孤儿院"里学会唱歌的。我们划冈多拉船的应该能够在恰当的时候放声歌唱，先生你肯定已经见过……在这里，要学不难。威尼斯有的是著名的音乐家和音乐会堂，比如圣拉撒路②乞丐收容所的玛丽艾塔是举世无双的歌唱家；安娜·玛利亚的弓法使圣季沃瓦尼和帕沃洛的收容所声名大振，我们的安娜·波泽就在那儿居住和演出。玛丽艾塔的技巧跟病儿音乐学校中随便哪位艺术大师相比都不相上下。我们现在就去那个学校……

音乐学校的石头大厅里充满热闹的谈笑，来客衣着五彩缤纷。扎哈里亚在人群中找到安娜。她领他去到大厅角落里的一把椅子那儿，占据一个靠近音乐家的位置。她自己还是站着，并且来回走动。其他人也在来回走动。等他们安定下来以后，

---

① 安东尼奥·维瓦尔第（1678—1741），意大利最重要的巴洛克作曲家之一，在圣母怜子收养所任音乐教师近二十年。下文提到的《四季》是他在1720年前后创作的一套小提琴协奏曲，共四部。

② 拉撒路是《圣经·新约·路加福音》第16章中的一个叫花子。以他命名的收养院接受乞丐儿童，并提供音乐教育。大门前的河取名为乞丐河。

扎哈里亚问他们处身的房子究竟是医院还是音乐厅。

安娜笑出声来，回答说：

——别害怕，我的美男子。还没人从这儿的音乐家身上染到过任何疾病。你不许吻她们……

扎哈里亚说，奇怪的是扎贝塔没有出现在音乐会中。安娜告诉他，扎贝塔肯定会到场。正说着，响起一阵掌声，音乐家们开始登台。最后一位女子双手捧着小提琴接受大家的欢呼。她鞠了一躬，向安娜和扎哈里亚招招手。扎哈里亚认出她就是上午的来客，又惊又喜。

——那是扎贝塔！——他轻声对安娜说。

——当然是她，她是意大利的头号小提琴手。

此刻，扎贝塔走到他们身边，从手上脱下一枚不小的石头戒指，交给扎哈里亚。

——替我保管这枚戒指，它会妨碍我的动作——她说，又添上一句——小心保管，这戒指的价值高于一切。

扎哈里亚还没来得及把戒指套上大拇指，演奏的人已经开始奏出《四季》。听着维瓦尔第的曲子，扎哈里亚不知道这只戒指将会留在他的手指上。音乐会结束以后，扎贝塔将会要求他收下戒指，因为这只戒指对她无用。

*　　　*　　　*

安娜和扎哈里亚回到家门口已经过了午夜。他们看见门前停着一条冈多拉。他们看到塞巴斯蒂安躺在船里睡觉，觉得有点奇怪。扎哈里亚觉得他的脸显得非常苍白，可是那或许是因为月光照在他的脸上。安娜突然尖叫一声，从绿房子的门里走出一个裹着黑披风的人，脸上戴着可怕的保护面罩，一条长长的尖喙突出在前①。

安娜认出了他。她心惊胆战地凑近扎哈里亚，小声告诉他，那是威尼斯的收尸人，或者叫验尸官。那个人一声不吭，让他们走过，因为他已经完成自己阴森森的使命。他们快步踏进绿房子，楼梯上血迹斑斑。杰瑞玛侬大师的房间里有几个人正在听一位警官的指挥。扎哈里亚以前在自己房间里听到过从这儿传出的话语、音乐和闹钟报时的声音，但是这是他第一次见到房间的内部。房间里有两扇窗子——大的一扇俯视奇迹运河，小的一扇对着圣克利索斯托莫运河。那扇大窗开着。房间里有一架大键琴、两面镜子、一台不用数字而用红宝石标明钟点的钟、好几个挂在墙上的狂欢节面具、一个可以转动的书架，架子上有书，还有一张书桌。墙壁上挂着的一幅风景画可能是卡纳莱托②的作品，上面用铅笔添加了乞丐河，墙上还有一两张别的画。一把宽适的双人椅占据房间的一角，威尼斯绸缎面子给人舒适的感觉，宛如甘甜的恶毒藏在舌下③。房间的地板上到处是血。

房间里站着两个人，一个是化验官——威尼斯宗教裁判所

①　面具的鸟喙中放香草或药草，驱除臭味或防止传染。
②　卡纳莱托（1697—1768），意大利风景画家，尤其擅长威尼斯风景。
③　出自《圣经·旧约·约伯记》第20章。恶人"口内虽以恶为甘甜，藏在舌头底下，爱恋不舍，含在口中"。

的毒药专家（大名鼎鼎的卡萨诺瓦①的职务由他接手）；另一
个身材魁梧，是这座海上都市中路人皆知的可怕人物——威尼
斯共和国最高裁判所的高级教士克里斯朵夫洛·克里斯朵夫
利。据说光他的长相就足以把胆大包天的人吓得魂飞魄散。

　　瘫倒在他们面前一把扶手椅上的是杰瑞玛侬大师，他双手
沾血，脚边地板上有一只破杯子。扎哈里亚即刻认准了，这杯
子跟楼下冈多拉中躺着的船夫有关。杯子边有一只扎哈里亚从
未见过的陶土小瓶子。瓶子的塞子已被拉掉，里面似乎是空
的。杰瑞玛侬大师手指上戴着一枚石头戒指，一位警官俯身正
在老人的嘴巴前做着奇怪的手势。扎哈里亚在恐慌之中看到，
大师手上的戒指和扎贝塔给他的、现在正戴在他大拇指上的戒
指十分相似，所以他小心翼翼地把手插进口袋，不让别人看到
他刚收到的礼物。

　　——昨天死的——那人费力地直起身子，一边按摩着腰
背，显然感到腰酸背疼。

　　安娜哭出声来，身材魁梧的教士转过身，把一只沉重的手
按到她脑背后，使她镇定下来。

　　——别哭，我的孩子，不是他的血。他不是死在别人手
下。我们马上可以知道他是不是给自己下的毒，也许如此。

　　克里斯朵夫利做了一个手势，化验官说：

　　——可以说他是昨天下午六点前后死的，因为唾液泡沫已

_____

　　①　基亚科莫·基罗拉诺·卡萨诺瓦（1725—1798），出生于威尼斯的作
　　　　家，尤以放荡好色著称，在自传中披露艳遇一百余起。

经干结在嘴唇上。唾液干结大约要这么长时间。

他随后跪在死者脚边，拿起陶土瓶子闻闻。

——空的，里面装过水——他下了结论……——是水。根据瓶子判断，很可能是那种从土耳其捎来的水。

然后他捡起杯子的碎片打量着。

——大师没有中毒。几个月里没人用这个杯子喝过水。长期没人用它喝过水，里面积满灰……等一下！

那人转向杰瑞玛依大师，十分小心地抬起他戴着石头戒指的手，然后把手放下，仔细审视另一只手上的指头。

——对，出了什么事很明白，原因可是不清楚。

——那是什么意思？——克里斯朵夫洛·克里斯朵夫利问。

——这意思是说，杰瑞玛依大师，愿上帝赐他灵魂安息，死之前抹掉了杯子里的灰。这便是当时他正在干的事。但是他为什么要这样做，我们不知道。我们不知道他为什么死了，也不知道他是怎样死的。我们不知道大师身上、瓶子上、玻璃杯上的血来自何处。不过，血不是他的。血是沾在什么人的鞋底上一路踩上楼的……

克里斯朵夫利随后慢慢地从死者手指上脱下戒指，放进教士袍子的一个小口袋里。他用靴尖挑起杰瑞玛依大师的左脚，看到大师两只鞋底上沾着血。

——是他干的，愿上天赐他灵魂安息——克里斯朵夫洛下了断言——我们快去冈多拉船夫那儿，愿上天也赐他灵魂安息。

　　警察纷纷跟着教士赶紧下楼。

　　大师的尸体被抬出屋子。他的尸体和塞巴斯蒂安的尸体放在同一条冈多拉里运走。待事情安静下来以后，扎哈里亚陪着安娜来到底层的房间，安娜有时在这里过夜。分手的时候，他说：

　　——我知道杰瑞玛侬为什么杀害船夫。

　　——你说是为了那个玻璃杯子？——让扎哈里亚吃惊的是安娜的反问——我不清楚……我不能肯定。杯子是杰瑞玛侬的。他从塞巴斯蒂安那儿买来的，付了他要的价钱。可是塞巴斯蒂安一直在讹诈他，不肯把杯子给他，而且扬言要是杰瑞玛侬拒绝加钱，他就把杯子卖给别人。这样他不断提价逼着杰瑞玛侬加钱。大师忍无可忍了。对他来说，这个玻璃杯子的价值高于它的价钱，它的价值高于一切。

　　——像我刚得到的戒指一样？——扎哈里亚踏出房门时心里在想。

　　合上房门时，他听到背后安娜的声音：

　　——这些都无关紧要。所有这一切之中只有一个疑团，杰瑞玛侬为什么死了，他是怎么死的。那是我要你今天晚上考虑的事……不过我想我知道我的大师是怎样丧命的。

　　扎哈里亚站在窗边，从衣橱里往外观望奇迹运河的流水。快要变天了，疾风又把飞鸟逼入海中溺死。扎哈里亚想起家乡的风。一时之间，故乡的风中冰雪和杉木的气息充满他的回忆……在他的想象中，他听见教堂大钟清脆的钟声，他记起沿着多瑙河岸在匈牙利旅行的时候，他在一个名为圣安德烈的地方听到过这样的钟声……他的马车正走在通往布达的大路上，从圣像画师路加教堂的钟楼上响起的钟声隐藏在他的记忆之中，直到今天晚上……他从沉思中挣脱出来，辨清眼前的景象。奇迹运河阴沉沉的水波上浮着一个惨白的四方形，像一面飘动的旗帜，可以看得清清楚楚——那是从底层安娜的房间里射出的灯光。扎哈里亚站在那儿望着，嘴里充满液体，不是口水而是一种苦涩的汗水。等安娜窗户中的灯光熄灭后，他悄悄地踏进走道，手里拿着一盏灯和一支蘸过墨水的羽毛笔。他静悄悄地走进大师的房间，在桌子上找到杯子的碎片，抄录了杯子底上神奇的诗句：

atto' tseuq ehc ero' uqnic ertlo uip rei

抄完以后，他捡起玻璃杯子的碎片，全部扔进河里。他回到床上，忘了吹熄灯，在迷迷糊糊快要入睡的时候，觉得自己做了什么错事。人的醒悟发生在似睡非睡之间。他有记忆，可是现在为时已晚，什么都于事无补了。杯子的残片在奇迹运河中随波逝去。船夫告诉过他，杯底的诗句不是往杯子里看着念的，要用别的方法念。用什么别的方法？他绞尽脑汁，苦苦思索。他顿时想通了，虽然杯子已经不存在，他或许能找到补救的办法。他已经抄录船夫要他用另一种办法念的诗句，意思是说这诗句该从杯子外面往里念。他站起身，拿起抄录诗句的纸片，把它对着系在摇铃把手上的小镜子。在镜面中，他能看到反照的诗句。按新顺序排列的字母组合成一个句子：

ier piu oltre cinqu' ore che quest' otta

现在这些字母有意思了。那些单词是意大利文，但是扎哈里亚仍然理解不了其中的涵义。

早上扎哈里亚发现灯里留下不少油，也就是说，灯没有整晚点着。有人无影无踪地进过他的房间，及时捻灭了灯芯。绿房子里有人不放过任何一个细节。

第四章

魔鬼的颤音[①]

——你知道不知道，亲爱的萨卡里亚斯先生，这个大千世界上有几种写书的人？你不知道？你当然不知道，因为你是个写书的。好极了！可是我，感谢天主和圣克利索斯托莫，不是作家，而是出版商，所以我知道。我不能不知道。有两种。你听到了吗？只有两种作家。一种作家能够觉察读者的趣味，投其所好，不在乎最后写成什么样的书；另一种作家则要改造世界和文学，所以不在乎读者的趣味和出版商的收益。说起我们那位亲爱的领事尤利亚茨先生，他属于第二种。他在俄国沙皇的朝廷里得宠，但是维也纳的审查官对他毫无好感，我亲爱的先生。你知道这意味着什么？你不知道？这意味着我们拿不到许可证，不能出版他那本标题拗口的书，他编纂的塞尔维亚史。维也纳的审查官没有批准印刷尤利亚茨先生的书，要求更改作者署名的那一页。你是这部书的校对，当然知道哪一页要改，知道为什么要改动，知道根据审查官的反对意见必须如何修改。你当然也完全明白，如果不按照审查官的意见照办，会有什么样的后果。我们就不能在奥地利的市场上向塞尔维亚人，向你的同胞，在那儿居住的同胞，出售这本书。要真是这样，谁还会买这部书？没人会买。那就意味着我们要赔钱，我们花在这部书上的本钱就赚不回来，也就是说，我的钱赚不回来了。所以，亲爱的萨卡里亚斯先生，尤利亚茨书里的这一页你拿去改掉！要改得维也纳的审查官和驻那不勒斯的俄国少校尤利亚茨都满意，更重要的是，要改得你们部族中所有的读者，我们的顾客，都满意！

——可是，蒂奥道西先生，要是这样做，尤利亚茨少校，以及全世界的人，从维也纳到的里雅斯特②，到莫斯科，都会知道被勒令改动的那一页是我们在威尼斯加进去的！尤利亚茨没写的那一章是我们加印的！是我们往酒里掺了水！因为你的塞尔维亚语书由我校对，大家马上会知道这是谁干的好事，知道是我扎哈里亚·斯蒂芳诺维奇糟蹋、篡改了尤利亚茨的著作！你考虑一下，这样做是否明智？

——明智不明智，那是你的事，亲爱的萨卡里亚斯先生，是你的事。不幸的是，钱是我出的！

说到这里，笑容从蒂奥道西的脸上消失，像假唇髭从脸皮上脱落。他转过身子背对他的斯拉夫-塞尔维亚语书刊的校对人。扎哈里亚没有办法，只得回家，眼里流露出久已忘却的眼神。尤利亚茨书里那一页白纸黑字的罪证，他不得不改。

六月的威尼斯户外鲜花怒放，阳光照在圣克利索斯托莫河上。尽管阳光明媚，扎哈里亚的感觉是牛羊啃光了他的头发，

---

① 意大利作曲家朱塞贝·塔蒂尼（1692—1772）在1713年创作的一首高难度的小提琴奏鸣曲。

② 威尼斯东北的港口城市，现属意大利，历史上曾经长期由奥地利控制。

镰刀刈断了他的胡须。他的两条腿领他出门穿过街坊。半路上他被一个男人拦住，扎哈里亚一眼看出他是个警察。警察从蒂奥道西的印刷厂跟踪而来，对扎哈里亚直呼其名。他按规章公布了自己的身份，说有一张传票要交给扎哈里亚。

——什么传票？——扎哈里亚战战兢兢地问。

——明天清晨，你必须到罗盘厅①去接受盘问。

——谁盘问我？——扎哈里亚问得不得法，答话也同样不客气。

——你到那儿再问。别迟到，我们讨厌迟到的人……

　　　　　*　　　　*　　　　*

这一连串的事让扎哈里亚不知所措。他找到一家小酒店，点了一杯玛尔瓦希亚②酒，想定心思索如何应付才好。杰瑞玛依大师落葬后，安娜很少来绿房子。她披挂黑纱，连日愁眉不展，一直在等着什么事发生，而他则在维也纳审查官和威尼斯警方的严密监视之下，在印刷厂里想方设法修正清样。有人居然要他为一片面包践踏自己的脸面。他正在发闷气，扎贝塔提着装在琴盒里的克瑞莫纳"阿玛蒂"③小提琴打小酒店边走

----

① 罗盘厅是威尼斯总督宫三楼的一个房间，通往宗教裁判所。这里是威尼斯当局接受匿名检举信的地方。
② 玛尔瓦希亚是地中海区域的一种葡萄。
③ 从十六到十八世纪，阿玛蒂家族在意大利的克瑞莫纳制作优质大、中、小提琴。

过，一眼看到郁郁不欢的他。她在扎哈里亚脸前扇动一把芳香
扑鼻的扇子，在他身旁坐下。

——你中了什么邪，亲爱的萨卡里亚斯先生？——她觉得
他的脸色不对头——看你好像你的船全都葬身大海，倾家荡
产啦！

听她一说，扎哈里亚把自己的苦恼和盘托出，从馊油煎
的、叫人恶心的早点，到当地政府、审查官、直言不逊的作者
给他的种种麻烦，连带威尼斯这家为斯拉夫读者服务的希腊印
刷厂，一股脑儿讲给扎贝塔听。

——我们来想想办法——她说，乐意帮他一把——要做的
事该分轻重缓急。两件坏事之中，罗盘厅这事更糟糕。

——是吗？罗盘厅是什么地方？

——那儿是威尼斯宗教裁判所的所在地。十人执政团①的
三位主管人住在那里，国家裁判官的办公室也在那里。从那里
有可能被送进铅皮屋顶下的一个房间，然后押过叹息桥②。

——你说得我心寒。铅皮屋顶下的房间是什么地方？

——那些房间称作"铅皮间"，是威尼斯总督宫金属屋顶
下的囚室……不过不要马上以为会有最坏的结局。时下威尼斯
衰弱不堪，这对你有利。我想威尼斯维持不了多久。而且，这

---

① 威尼斯共和国的安全由一个十人委员会负责。在十名成员中轮选三人
　主持日常事务，住在总督宫内。
② 威尼斯的监狱原在总督宫内，后来在总督宫背后小河的对岸设立新的
　监狱。叹息桥连接新旧监狱。

些牢房几乎全都空着，威尼斯的舰队停泊在科孚岛①，也许得永远留在那儿，因为威尼斯共和国没钱召回舰队……我们越来越穷，这儿的老百姓身劳心瘁，不幸的事不可避免。圣马可的共和国疮痍满目，正在衰亡。最后的结局为期不远了。

——你怎么知道？

——我知道，我亲爱的斯拉夫人，因为我也是疮痍在身。只有音乐、绘画和教堂会存在下去……还有冈多拉！冈多拉会永远存在，因为它们来自埃及。长话短说，这个令人伤神的故事中没有为你留下的场合或时间，所以你可以放心睡好觉，明天无忧无虑地去接受盘问。威尼斯的宗教裁判所今非昔比，由来已久。当局现在一心忙着禁赌，说不定这几天就会公布……你的另一件事有关那本书。那件事，我们也来筹划一下该怎么办。你想过有什么办法能让你过关？

——这么办吧——扎哈里亚正在打一个主意，迫不急待地要跟一个可信赖的人商量——作者署名的那一页给他们抓到把柄了，维也纳的审查官要我改，我会改。但是我会在增补的段落里加进我的一首爱国诗歌。针对这首诗，我指名道姓地批判我自己，公开作者的大名！尤利亚茨在他书中那部分提出的问题，我只得删除；但我会在诗里提出同样的问题反击奥地利当局。

——好主意！移花接木，遮人耳目，就是魔鬼也看不出破

————————

① 科孚岛位于希腊西北爱奥尼亚海中，当时是威尼斯的重要军事基地，现属希腊。

绽！就这么办，一定成功。不过大功告成之后，马上丢置脑后。看看我们所在的地方！我们在威尼斯！威尼斯是享受生活的地方，而你呢？你甚至还没有告诉我，听了我在病儿音乐学校的演出之后你有何感想？

——我听得很开心。这儿，你瞧，我手上一直戴着你给我的戒指。

——既然如此，你欠着我的情。安娜告诉我，你来威尼斯的时候带了你自己画的一小幅画。她说你的画有吸引力，天使拿着乐谱。我希望你能让我看看。安娜觉得你的素描好极了。你看看你的周围，有的是威尼斯画家的作品供你欣赏。你可以一幅幅地看，一直看到提埃波罗①。他画的人物肘拐和腿突出画框，人物凸显在画面之外，可不像你因为惧怕美而逃开。他的人物破框而出把美送到我们面前。你也来画！我从未听说过你们国家的杰出画家，你们国家一定有杰出的画家。

——当然有。

——也许你会成为其中的一个？你画什么？

——教堂里的壁画。

——画壁画的人中，谁的名气最大？

——我不知道。

——你不知道？怎么会不知道？

——没人知道。他们不在画上签名。

——但是他们的画在那儿，一定美丽动人。他们画不画

———————————

① 季沃瓦尼·巴蒂斯塔·提埃波罗（1696—1770），威尼斯画家。

《圣母领报》①？

——画，画在教堂大门上边。

——那是我最喜爱的画面，也许因为我永远不会有孩子……孕育新的世界，因上帝而怀孕……这个画面总是令我神迷心醉。其中总是有三个人物，最重要的两个（上帝和耶稣）在画中从来看不到……只有一个女子和一位天使。要我带你去看看画吗？离这儿不远是圣洛可大会馆②，里面有两幅名画，画的是同一个题材——《圣母领报》。天使给圣母马利亚带来喜讯，她将要受孕得子。一张画是列昂纳多画的，③另一张是廷托雷托画的④。我们去那儿吧，我带你去看那两幅画，很值得一看。

扎贝塔喊了一条冈多拉，船划过大运河，停靠在圣洛可大会馆的前面。会馆的底层只有一幅画。他们在画前站住脚，扎贝塔轻声说：

——这一幅《圣母领报》是列昂纳多·达·芬奇画的。他的画面沿水平方向展开，或者说，像一杆天平秤悬在空中。一边是天使，另一边是圣母马利亚，在一座完美的花园里保持完

————

① 出自《圣经·新约·路加福音》第1章。上帝派大天使加百列对贞女马利亚说："你要怀孕生子，可以给他起名耶稣。"

② 所谓"会馆"是威尼斯富裕市民或行会组织的慈善机构。圣洛可是一位救死扶伤的圣徒。

③ 列昂纳多·达·芬奇（1452—1519），意大利文艺复兴代表人物之一。书中提到的画是他大致在1472和1475年之间创作的。此画不在圣洛可大会馆，现存佛罗伦萨的乌菲兹美术馆。

④ 廷托雷托（1518—1594），威尼斯画家。这里提到的画大致在1573和1578年之间画成，在威尼斯圣洛可大会馆展出。

美的平衡。她刚放下书本,他手拿一支百合花刚降临。画中的一切静止不动,和谐平稳。现在让我们走上几步楼梯再看。这里是廷托雷托的《圣母领报》。它是一个正方形,中间安排一条对角线。圣母马利亚坐在屋中,一群天使随着大天使加百列从天而降,冲破屋顶进入她的房间。信使加百列送来荣耀的喜讯。如果天空中所有的天使都拥进房间,不但房子要崩裂,周围的风景也会被全部挤垮,像罪孽深重的世界随着耶稣基督的诞生而崩溃。廷托雷托笔下的"圣灵感孕"是一场爆炸……你要是想知道这两位画家在想什么,听听他们的名字。

——怎么个听法?——扎哈里亚问。

——念出他们的名字,你就会听到他们的画。列昂纳多·达·芬奇,那是如歌的行板;廷托雷托,则是急骤的强音!萨卡里亚斯先生不想试试手笔?你为什么不也画一幅《圣母领报》?

——我的侄子雅可夫[①]在我老家那边画圣像。他也画过《圣母领报》。

——你呢?让别人去临摹战功勋章和教士的袍子,虽然那类临摹能给你跻身维也纳美术院的资格。安娜告诉过我,那是你的梦想……

——要是我来画——扎哈里亚低声说——我就画安娜和你。但是这个世界上有一样东西,没有画家能画。那就是太阳。还没人画过太阳,我亲爱的扎贝塔……

---

① 雅可夫·奥弗林(1750—1803),塞尔维亚宗教画家。

——不过，拿我做个例子，你会怎么画我？

——我可不敢说——扎哈里亚回答，一边笑出声来——有点像是我在丽亚都桥上的那场梦……

——讲吧，告诉我！

——会是一幅裸体画。

——裸体画？

——对，你在画里赤身露体。这幅画的构思在我脑中已有一段时间。听音乐会的时候，我在脑子里松开你的头发，分成四股。那四股纤细的头发顺着身体落到你的下身，如同阿玛蒂琴上的弦，与那儿的柔毛挽成一个结。一把梳子（像小提琴上的琴马）使琴弦，也就是你的长发，绷紧。在我的画中，你左手的指头按着头发，就像你在小提琴上按弦。琴弓拉过你的头发，仿佛那是克瑞莫纳提琴上的弦……我要画你演奏你自己的身体。你的身子在我的画中是一把阿玛蒂小提琴。还有一件事要说，我知道你演奏的曲子。

——什么曲子？——扎贝塔兴奋地追问。

——画布上当然看不出旋律，但是我可以告诉你那是什么曲子。你在我画中演奏作曲家据说在梦中听到的音乐。魔鬼手中提着一把小提琴进入他的梦，坐在他床上奏出一首勾魂摄魄的曲子。作曲家一醒就把曲子记录下来，所以我们今天才有塔蒂尼的《魔鬼的颤音》……

第五章

来自庞贝的天平秤①

　　1765 年 6 月底那天，一位奥地利帝国的臣民按照威尼斯当局的命令来到罗盘厅所在的总督宫。此人是塞尔维亚族。论宗教信仰，他属于威尼斯人称为"非一体化②希腊人"那一类，换句话说，归入信仰东正教的塞尔维亚-希腊人，独立于梵蒂冈教廷之外。他被带进小小的候见室，里面人头济济。扎哈里亚看到安娜也在，吃了一惊。安娜坐在唯一的石头长凳上，穿着丧服。他们在一起等着。身边人来人往，有一个小时他们没说话。等了一个小时以后，房间里只剩下他们两个，他们才开始交谈。

　　——杰瑞玛侬大师死的那天晚上，你对我说，我该想想究竟出了什么事。你现在知道答案了吗？我不知道。

　　——你当然不知道。所以这里的人盘问你的时候，不知道的事你就别说。

　　正说着，从里屋走出一个警察，一句话便打发他们回家。扎哈里亚惊得发呆，安娜抓住他的手，马上拉他走进通往出口处的长走廊。在走廊中，克里斯朵夫洛·克里斯朵夫利的鬼影挡住他们的去路，他抬起双臂低声说：

　　——遇上你们太好啦。你好吗，安娜小姐？在服丧，当然。

78

请到这边来。我在这儿有一个小……小……小房间，为朋友们准备的。我想跟你们聊聊，要是你们有空？

克里斯朵夫洛把他们一把推进一间小屋。屋里有两条长凳和一个可以转动的书架，架上没有书。墙上挂着一幅圣马可雄狮③的画。在祈祷跪座上摆着一本打开的《圣经》，书中夹着几张已经写了一些字的纸。

——我一直想问你，安娜小姐，你知道这是什么？

克里斯朵夫洛大人从袍子里取出那天晚上他从杰瑞玛侬大师手指上脱下的石头戒指。他的右半张脸上笑容可掬，亲热的程度令人难以置信。

——我知道——安娜毫不迟疑地回答——这是一只想来会变颜色的戒指。

——你知道它的用途？

——我知道。它能预言你的愿望能否实现。

——什么愿望？

——你一生中是否会有健康、幸福或者爱情。要是变成绿色，那就是说你会身体健康。红色表示你会幸福。如果泛出蓝色的光泽，你会有爱情。这戒指算是一种带来好运气的护身

---

① 意大利的庞贝古城在公元 79 年毁于维苏威火山的爆发。在庞贝遗址中梵蒂家居的入口保存着一幅壁画，画中的繁殖之神普赖尼帕斯用天平秤称他自己巨大的阴茎。

② 十七世纪末，威尼斯的希腊东正教领袖提议天主教和东正教实施"一体化"，但是遭到威尼斯东正教徒的反对。这场争论持续到十八世纪后期，"一体化"始终未能实现。

③ 威尼斯的守护神圣马可往往由一只带翅膀的雄狮代表。威尼斯共和国的国旗上有一只带翅膀的雄狮。

符，证明占卜的人有先知之明。

——好极了。现在请你告诉我，在已故的杰瑞玛依大师的房间里找到一只破杯子，你知道那个杯子的底上写的是什么？

——我知道。

——写的是什么？

——一句诗。杯子的前主人中有些认为那句无法解读的诗是伊特鲁里亚语。

——很好，安娜小姐，很好。你能……能……能告诉我这是什么吗？

克里斯朵夫洛大人边说边转动书架，露出一只陶土小瓶给安娜和扎哈里亚看。那就是杰瑞玛依大师去世的晚上在他脚边的瓶子。

——我能，大人。那种瓶子通常可以在狂欢节演出假面喜剧的时候买到。很稀罕，来自土耳其，有人称之为"圣母的眼泪"，在这里作为有神效的药水出售。

——你很懂这件事，亲爱的安娜小姐。所以你也许能告诉我另一件我想知道的事。所有这……这……这些跟在……在……在场的这位先生，萨卡里亚斯，有没有关系？你的名字是萨卡里亚斯，对不对？你是从维也纳来的。所以，有些事是不是与萨卡里亚斯先生多少有关，跟他有的什么戒指或者类……类……类似的东西有关？

说到这里，又一个不自在的笑容流露在大人的脸上。这一次，他左半边的脸上显出令人毛骨悚然的笑容。一股寒气钻进扎哈里亚的心窝。

——没有关系，大人，没有关系——安娜说谎，眼皮都不眨一下。

——很好，年轻的女士，很好。现在还有一件事。这边的萨卡里亚斯先生，是不是有时会发狂，撒腿飞跑穿过圣季沃瓦尼和帕沃洛广场，丧魂落魄地逃离你和你那些如花似玉的朋友？

——不错，大人。他确实有时会发狂。

——现在我想请萨卡里亚斯先生简短地告诉我……你听到过那种声音吗？

——声音？——扎哈里亚莫名其妙地问——什么声音，大人？

——算了，不提此事！……我现在还有一个问题要安娜小姐回答，说句老实话，这不是最后的问题。你是否知道杰瑞玛依大师用刚才所说的东西丁什么？

——不知道。

谈到这时，他右半边脸上现出笑容，讨人喜欢然而令人费解。他的笑脸显然说变就变，来去由不得他，因为那些笑脸是无法驯服的。

——你意下如何，小姐？杰瑞玛依大师会不会把那些物品，所说的玻璃杯子、戒指和魔水，用于占卜起卦、装神弄鬼、诅咒作法？

——我想不会。

——你为什么这样想？

——一位老人，又有病，占卜算命对他有什么好处？而且这枚戒指和其他的东西只能用来预测自己的未来。难道杰瑞玛依大师企求健康？幸福？爱情？……再说，倘若他真的想要起课算命，他并不成功。

——你怎么知道？

——戒指没有变色。在你从他手指上取下戒指，把它放进你的口袋之前，我看到它没有改变颜色。所以，他要不是没有算命，就是算不出个名堂。

——你知道已故的杰瑞玛依大师把他奇迹运河边的房子留给了谁？

大人用这个问题结束这次谈话。他左半边的脸上射出确确实实令人毛骨悚然的狞笑。

——我不知道。

——他把房子给了你……现在你们可以走了。

他们正忙不迭地快步走出那个小房间，大人说了一句话，把他们吓得又是一愣。

——安娜小姐！……别放过这个斯拉夫人……

*　　　　　*　　　　　*

——我们现在可以走了，但是先别回家——安娜走出总督宫以后说，她觉得晕头转向——要是带着这一脸晦气回绿房子，晦气就全带回家，我们好多天都会心神不宁，食而不知其味。

——你说的对——扎哈里亚同意，但是他接着说，克里斯朵夫洛大人说过一句话，他绞尽脑汁也想不出是什么意思。

——他问我的声音是怎么一回事？

——我一点不懂。我们去找扎贝塔，让我问问她。我们今天找一条圣彼洛达①到海湾边洗澡去。

扎哈里亚坐在船里等着，圣彼洛达是一种平底的划舟，比起冈多拉来更容易掌握方向。安娜和扎贝塔带着一瓶酒和三副面具到了。两副面具是男人的脸，一副是女人的。他们出发向海湾驶去，找到一个没人的小湾就下船。

在那儿，她们给扎哈里亚挂上女人面具，剥光他的衣服，好好地打量了一番（对她们来说，这不是第一回）。她们放声大笑，把他推进水里。然后她们戴上男人面具遮蔽自己的脸，脱掉衣服，光着身子向他游去。过了一会儿，他们回到岸上。安娜打开酒瓶，呡了一小口，把嘴里含着的酒送进扎哈里亚口中，他们两个轮流喂对方喝酒。接下来扎贝塔直接从瓶子里大口畅饮，然后把剩下的半瓶抛进大海。其中的情由可以理解，她喝过之后，别人不该再从那个瓶子里喝。

扎哈里亚想要趁安娜吻他的机会把她搂在怀中，但是她抽身走开说：

——现在不行，我俊美的斯拉夫人。等上三个月，你就能心满意足。现在我们要把你称一称。

扎贝塔忍俊不住，笑出声来。安娜从提包里取出一副小小的天平秤。她说这是来自庞贝的秤，那地方现在还生产这

---

① 圣彼洛达是威尼斯常见的一种带桨的单桅小船，可以挂帆。

种秤。

　　——干什么用的？——扎哈里亚问。安娜把一个秤盘挂到他那个已经挺拔刚强的玩意儿上，在另一个秤盘里放进一块小石头。看到他一副困惑不解的傻相，安娜劝他放心：

　　——这事儿，你不要误会。这是自古以来衡量幸福的风俗，在古代壁画中常有描绘。小石头放得越多，幸福越多！让我们看看你能支撑起多少石头——她补充说。听她一说，扎贝塔也在秤盘上放下一块小石头……

　　小石子突然散落在沙滩上。扎哈里亚取下天平秤问道：

　　——为什么要等三个月？

　　——因为威尼斯的狂欢节那时候开始。

第六章

绿色的网眼手套

杰瑞玛依大师死后第四十天，安娜和扎哈里亚出钱请扎尼帕洛广场的圣季沃瓦尼和帕沃洛教堂为他做了弥撒。安娜在教堂的广场上买了三支蜡烛，他们要点蜡烛纪念亡灵。

——这第三支蜡烛是为谁买的？——扎哈里亚问。姑娘的回答使他大为惊讶。

——你也许能为葬在这里的一位同行和同胞点支蜡烛。

——谁？

——我怎么知道是谁。有人说他为巷子里的小剧场写过喜剧脚本，他的名字可能是马里诺。你应该比我知道得多，不过你们斯拉夫人自家人不认自家人。他是拉古扎①人，死在这儿像个被放逐的游魂。

扎哈里亚完全不懂安娜在讲什么，不过他还是为被放逐的游魂点燃一支蜡烛。

回家路上，他们先在安娜的孤儿院停一下，孤儿院就在这个广场上。扎哈里亚提着她的箱子，走过维洛基沃的骑士铜像时闭眼不看。安娜就这样搬到绿房子来住了。房子现在归她所有。

他们路过一家小饭馆，买了撒丁岛烤乳猪和塞浦路斯岛酿制的希腊酒。为亡灵的安息，他们喝酒吃肉。两个人在大师的房间里坐着不作声，扎哈里亚开口问：

——他到底死于什么原因？你说你知道。

——你真的不罢休？

——我现在有几个疑问不能解答。你或许能提供答案。

——问吧。

——首先，杀害冈多拉船夫的是杰瑞玛依大师吗？

——是他。

——为了什么？

——为了要得到一件东西，一件对大师来说非常贵重的东西，一个玻璃杯子。我们看到杰瑞玛依尸体的那个晚上，我就对你说过。为了这件东西，他们之间的纠葛没有了结。船夫说杯子要卖给大师，实际上他是在讹诈大师，硬逼着大师一再加钱。

——那是怎么回事？

——首先我得告诉你，杰瑞玛依大师有古怪的癖好。除了音乐才华过人，精通草药，他有时会迷上邪魔外道。

——你这是什么意思？

——他会算命。去年整整一年，他在精心筹划巫术，也可以说，要算一个卦。他把这事看得很重。为此，他需要那个玻璃杯子。

---

① 现克罗地亚的杜布罗夫尼克市及周围地区。该地区当时是一个独立的共和国。

——他为什么一心要起课算命？

——他要预知未来。可能因为他年事已高，加之有病在身，他想知道剩下的日子会怎么过。他想知道人死了以后还有没有生命。他想知道人死了之后是不是像我们的救世主一样会有第二个身体。如果各种条件具备的话，戒指、圣水和有神效的诗句可以给人答案。早就有人说过，真相藏在水、石头和言语之中！所以他打定主意求助于这三件东西算命。戒指，他早就搞到了手，也许就是这枚戒指给了他占卜算命的念头。这枚石头戒指（他死的那天戴在他手指上）是那种能够根据身体能量变换颜色的戒指。要戒指变换颜色，作法的时候还得使用另外两件东西，圣水和某种魔咒。圣水，他去年从当地几个戏子那儿买到了，是戏子把圣水从土耳其带来的。圣水叫作"圣母的眼泪"，从那儿捎来威尼斯花费不低。那句有魔力的诗——作法成功必不可少的秘诀，杰瑞玛依找了好长时间。那个冈多拉船夫，塞巴斯蒂安，最后同意把写有魔咒的玻璃杯子卖给他。他就住在这儿，绿房子的边上。大师即刻买下杯子，照价一次付清。但是塞巴斯蒂安不给他杯子，用种种借口再三推托。这样，作法需要的东西样样具备，就是缺了玻璃杯子里的诗句。杯子还在塞巴斯蒂安手中。只要杯子一到手，杰瑞玛依就能起课算命。可是塞巴斯蒂安不断要他加钱。我们去听音乐会那天晚上，他对杰瑞玛依说，再不加钱，杯子就要卖给别人。于是大师取出他的弩弓，从窗口一箭射死了塞巴斯蒂安。船夫那时正拿着杯子踏进冈多拉。杰瑞玛依随即下楼到船里取走玻璃杯子，回到自己房间。占卜需要的其他物品都已经在他房间里了。杰瑞玛依就这样最终从杯子里得到魔诀，开始行施巫术。

——怎么行施巫术？

——简单得很。从"圣母的眼泪"的瓶子里喝一点圣水，口念秘诀，然后把石头戒指套在手指上。要是步骤准确，戒指就会变颜色。你会有什么样的未来取决于戒指变出的颜色。正如我在罗盘厅里对克里斯朵夫洛大人说的那样，戒指倘若变成蓝色，意味着算命的人生活中会有爱情。如果是绿色，意思是你的一生强健安适。若是红色，那就预言你会幸福。

——那么，想预见未来的人能用这种办法达到目的……死后的来世也能预知吗？能预知第二个身体吗？

——杰瑞玛依希望能预知。

——巫术倘若失败呢？

——戒指的颜色保持不变，仍是一枚普通的石头戒指，跟以前一样。

——这么说，杰瑞玛依大师如此这般地作法。因为巫术没有显效，戒指还是一块普通的石头。这我可以理解。我也能理解你为什么对克里斯朵夫洛大人说大师没有起课算命。因为巫术显然无效，所以宗教裁判所无法追查。可是大师是怎么死的，为什么死的？是他在作法的时候心脏病发作？还是有人谋害？如果是他杀，谁是凶手？

——他的死因会让你吃惊。按你的想法，杰瑞玛依与我之间存在着某种关系。这种关系，表面上看来，与他死亡的真相完全不一致。也就是说，我肯定你以为我们之间有一种将心比

心的关系，几乎是父女关系，至少也是师生关系，一个是音乐
导师，另一个是他天赋最高的学子。不过千万不能信赖音乐
家！他和我之间有一个可怕的冲突，他要把房子传给我的时
候，我们之间甚至可以说有一场秘密的拼搏。我不愿意在这幢
房子里跟他共枕同衾。他大为恼火。因为无法制服我，软硬兼
施都不能使我就范上床，他失去一切希望，他因此认为我想要
投毒，置他于死地。他决定先下手为强，甚至有次对我公开扬
言。他威胁我。他暗地里搞到毒芹①泡在白葡萄酒里。屋子充
斥着一股陌生的气味，我发现了他的阴谋。我千方百计、费尽
心计摸清他企图用毒芹对我下手的时机和办法。你也知道，他
精通草药。屋子里到处是夹在书页中收干的植物。草药捣碎后
碾成粉末收藏在穆拉诺岛上制作的玻璃瓶子里。瓶子有不同的
颜色，他知道什么颜色的玻璃瓶可以最有效地保护哪种植物的
药性不受阳光影响。先是一天下午，我套上绿色的网眼手套像
往常一样来学琴，留心尽量少触摸屋里的东西。我坐在大键琴
边，闻出毒草的怪味比以前更浓，心想弹琴前最好不脱掉手
套，以防万一。我得承认，当时我都不知道自己心里在想什
么。弹琴的时候，我觉得自己非常对不起我的师长，因为我居
然以为他要毒死我。那天的课结束后，我怀着愧疚的心情回孤
儿院，但是为了预防万一，我还是把绿色的网眼手套扔进奇迹
运河里去了。杰瑞玛依大师上课，眼睛通常盯着窗外，所以我

---

① 毒芹（拉丁学名 Conium maticulatum）是地中海地区的一种有毒的草
本植物，可高达两米以上。

现在回想，他当时没有注意到我戴着手套练琴。我记得那天我弹琴，他不满意。我们准备出门去听扎贝塔的音乐会时，他坐到大键琴边上开始弹琴。平时他总是在那个时候弹琴。他以为他抹在大键琴两个键上的毒药没有粘住，因为我弹完琴，完好无恙，不受影响。是他没有注意到我没脱掉手套，还是他自己忘了在哪两个键上抹过毒药，我至今也搞不清楚。但是他像往常一样开始弹奏斯卡拉蒂。后来，塞巴斯蒂安在街上喊他。

——是谁？——大师问，不知道谁在喊他。

塞巴斯蒂安开口敲诈，要他加钱才给杯子。杰瑞玛依怒火中烧，加上毒药可能已经产生作用，透过指端渗入他的身体。我已经告诉你，他从窗口射死船夫，从冈多拉中拿到杯子，回到楼上给自己算命。毒芹的药性越来越重，他来不及施完巫术就一命呜呼。也许他杀害塞巴斯蒂安不是因为被他讹诈，而是因为要死里求生抢时间。他觉得已经中了自己下的毒，急着要把杯子拿到手，用巫术阻止死亡。他也许知道某种跟占卜类似的巫术能够抵消毒性，甚至在人死后能救死还生……但是那一天上帝没有给他足够的时间，所以毒药断送了他的生命。他用颤抖的手握着瓶子，喝了水，杯子掉在地上，我们看到他死在扶手椅中。他没来得及使用写在杯子里的那句魔诀，他能够做完的唯一的事是抹掉了杯子里沉积在诗句上的灰尘。那就是为什么克里斯朵夫洛大人的化验官没能在大师的手指上找到毒药的残迹……我是这样想的。

安娜讲完这个令人悲哀的故事，夜色已经完全笼罩威尼斯。扎哈里亚一动不动，听她讲完。

　　——你这人使我感到害怕，安娜。见面第一天，我企图从你眼前逃开不是没有理由的。你怎么知道所有这一切？鬼名堂那么多，不可能是在丽亚都桥塊鱼市场上听来的。

　　——别忘了我是一个弃儿。我们是被人抛弃的女孩子，成长在威尼斯的收容所里，周围充满无药可救的女人的秘密。我们长大成人，从来没有得到过父母的照料，没有妈妈的任何开导。我们互相充当母亲，所以当妈妈的有时比女儿还小，扎贝塔和我就是这样。身患不治之症的人、麻风病人、无药可救的人知道的事情比我们更多。戒指、杯子和圣母的眼泪，我知道那些事，都是扎贝塔告诉我的……

　　——还有毒芹呢？是谁把毒药抹到琴键上去的？

　　听到这个问题，安娜一惊，呆住了。她压低嗓门透过牙缝说：

　　——你要是知道，你告诉我是谁。

　　——我想是你杀害他的，在大琴键上抹了毒药。不过这事不由我调查。不管是谁在大键琴的那两个琴键上涂的毒芹油，杰瑞玛依弹琴中了毒。我注意到你已经从大师的琴上拆掉了那两个有毒的琴键——扎哈里亚冷冷地加了一句——那天我听大师最后一次弹琴，我知道哪几个琴键有蹊跷。

　　——你怎么知道的？

　　——我听出来的。可是你怎么会知道的呢？蹊跷是在"发"和"咪"两个音上，就是这两个键，现在不在大键琴上了，因为你把它们拆除掉了。我现在明白了，我听杰瑞玛依弹奏斯卡拉蒂，每次弹到男高音八度的"发"或是"咪"，他的生

命就消失一部分……不过，我现在不知道，也不想知道，你怎
么会知道哪两个琴键上涂了毒药。我不想知道是大师还是别的
什么人在琴键上抹了毒油。我不愿让自己的灵魂承担判断错误
的后果，也许你凭嗅觉发现了那两个琴键。那天下午，我看到
有一只绿色的网眼手套被抛弃在运河中……

第七章

音　线

　　夜晚已经进入恐惧的时辰。威尼斯的夜晚分作能预见未来的时段、回忆的时刻和恐惧的时辰。就在那个时候，在恐惧的时辰中，第一次听到了那种声音。安娜和扎哈里亚转身对着窗子，仿佛着了魔。声音从窗外传来。声音的细线从无边无际的天空中不知什么地方坠落下来，直穿威尼斯，宛如尖针刺透一只小虫子。

　　声音持续不断，音调尖利。起初威尼斯城里没人注意它。声音不算太响。然后狗变得坐立不安，开始在船上狂吠，好像觉察到夜色中有看不见的陌生人。接着鸟儿停止啁啾。声音仍在持续。平稳的声音以不变的音调和音量从天上射向地球，犹如一道笔直的光线或瀑布。第一个晚上，声音让人难以入眠。天亮的时候，鸟儿不飞出栖息的地方，声音还在持续。随后，忽然之间能听到另一种声音，音调深沉，显然沿着水平方向伸展，穿过那条自天而降的纤细音线。第二种声音现在似乎进入一个耳朵，又从另一个耳朵流出。人们在街道上，在教堂中，在冈多拉船上祈祷。有些妇人背着方向划十字，像要抵挡邪恶的势力。埃及来的商人声称他们曾经踩在相似的、绷紧在金字塔之间的声音上走过，那种声音跟威尼斯现在听到的十分相

双身记

近。教堂开始敲响警钟，忽然又停了，不知是谁下的命令。教士开始在布道时宣布只有罪人才能听到这种声音，可是接下来出了怪事，天上开始掉下青蛙来。孩子们哭了。市集中有人传话，晚上听到的是上天降下的永恒之声，像尖针一样穿透大地，把源自撒旦的时间割成两段。大家确确实实都能看到，有一道声音，纤细敏捷如女人投来的一瞥，凌驾在威尼斯的上空，把天空一分为二，划出光明和黑暗。人人能够看到黑夜已经静止在声音的左边，而白昼依然滞留在声音的右侧……

安娜和扎贝塔保持异样的镇静，因为她们知道声音会在什么时候停息，她们这样告诉扎哈里亚。扎贝塔还加上一句：

——有人要对我们说话，圣灵借此要通报我们，但我们理解不了天上的主，现在还不能……

声音突如其来地降临威尼斯，同样出乎意料地突然终止。起初，人们似乎没有注意到，像以前一样。一天清晨，人人被寂静唤醒，被啾啾的鸟语和拍岸的波浪唤醒。唤醒大家的不是那个声音，声音已经消失了。那是两天以后的事。两天前安娜和扎贝塔说过……

扎哈里亚忽然记起一件事。他记起克里斯朵夫洛曾经在罗盘厅里问过他有否听到那种声音。

——可是在威尼斯其他所有的人几星期之后才听到那个声音！——他对安娜说。安娜平静地回答，在她和扎哈里亚听到声音之前，除了克里斯朵夫洛大人，还有别人也已经听到。

——谁？——扎哈里亚马上接嘴，好像他知道。

——大人听到的同时，扎贝塔也听到了。

94

＊　　　＊　　　＊

——你在房间里一定常常听到杰瑞玛依大师对我说些奇奇怪怪的话，强迫我记住他的怪话……

声音平息后第三天晚上，安娜说了这话，与扎哈里亚接着谈下去，仿佛要修补被声音扯断的生活。她说的确实是她故事中微妙的部分。扎哈里亚心不在焉地敲击着大键琴的琴键，已被修复的那两个琴键。安娜好奇地听他按键，虽说她完全明白他谱曲的时候肯定弹过琴。这是她第一次听他弹琴。他正在弹一首安娜不知道的、忧愁的歌，一首思念某个遥远地方的歌。

——音乐正在穿过迷宫——安娜心里想。她在听他弹琴的时候，扎贝塔的戒指在扎哈里亚的手上发出光芒。

——扎贝塔从哪里得到一枚无价之宝的戒指？——他问，停止弹琴了——这枚戒指，我手指上这枚她给我的戒指？

——给她戒指的人便是给她不治之症的人。

——她为什么托我保管这个戒指？她付出的代价如此之高，难道她不能利用这枚戒指的魔力？

——她告诉过你，戒指不能帮助她，因为它会预言未来。扎贝塔是有病的人，想到自己的未来不寒而栗。我也不敢窥探自己的未来。不敢领教！我觉得太可怕了。你呢？

——我觉得自己没有理由害怕未来。我不知道自己为什么会有这种感觉，但是我确实是这样想的。是好是坏，我不在乎。

——那好吧。你想知道的话，可以很容易看清自己的未来。戒指在你手指上，你从杯子里已经得到魔诀。只要念一遍魔诀就行了，什么时候念都可以，够你用上一辈子。现在你需要的只是陶土瓶中"圣母的眼泪"。我们可以在狂欢节中买到。倘若你改变主意，决定不预测将来，大家一样平安无事。不管怎样，戒指戴在你的手上挺漂亮。你我心里都明白了吧？

——等一会儿——扎哈里亚回答说——你怎么知道我知道玻璃杯里的诗句？

——那天晚上，你不是瞒着我抄下魔诀，把剩下的玻璃碎片抛进了奇迹运河？

——你真是夜不闭目？……杰瑞玛依大师用过这句诗，它会不会已经失效？

——没有失效。他什么都没用上，他的巫术失败了。所以诗和戒指仍然有效。要是杰瑞玛依没喝掉的话，瓶子里的魔水也会仍然有效。大师的戒指在克里斯朵夫洛大人那儿，但是你有自己的戒指，所以你一旦拿到魔水，也就是"圣母的眼泪"，你就万事俱备。要不要预知一生中会发生什么事，由你自己决定。

——那么什么时候可以拿到"圣母的眼泪"？

——我告诉过你，要等狂欢节开始的时候。可是我俊俏的斯拉夫人，你真的渴望预知自己的将来？

——我意思是说我不光要知道自己的未来，还想知道你的未来！我想知道我们俩共同的未来。

——可是我不想……现在给我一个吻，然后上床！

第八章

仆役喜剧①

　　——还有件事你没给我说清楚。在这个房间里，大师跟你说些什么莫名其妙的话，还一定要你记住那些奇奇怪怪的话？隔着墙，我能听得一清二楚。

　　——我告诉过你，那些是"套话"。我来给你解释那是什么意思。它跟假面喜剧有关，有人称那种戏为"扎尼"，意思是"仆役"的喜剧。也有人叫它"即兴喜剧"。不管叫什么名称，不进剧场的人看得津津有味。

　　——那么，他们在哪里看戏？

　　——在街上看。不过"街头戏"和所谓的"文明戏"现在不容易划分。"文明戏"可以去有一百多年历史的格里玛尼剧院②看，也可以在街头场子里看。但是不能想象狂欢节没有街头即兴喜剧，那种"仆役喜剧"。戏中出场的总是那么五六个角色，名字不变，面具不变，服装也不变，但是每次演出情节不同。戏中有男仆（扎尼）、女佣（塞瓦蒂）、一位博学的医生或者一位名为巴兰宗的律师，还有调皮捣蛋的丑角哈勒昆、乖戾的潘契内洛和许多其他角色。最出名的是潘塔隆，一个戴黑面罩的老色鬼和草包卫队长库库基洛。去世的大师在墙上挂着他的画像，你见过。

双身记

　　所以正如我说的，街头即兴喜剧的演员戴的是大家熟悉的面具，每天晚上演出时，临场插科打诨，天天有新鲜的情节和结局，全部是即兴创作。那可不是一件容易的事。这就是为什么演戏的人要借助于事先写好或印好的话，比方说，独白、责骂、称为"拉兹"的调笑对侃，或者已经列入单子的台词（套话）。大师生前酷爱假面喜剧，为威尼斯的"嫉妒者"剧团③创作、收录过许多套话。年老体衰的杰瑞玛依知道我记性好。他对我口述套话，我记在脑中，等有空的时候写到纸上。这样"嫉妒者"剧团就会不断有巧妙的套话和新鲜的噱头。最后还有一件事要告诉你，直接关系到你我两个人。

　　——我们两个？你在开玩笑！

　　——我丝毫没有开玩笑的意思。有两个不戴面具的角色经常在街头即兴喜剧中出场。他们甚至算不上是正式的演员。他们是一对热恋中的情人，在戏中穿插进全新的服装，因为这对情人总是按最新的时尚穿着打扮，只有他们两个脸上不戴面具。我已经答应"嫉妒者"剧团在今年秋季的狂欢节上由我们俩扮演年轻的恋人。

　　——可是，安娜，我意大利语都说不上口，更别提威尼斯方言了。再说，我从来没有上台演过戏。

---

① 仆役喜剧起源于十六世纪的意大利，由戴面具的演员按大致的情节即兴演出。
② 从十五到十八世纪，在威尼斯有巨大政治影响的格里玛尼家族拥有数家剧院。
③ "嫉妒者"剧团 1569 年始建于米兰，1604 年解散，自称有妒于美德、名望和荣誉，在欧洲广泛推广意大利的街头即兴喜剧。

——我亲爱的萨卡里亚斯，不用害怕。你很会亲嘴。台词由我包了，你只管在台上吻我，不必多说！这件事早就定了。我们可不能变卦，教人家措手不及……

*　　　　*　　　　*

威尼斯有一个假日长达半年。余下的半年，大家就盼着这个假日。这个假日就是狂欢节，从十月开始，持续大约五个月。在那段时间里，上至总督，下至女佣、乞丐，人人可以戴着面具上街，掩盖自己的真实身份，不让别人发现。人人可以出没在成千上万衣着稀奇古怪的人群中尽兴地寻欢作乐、嬉笑打闹。

扎哈里亚走在河边和桥上，一会儿看不见安娜了，一会儿又重新找到她。到处是哈勒昆、潘契内洛、潘塔隆和机智的贝列盖儿，令他难以置信。还有种种妖魔鬼怪、齐果亚①来的捕鱼人、背上蹲着猫的老太婆、西班牙人、亚美尼亚人、卖花生的小贩、国王、巫师、江湖郎中、假装的贵族老爷、假装的绿林好汉、从不存在的海盗船上来的海盗、假装的村姑、假装的老汉、假装的冈多拉船夫、假装的卖炭贩子，还有假装的贵妇人，形形色色，熙熙攘攘。有的看动物演把戏，有的看傀儡戏，还有人出没在算命人和骗子庸医的帐篷之间，或者忙于舞会、庆祝会之类。巫师用烫人的彩色石头驱邪祛病，方士教人

---

①　威尼斯湾入口处的一个小岛。

跑步后退以求延年益寿，声称这是马可·波罗很久以前从远东带来威尼斯的健身方法。

看来半个欧洲都想要在这里汇聚。在场的有不计其数的名妓优伶，各自就位。狂欢节历来是她们这个行当大显身手、哄抬身价的黄金季节。听说那几天里有可能在街上与伏尔泰邂逅，扎哈里亚极其兴奋，因为他在新写的文稿中与这位法国作家有一场激烈的论战。但是在狂欢节期间，威尼斯城里什么人都找不到，所以扎哈里亚根本无望与这位法国哲学家会面。伏尔泰对于反对俄国沙皇彼得一世的阴谋诡计有他的见解，扎哈里亚不能同意。狂欢节期间的威尼斯汇集着乔装打扮的冒险家，这些外国人在自己的国家中招摇撞骗，罪行累累，所以处境岌岌可危。可是他们来此一游企求假面具遮掩下的暂时庇护。外国的君主皇帝有意回避国事访问的铺张仪式和烦琐礼节，宁可趁狂欢节的机会避人耳目、私下里偷欢作乐。每张男人面具的背后可由你设想是一位不可抵挡的卡萨诺瓦。扎哈里亚身边的女子确实都指望面具后面是这位眼下正在圣马可的共和国里红极一时的多情男子。风度翩翩、潇洒倜傥的卡萨诺瓦投毒告密，无所不干，谈情做爱的本领举世无双。狂欢者的长袍之下无时不有邪恶的勾当。偷窃抢劫、通奸嫖娼、谋杀投毒，应有尽有。对此洋洋大观惊诧不已的扎哈里亚问安娜：

——河道和广场中拥挤堵塞，混乱不堪，威尼斯当局居然能容忍这种局面延续几个月？

安娜没有回答。她抬起手，在扎哈里亚的鼻子前用大拇指抹着食指。

——有钱可赚，我亲爱的，有钱可赚。威尼斯的河里眼下
淌着的不是水，而是金元和银币！狂欢节期间，这儿人人有利
可图，从酒店掌柜、饭菜师傅、冈多拉船夫、跑腿的差役、商
人，到做裁缝的、做假发的、做假面具的，人人有份，连从安
达卢西亚①来推销塞维利亚香皂的吉卜赛人也有一份。别忘了
狂欢节中得益最多的是威尼斯共和国——还有那帮戏子。他们
是狂欢节中的神，因为他们始终戴着面具，不光是为了假面舞
会。我们明天参加"嫉妒者"剧团的演出，所以你也会得到好
处，我高雅的斯拉夫人……你也一定有利可图，不用担心！

*　　　　*　　　　*

下午六时光景，一对年轻人从一条很大的黑漆冈多拉踏上
莫罗西尼广场②岸边。广场上人山人海，岸边几乎没有插脚的
空当。年轻女子身穿白绸长裙，手上戴着白手套，手套指端贴
着鲜红的假指甲。她的男伴身着白缎袍子，脚上蹬着刺绣鞋。
两个人都戴着遮掩半截脸的小面罩（称作"鲍塔"）。这对男
女修长优雅。大家看到他们齐声喝彩。他们就是安娜·波泽，
圣季沃瓦尼和帕沃洛收容院的大键琴手，和扎哈里亚·奥弗
林，迪米特里斯·蒂奥道西先生的威尼斯出版社的校对。

出售神效药水、驱邪符和圣徒遗物的贩子已经聚集在一个

---

① 安达卢西亚在西班牙南部，首府为塞尔维利亚。
② 莫罗西尼广场在威尼斯大运河上美术院桥的北境，以弗朗西斯各·莫
  罗西尼总督（1618—1694）命名。

双身记

戏台的周围。两位来者心里明白，他们首先得找到一个土耳其来的贩子。在威尼斯，那意思就是从边界那边来的人，土耳其人已经把边界推入欧洲。"嫉妒者"剧团里的两个演员指给他们看一个老太婆。她高举着双臂，在用威尼斯方言大声吆喝：

——但愿给我生意的都是忠心的女士，从不欺骗丈夫，只被丈夫欺骗！

——她不是打土耳其来的——安娜说。

——你怎么知道？

——她讲威尼斯方言比艾尔维塞·莫契尼戈[①]还地道。

——艾尔维塞·莫契尼戈是谁？

——你问他是谁，什么意思？他是总督！

有人指给他们看第二个贩子，她是个年轻美貌的女子，身穿黑色衣服。她正在吃山羊奶酪和烤南瓜。扎哈里亚心想，这下有希望了。可是那女子没有回答她是否来自土耳其。她一张嘴，口里伸出一条活蛇来，蛇的舌头一吐一缩。那个年轻女子随即转身面对一位戴紫红色面具的威尼斯妇女，开始施展驱邪的魔力。她急急匆匆地说：

> 奶酪如砖，硬，硬，硬；
> 黄牙咬砖，疼，疼，疼。
> 教士召唤剃头的：
> 快来，快来，帮个忙。

---

① 见前文第 53 页注②。

师傅回答：好，好，好。

为人解难，行，行，行。

教士倘若不怕痛，

容我仔细看一看！

听她一说，扎哈里亚不禁哈哈大笑，对那个算命的女人说：

——你打土耳其那边来，是我们的人！我看得出，你在把威尼斯人当作猴儿耍。

算命的女人吓得开口哀求扎哈里亚不要告发她。她嘴里一连串的话说的是什么，安娜听得莫名其妙：

——别告发我，我好心的先生，上天降福于你！白天黑夜，我会领你高雅的灵魂去水边。我能助你一臂之力，愿大天使助我。我可不是骗子。在扎普塔特①，有人要给我七只山羊；在德里伏②，有人要给我一串最火辣的辣椒……这个木头计时钟，我要卖给你的女人，赶路的时候，可以挂在她的腰带上！

算命的女人从头巾上取下一块三角形的木片，上面刻着几条线。她说着蹩脚的意大利语，把木片递给安娜。

——这怎么能算是计时的钟？——安娜责问她，心里冒火——它怎么走呢？让风吹着走？

①　扎普塔特是现克罗地亚南部的一个港口的旧名，现名扎普弗特。
②　德里伏是现波斯尼亚的一个城市。

双身记

——不是风，是太阳，我的鸽子——算命的女人开始说威尼斯方言，她说不了几句威尼斯话——倘若你不要，也许你要那个称你心的？

幸好安娜没有听懂算命女人的双关语，不然她会在莫罗西尼广场上当众破口大骂。扎哈里亚插进她们的一问一答：

——好了，我亲爱的，玩笑开够了。我来这里因为我需要一样东西，就像你一样。

——你需要什么，我的美男子？

——我在找一样东西，你也许知道哪里可以找到。

——我会知道，我的小伙子。我有一对火眼金睛，洞察一切。我看上一眼，熟睡的男人会起身把他的女人驱赶进别人的梦中。凡是你渴望得到的，即使要我火中取水，我也会为你搞到……

——我需要一瓶"圣母的眼泪"。

算命的女人不吭声了。过了一会儿，她粗声粗气地说：

——我一点也没有。它也不会给你带来任何好处。

——为什么？

——因为它的价值高于一切。你有阿耳特弥斯的秘诀和戒指吗？要是没有，它就一文不值。

——那是我的事。你就给我找一瓶"圣母的眼泪"，就这件事。

——为此，得有人一路去到君士坦丁堡，可贵了。我这里没有。

——谁有？

104

——德约治有。

——我会付钱，你去问问德约治。

——德约治不在这儿。德约治，你得等他出现。

——要等多久？

——不用多久。等到计时钟报时，就行了。

算命的女人并没有放过其他主意。她装得畏畏缩缩，其实心里并不害怕。她收下那个戴紫红色面具的威尼斯妇人的报酬，好像真的施行了她的法术。一个老头儿大声抱怨公鸡下的那只绿色的蛋要价太贵，问她蛋里会不会孵出鬼来。她没好气地回答：

——你买个蛋还想搭上奶油？听着，我的朋友，没有奶油。我早就不挤自己的奶了，所以没有奶油。

她说这些话，用的是扎哈里亚和她懂的语言，完全不管别人听不懂她在说什么。她卖东西兼作法，生意居然不受语言的影响。她出售有特殊功能的纽扣。对着纽扣唱歌，纽扣就会脱落，在恰到好处的关头露出奶头。她出售可食用的女人内裤。不见不信的门徒多马，他的手指[①]，她也卖。那根指骨装在骆驼骨的小盒子里。有个小伙子要她给意中人施加魔法，她吩咐他闭上一只眼，果断地念念有词：

---

① 见《圣经·新约·约翰福音》第20章。耶稣复活后，门徒多马说："我非看见他手上的钉痕，用指头探入那钉痕，又用手探入他的肋旁，我总不信。"八天后，耶稣对他说："伸过你的指头来，摸我的手。伸出你的手来，探入我的肋旁。不要顾虑，总要信。"托马斯说："我的主，我的神。"

看我膝下的小腿，

你不知道自己打哪儿来。

躺下跟我睡个觉，

你不知道是谁生下了你……

扎哈里亚打断那些无关紧要的话，问算命的女人：

——我们还要等多久？

——等到午夜钟响，我的朋友，催了也不会早到。

——那好吧，但是你得告诉我你卖给我的到底是什么东西。

——你要的，你会得到。你找的不是"圣母的眼泪"吗，我的美男子？

——什么是"圣母的眼泪"？

——你不知道，还要买？

——要是知道，也许我就不买了。

——好吧，我告诉你。你抬头看看，往上看。你看到什么？

——星星，晚上还能看到什么别的？

——呵，那些可不是星星。它们是圣母马利亚的泪珠。孩子们去世后的灵魂在进入另一个世界，他们手拿着圣母的泪珠以免误入歧途，落进天上黑暗武士的手中。他们一路上喝圣母的眼泪维持生命。泪水，我的朋友，含有盐分，像我们一样。舐一下你那位美人儿的汗水，你就知道生命不啻是盐水……看，我们说着说着时间就到了，午夜的钟声打响了……

最后一下钟声响过以后，算命的女人高声呼唤：

——德约治，呵，德约治！

一个小不点儿的老头走到他们面前，眼睛上和耳朵上乱毛蓬松，满身污泥。

——嘴巴张得像开口的袜筒！——巫婆在嘲弄小老头儿。她在他耳边低声咕哝了一番。德约治发出山羊咩咩的叫声，摇摇头，回绝了那个女人的要求。算命女人直愣愣地瞪着小老头的唇髭。他的唇髭就在扎哈里亚和安娜的眼前被点燃，火舌瞬间要蹿起，但是德约治赶紧用双手扑灭火苗。然后，那双黑乎乎的手从两个口袋里掏出两只陶土的瓶子。那两只瓶子跟在杰瑞玛依大师脚边找到的瓶子一模一样。

——我得长途跋涉到以弗所去把瓶子取来——他一边诉苦，一边把一只小瓶子递给算命女人。她把两只手指插进嘴里，打一个响亮尖厉的嗯哨，哨音瞄准目标，击中老头儿的前额。他的额头绽开一条小口子。老头用手掌拍打伤口，像是拍打虫子。他二话没说就把另一个瓶子也交给了算命的女人。老头儿嘟嘟囔囔地说：

——得了，得了，你干吗这般不乐意，发这么大的火，你这个小妞儿？德约治一时糊涂了呗！

算命女人接过交来的另一个瓶子，对德约治说：

——现在我要酬谢你的操劳和你的货物。

德约治高兴地拍手。那女人向他伸出一个拳头，松开手指，把手掌上停着的一只活蝴蝶交给德约治。老头放声大笑，嘴巴张得像开口的袜筒。他一把抓住蝴蝶，忙不迭地吞下肚，随即拔腿就跑，骤如闪电，消失在人群之中。

双身记

　　——不用担心，是真货！——算命女人说着把一个瓶子交给扎哈里亚。她让顾客付了比他自估价格高两倍的钱。

　　——太贵了吧？——扎哈里亚惊讶地问。

　　——唉，我的大好人，你一定也是来自土耳其——算命女人没好气地回答——喊醒坟里的鸟比厄①，召他直奔威尼斯为大人效劳。大人还嫌花费多了！价钱贵了！我的好小伙子，你输了就舍不得钱了？

　　——什么是鸟比厄？——安娜问。

　　——吸血鬼。鸟比厄是吸血僵尸——扎哈里亚解释说。

　　——那么说，德约治是个吸血僵尸？——安娜问，心里发寒。

　　——当然，你没看出来？

　　正说着，一群服装花里胡哨、戴面具的戏子拉着安娜和扎哈里亚开始登上戏台。身穿淡紫色袍子、白帽子上站着一只鸟的潘塔隆取下他们俩的面罩，其他演员仍然不露身份。扮演潘塔隆的戏子乘机捏了安娜一把，她咯咯地笑，一巴掌拍到他手上。女用人中有一个上上下下打量着安娜的裙子，妒火中烧。她让扎哈里亚看她如何给自己喂奶。

　　接下来是一片混乱。威尼斯方言的连串调笑，加上忽明忽暗的灯光扫过舞台，扎哈里亚不知身陷何处。乱七八糟的情节席卷所有的人，驱赶他们飞快地一路向前，不知前往何方，这便是扎哈里亚唯一的感觉。忽而听到一张面具在说："两个女

---

　　① 斯拉夫民间传说中的吸血僵尸。

人之间差别总是大于一男一女之间的差别……"他吃了一惊。观众报以哈哈大笑。扎哈里亚一下子记起来了，那些是已故的杰瑞玛依大师的"套话"，由安娜为戏班子收集的。这种意识使他多少自在一些。他被卷入的那台戏，虽说声势浩大、越来越壮观，也就不显得那么可怕、粗俗了。在这个当口，一个披着红黄绿三色斗篷的小丑哈勒昆在背后推他一把，把他推进安娜的怀抱。安娜闻出扎哈里亚头发的烟味以及他身体上说不出名称的茶香，情思撩然。她热烈地吻着扎哈里亚，声音变得与往常完全不同：

——你现在可以占有我，我的情人！我们等了多久才等到这个幸福的时刻！此时此地，我委身于你！你占有我吧！——安娜大声宣告，嘶哑的女低音与周围假面具后戏子们发出的感叹声十分相像。

——但是，安娜——扎哈里亚悄悄地说——成百上千的人正在看着我们呢！

——他们哪里会知道我们不是逢场作戏，而是真心做爱，假戏真做？——安娜低声说——谁都说不清。这里没有人能猜出我们究竟是真是假，反正这是观众想看的一台好戏！

——可是安娜，那些是你的熟人。那边，我看见观众里有扎贝塔——扎哈里亚压低嗓音说。在一旁愁眉苦脸的潘塔隆乘机俯身贴紧安娜的后背，她也不那么在乎，看上去是不那么在乎……

——让威尼斯所有的人见证你爱我，是你解除我的贞操！——她向观众大声表白。在失身于他的时候，她对扎哈里亚低声说——他们要看的就是这一局戏，这便是他们今晚到场的目的，他们快等不及了……

　　说着，安娜把扎哈里亚一把扯到自己的身上。扎哈里亚像是在梦中赤身露体地挤过丽亚都桥上熙熙攘攘的人群，他推开潘塔隆，奋身扑向安娜·波泽。观众齐声欢呼安娜的失身。交织着切肤之痛和甜情蜜意的一声嘶叫不言自明，引来满场的掌声和喝彩。

第九章

四个零的裙子

　　1768 年一天上午，迪米特里斯·蒂奥道西先生最后一次把他的金牙签收进写字台里，因为牙签不再有用。他那些金银商人的笑脸也随即一起最终收进写字台。有两份文件从昨天晚上起就在等他签字。现在他在文件上签了名。他一贯站着写字、算钱、记账。现在一切就要结束。他先在一份向威尼斯当局呈交的申请书上签名，要求任命扎哈里亚·斯蒂芳诺维奇·奥弗林为出版社的审计员，同时提请当局注意扎哈里亚和他的妻子安娜（原姓波泽）是威尼斯共和国的公民。在他签署的第二份文件中，他把他在威尼斯和奥地利帝国全部疆域内拥有的店铺以及他在威尼斯的出版社遗赠给他的亲戚帕纳·蒂奥道西，两年之内由他接管经营。

　　扎哈里亚回家向安娜报告他得到提升的大好消息，还给她带来一件礼物，他为安娜觅到的一本季沃瓦尼·帕路契的作品集。扎哈里亚和他的妻子现在住在绿房子里。在他们做夫妻的大床上，安娜摆满红色和黑色的靠垫。床上有四个形状不同的枕头，黑桃、梅花、红心和钻石。他们的床上总是到处撒着小铜币，让人睡不安宁，起到驱魔避邪的作用。晚上入睡后，安娜脸颊上淌下从孤儿院带来的泪水，男孩子那种蓝色的泪水，

双身记

沾湿床上的被褥。

连同礼物和出版社的好消息，想来要加薪，扎哈里亚还提
出一个建议，家里要有一项重要的添置：

——现在我们有能力买一条划艇或者塞巴斯蒂安的冈多
拉。没人再用那条冈多拉了！

——我们什么都买不起——安娜冷淡地回答——你挣来的
钱全归你一个人花。钱都白花了。

——我白花钱买什么来着？——扎哈里亚问，大吃一惊。

——你的钱全花在书上。

——什么书？——他诧异地问。

——你心里完全明白买了什么书。你把书留在出版社，以
为我不知道你花钱买什么了。

——可那些不过是不多几本我工作需要的书。

——不多几本书？这是什么？

安娜从挂在墙上的一个狂欢节面具里取出一张纸，举到他
眼前。纸上写的字错误百出，是她的笔迹，很容易读：

这份"错误百出"的书单包括17本书。作者的姓和书
名大致介绍如下：

1 列契科夫，《哈扎尔汗国史论》（第一卷）

2 约翰·弗里德里克·约阿基姆，（缺书名）（第
一、第二卷）

3 拉孔伯，《俄罗斯帝国兴亡录》（第二卷）

4 比钦博士，《地理学》（第一卷）

5 （缺作者），《俄罗斯贤明女皇叶卡捷琳娜·阿列克塞叶维奇传》（法兰克福，1728 年版）

6 斯特拉伦贝格，《欧洲东北部及亚洲的历史地理状况》（第三卷）

7 佛洛勒斯，（书名不详）

8 戴奥多尔·西库尔，《通史》（第二卷）

9 康斯坦丁，《论帝国的治理》

10 洛科勒斯，《骗术名家史》（两卷本）

11 伏尔泰，《查理十二世史》（1731 年版）

12 伏尔泰，《彼得大帝治下俄罗斯帝国史》（1760 年版）

13 依斯脱，（书名不详）

14 阿伯·卡迪福尔，《彼得大帝传》

15 弥斯雅赫，《1763 年作品集》（第一卷）

16 （缺作者），《波斯国王塔马斯·科里汗传记》（第一部）

17 希茅斯，《北方列强关系史》（第二部）

——你从哪里拿到这份单子的？——扎哈里亚问，大为惊讶。

——你知道我从哪里拿到的，而且你知道我记性特好。出版社书架上你的那些书，我只要看一眼就能记住每一本书的标题。我就这样记住了，回家之后尽我的能力全部记录下来。当然还有别的书，不过这张单子就足够证明你的脑子在发昏。你现在得给我讲个明白，这会给我们带来什么？

——我已经决定写一部书，由蒂奥道西先生印刷。这部书将是本世纪最辉煌的著作！你听我说就会理解这是一项多么伟大的事业。它将是一部论述俄国沙皇彼得大帝[①]的专著！标题是：

《俄国沙皇彼得大帝传记》

我正在做准备，书中将要包括有关俄罗斯地理位置和政治状况的阐述，分十八章，共八百多页，讲述俄罗斯的古代史、米哈依尔·费奥道罗维奇·罗曼诺夫和阿列克谢·米哈依罗维奇在位的时期、[②]斯捷潘·拉辛起义、[③]俄国人与瑞典人和波兰人的战争、费奥道·阿列克谢维奇的登基称帝以及对土耳其的列次战争……

安娜坐在大键琴边听他说，心不在焉地开始弹琴。扎哈里亚稍有停顿，她开口问：

[①] 彼得·阿列克谢维奇·罗曼诺夫，即彼得一世（1672—1725），在位时间自 1682 至 1725 年。彼得大帝提倡向西方学习，积极改革，对俄国的统一和发展有不可磨灭的贡献。下文提到的彼得大帝传记估计是奥弗林在十八世纪七十年代编写的，出版年份不明。

[②] 这一段中提到俄国罗曼诺夫皇朝最早的三位沙皇：米哈依尔·费奥道罗维奇（1596—1694，1613—1645 年在位）、阿列克谢·米哈依罗维奇（1629—1776，1645—1676 年在位）和费奥道·阿列克谢维奇（1661—1682，1676—1682 年在位）。

[③] 斯捷潘·蒂莫费耶维奇·拉辛（1630—1671），十七世纪六七十年代顿河哥萨克起义的领袖。

——你打算写那些锡西厄部落①的历史？

——不对！——他烦躁地大叫——恰恰相反，这不过是个前言。实际上我要阐述俄国沙皇彼得一世的全部历史，讲他如何登上皇位，与中国媾和②，发起亚速夫战役③，建造雄伟的舰队，秘密出航日耳曼、荷兰和英吉利，着手改革俄罗斯，跟瑞典人交战，聘请外国人去俄国，亲临阿克安吉尔斯克④，和波兰结盟⑤……

——等一下，萨卡里亚斯，等一下！你在说些什么？说那些洪水泛滥⑥以前的事，甚至在洪水都冲不到的地方发生的事？你要拿这个沙皇怎么办？我连他的名字都不记得。他是谁？

——你问他是谁，是什么意思？是他，安娜，是他缔造了世界上最美丽的都市之一，北方的威尼斯！一座河道纵横的都市，就像你们这儿的城市，但是坐落在波罗的海的芬兰湾岸边。

——那是在什么地方？

——在那遥远的北方。

---

①　指古代欧亚两大洲交界的区域。

②　指1689年的《中俄尼布楚条约》。

③　1471年奥斯曼帝国在顿河出海口附近建立亚速夫要塞。彼得大帝在1696年夺取要塞。

④　俄国北部白海的港口。彼得大帝于1693和1694年亲临阿克安吉尔斯克。

⑤　彼得大帝在1689和1701年会晤波兰国王奥古斯特斯二世商议协力抵御瑞典。

⑥　见《圣经·旧约·创世记》第6至9章。上帝见人在世界上作恶，便让洪水泛滥四十天惩罚人类。

双身记

——我不懂。那儿一定很冷。那座水上城市中的可怜人在冰天雪地里干什么？这个话题，你还有许多话要说？

——我当然有话要说——扎哈里亚顶了她一句，继续往下说——我要接着描述沙皇与瑞典人在库厄兰①交战、顿河流域哥萨克起义、彼得大帝与凯瑟琳皇后结婚②、瑞典国王卡尔十二世③准备入侵乌克兰、哥萨克统领玛兹巴叛变投敌④、击溃瑞典人的波尔塔瓦一战⑤。我接下来还要写对土耳其重新开战，参政院从莫斯科迁往圣彼得堡⑥，采纳分割产业的法规⑦。讲完这些之后，我还要写沙皇如何热衷科学，以及后来发生的海战、开拓与波斯和印度的贸易关系、发展与门的内哥罗⑧的关系、绘制俄国地图、建立海事学院……

扎哈里亚在开列他的写作大纲，说得上气不接下气。安娜

---

① 现拉脱维亚的西北部。
② 这里讲的是彼得大帝的第二次结婚。玛塔·伊莉娜·斯卡伏隆斯卡（1684—1727），曾是彼得大帝的女伴，1705年皈依东正教后改名为凯瑟琳·阿列克谢维娜，1712年与彼得大帝正式成婚。1724年彼得大帝正式宣布皇后为凯瑟琳一世，与他共同执政。
③ 瑞典国王卡尔十二世（1682—1718），1697—1718年在位。
④ 伊凡·斯蒂潘诺维奇·玛兹巴（1639—1709），波兰哥萨克领袖，保证效忠彼得大帝之后在1701年变节投靠瑞典。
⑤ 波尔塔瓦位于现乌克兰中部。1709年彼得大帝在此击溃瑞典大军，取得决定性的胜利。
⑥ 沙皇政府中的"杜马"，即议会，历来由贵族大公控制。彼得大帝为了改革政治，在1711年解散议会，另设参政院。参政院有九至十名成员，均由沙皇任命。1712年，彼得大帝迁都至圣彼得堡。
⑦ 彼得大帝为了增加税收，在土地或产业税之外加收人头税，为此需要调查全国人口和产业的分布状况。
⑧ 门的内哥罗，又称"黑山"，当时受奥斯曼帝国的制约。1715年，门的内哥罗国王达尼罗一世到彼得大帝的政治和财经支持，门的内哥罗实际成为俄国的保护国。

116

仍在漫不经心地按着大键琴的琴键。她的琴声使他不能集中思想，因为她在大键琴上弹的曲子，他不熟悉，但是引人入胜，好似一个小孩子创作的音乐。曲子是 B 大调，但是奇怪地与 G 小调平行发展。他听得出安娜在用耳朵思索，用手指叙述。她已经听不到丈夫在说什么。

——听着！你为什么不回头搞音乐？你会成功的。来这儿以前，你已经证明自己能成功——她的琴声在对他说，回到我的身边来……乐曲突然中止，安娜按出一串强有力的琶音，以一个响亮的和弦告终。她转身面对丈夫，闭上眼睛听他说。

——鞑靼大军蜂拥而来，沙皇出航日耳曼，北方列强与彼得大帝之间开始出现分裂，沙皇出航荷兰和法兰西，从索邦来的神学家①策动东西教会的统一，俄罗斯主教团就此事达成决议……俄罗斯开始出现饥荒……

——够了，我亲爱的。你想做的要是真做成了，我们家里也会出现饥荒！

——你这话是什么意思？

——嗨，嗨，嗨！你清醒清醒！干吗你要想这些事？除了这些可怕的事，你脑子里还有没有别的事？有没有好事？

——有——扎哈里亚回答，还在往下说——俄国凯瑟琳皇

---

① 十七、十八世纪的巴黎索邦神学院中有一些神学家受荷兰天主教士考尼利斯·扬升（1585—1638）的影响。1717 年，彼得大帝在巴黎与扬升教派人士探讨过东西教会统一的可能性。俄罗斯东正教会反对统一。

后的加冕大典①！那是整个世纪中最庄重、最华丽的仪仗队列
之一！这场举国欢庆的大典中，我首先要详细描述皇家骑兵卫
队，接着描述卫队后面的队列。皇后的年轻侍从随同领队的司
仪官苏沃洛夫将军走来，将军手持指令杖指挥全部仪式。两位
帝国掌礼官身穿绣金线的深红丝绒长袍，举着权杖走过；他们
之后是在俄罗斯帝国皇后加冕队列中展示皇权的种种标志，其
中有：

1. 放在一对垫子上的皇袍，由秘密结盟的加里钦大公和奥
斯特曼伯爵捧着。才完工的皇袍采用金线绣的面料，配上全白
貂皮衬里。面子上缝着一个个双头金鹰纹章，搭环上镶着一颗
颗硕大的金刚钻石……

听到这里，安娜似乎开始留意丈夫的话了。她的手指又开
始掠过键盘，给她弹奏的曲子添加一种梦幻的情调。

2. 一只象征皇权的金苹果，放在枢密顾问道尔戈罗基亲王
端着的金色垫子上。纯金的苹果上有一个十字架。十字架，像
整个苹果一样，嵌满钻石和红、蓝、绿各色宝石。

3. 一柄象征皇权的节杖放在枢密顾问穆沁-普希金伯爵捧
着的垫子上。镀金的节杖上镶满钻石，顶端是俄罗斯的双头
鹰。这是自古以来历代沙皇在加冕登基和敷抹圣油仪式中手持
的节杖。

4. 俄罗斯帝国的皇冠放在一个垫子上，由布鲁斯伯爵捧

---

① 1724年5月7日在莫斯科举行盛大的加冕仪式，凯瑟琳皇后成为凯瑟
琳一世女皇，与彼得大帝共同执政。作者在加冕队列中指名道姓提到
的九个人均是历史上确有其人的军政大员。

着。这是一顶崭新的皇冠，镶嵌着大小钻石。皇冠上的珍珠美不胜收，一颗颗大得出奇，色泽一致。皇冠顶上鸽蛋大小的一枚红宝石光彩夺目，红宝石上的一个十字架同样嵌满钻石。所以，一位外国编年史家作证皇冠造价高达五十万卢布，亦在情理之中。

5. 接踵而来的大元帅托尔斯泰伯爵手提元帅官杖，官杖顶端是一只巨大的金质俄罗斯雄鹰，头上顶着一枚鸡蛋大小的绿宝石。

6. 彼得大帝陛下的位置也在队列的这一段里。陛下身旁稍稍靠后是大元帅孟什可夫亲王和里雅平伯爵。

7. 他们后边是女皇陛下本人，身穿从巴黎买来的一条华贵长裙……

丈夫说话的时候，安娜的眼睛心不在焉地望着窗外。听到这儿，她忽然转身，眼睛一亮，匆匆地问：

——在巴黎订购的长裙，花了多少钱？

——加冕的裙子，也就是女皇陛下的长裙——扎哈里亚随口回答——花了四千卢布。

——什么意思？我怎么知道这个数目是多少钱？

——6 666个弗罗林①……不过让我把话说完。我要让你知道我还打算在书中包括其他什么内容……

安娜用诧异的眼光望着她的丈夫，他那份没完没了的单子似乎快要结束……

———

① 意大利金币，始于十三世纪的佛罗伦萨。

双身记

　　——在第二部的结尾，我将叙述沙皇陛下和女儿纳塔莉亚·彼得洛芙娜公主①得病去世，父女同时出殡。这部书，我要出两种版本——一种有我亲笔签名，装帧华丽；另一种不带签名，没有插图。书中将包括我刻印的六十五幅铜版画，其中有地图、勋章、肖像、战场部署和堡垒设计，还有叛乱分子受刑的场面。有插图和签名的那个版本是我献给凯瑟琳女皇的礼物……彼得大帝生前铸造的各种勋章上有他的肖像，我已经按照这些勋章刻制了沙皇肖像的铜版。我用其中一张铜版在蒂奥道西的出版社印了一幅给你看，我对此十分满意。你看！

　　扎哈里亚说话的时候，安娜闭着眼睛坐在那里，深深呼吸。她没有睁开眼睛看扎哈里亚给她看的画。泪珠从妻子的脸上缓缓淌下，先从一只眼睛流出，然后，从另一只眼睛流出。从孤儿院带到绿房子来的眼泪，男孩儿那种蓝色的泪珠沿着她的脸颊淌下。她终于用手帕抹去眼泪说：

　　——你现在用心听我说，萨卡里亚斯！你必须马上打消你的胡思乱想！永远打消！难道你看不清这会给我们带来什么样的结局？我亲爱的斯拉夫人，你们一个个才华出众但是不可教。这样一本书会带给你无穷无尽的头痛，不光是奥地利政府要找你麻烦，你到哪里都会有麻烦。我们一辈子也不会有出头之日了！再说，谁会读这样的书？你自己说的，在你故乡那边，没人讲你写书用的那种语言，肯定也不会有人读那种语

————————————
　　① 纳塔莉亚·彼得洛芙娜（1718—1725），彼得大帝的女儿。她在父亲去世后不久死于麻疹。父女同葬在圣彼得堡市的圣彼得和保罗大教堂。

言。你永远卖不掉这部书。书还没进店上架，就会被查禁。至于成本和白费的精力、时间，那就不用讲了。这件事，我们绝对不要再往下谈……

——但是，安娜，这将是我的毕生之作！我要是放弃这部书，我一辈子不会幸福。

——难道有人给你担保，幸福、健康和爱情会一起来到，像一头驴子必有一条驴尾巴和两只驴耳朵？你选你要的，我亲爱的，至少选一样。你有了我的爱情，难道还不够？没有哪本书上说过，活在世上的人必定有那三件好事，一件不缺。说来，你已经觉得不愉快了！你以为我不知道每天晚上你在偷偷地为你的孩子写你那本《使徒的奶汁》①？在你们风雪交加的斯克拉维尼亚②，你把孩子留在保姆的怀中。但是你知道，你心里知道得一清二楚，书不能替代孩子的亲爸爸亲妈妈，书也不能替代一个女人的丈夫。所以你觉得不愉快，不过你的不愉快还不至于让你听到克里斯朵夫洛大人盘问过你的那种声音。

——什么声音？——扎哈里亚惊诧地问。安娜忽然来了兴致。她抹掉眼泪回答说：

——威尼斯城里所有人，包括你在内，都听到的声音。凡是懂事的人都知道，那是郁郁不欢的人随时可以听到的声音，声音似乎是被他们的苦难召来的。比如，扎贝塔，她什么时候要听，就可以在什么时候听到……你现在过来，我亲爱的斯拉

---

① 奥弗林为儿子编写的一本教义问答书，1763 年出版。
② 斯拉夫人居住的区域。

夫人，看窗外。你看到什么？

——你是什么意思？我看到威尼斯。

——威尼斯美不美？

——令人心醉神迷，始终如此。

——说得不对！一百年以前的威尼斯更美丽！

——这句话你们威尼斯人已经说了三百年之久。

——当然如此，我们的话从来不错。现在你告诉我，你知道今天是什么日子？

——不知道。怎么回事？

——你立刻会找到答案。打扮一下，我们出门去。今天是十一月二十一日，是去圣母赐安祛疫教堂①庆祝的日子，感谢圣母几百年以前制止了一场瘟疫。威尼斯全城坐船出动。让我们去参加庆祝，以我们自己的方式欢度这个节日。

安娜拿出她的新裙子给丈夫看，扎哈里亚看得发呆。

——你知道这是什么吗？——她问完以后马上回答自己的问题——是条四个零的裙子！不过完全值得。

裙子很长，厚实的面料上绣着花，适合那个季节的天气。后摆上一道衩开得很高，几乎达到腰际，但是做工巧妙，几乎看不出有条开衩。

圣母赐安祛疫教堂在道索都洛区。他们走到通往道索都洛区的桥上时，看到那里已经聚集了一大群人在观赏大运河上的

---

① 1630年威尼斯发生瘟疫，总督乞求圣母保佑市民，许愿修建教堂。1687年，圣母赐安祛疫教堂在大运河东端南岸建成。

景致。冈多拉和其他船上旗幡招展，有假鸟作装饰。安娜也俯在桥栏杆上看。人群从他俩身后挤过来，把扎哈里亚推到安娜的背后，贴紧她的身子。她少许撩开新裙子的衩，从肩上对他低声说：

——现在，亲爱的，现在时间到了！占有我！

扎哈里亚忘掉了周围的一切，忘掉了自己的姓名，忘掉了自己在干什么，忘掉了自己在何处。他又一次猛力扑进安娜的身体，像是再次进入梦境，赤身露体地在丽亚都桥上穿过人山人海。他能感觉到人群的碰撞、挤压和推搡透过自己传到他妻子的身上。她被挤在桥栏杆上，俯身向下。在情欲的驱使下，她不顾一切地大声叫喊，似乎对着桥下船中的人喝彩：

——好—啊，好啊！太—好—啦！

＊　　　　＊　　　　＊

事情中往往暗藏许多路线和途径。威尼斯的船队经常停泊在科孚岛，岛上流传着一个古老的传说。那儿的人说科孚岛的船只从前根本没有桨和帆。自从遥远的"奥德赛"①时代以来，往返于爱奥尼亚海岸伊塞卡、扎基瑟斯、科孚②以及其他岛屿之间的船只不靠风力和体力，而是顺着海水的流向航行。威尼

---

① 奥德赛是古希腊荷马同名史诗中的主人公。史诗成文年代估计在公元前800至前600年之间。特洛伊战争后，奥德赛在海上漂泊十年。

② 此处提到的三个岛都在爱奥尼亚海中。故事发生的时候，三岛均为威尼斯共和国的属地。

双身记

斯的船队也许部分继承了那种技能，因而能跻身于地中海最强
大的主人之列。当海风不作美的时候，威尼斯的海军统领也许
通晓海中潜流的走向，凭借其隐蔽的推力漂洋过海。安娜对扎
哈里亚讲这个传说，说有些奇怪的船只借助于秘密的推力航
行。在威尼斯自感孑然一身、无桨亦无帆的扎哈里亚听了这个
传说，也许得出结论，人的一生中同样可能受助于某种隐蔽
的、不是人人可以得到的推力达到未来……我们永远不会知道
扎哈里亚如何下定决心尝试其他种种隐蔽的可能性，以推进自
己和他人的人生，但我们确实知道他做出了这个决定……他必
须在他热爱的两个对象之间做个抉择，选择书本还是安娜。是
安娜教他看清了这个选择。她说：

　　——由你选择，彼得大帝还是安娜·波泽。悉听尊便！

　　扎哈里亚做出了他的选择。

　　一月里的那天下午，安娜穿着她那条剪裁别致、适合她和
丈夫不寻常做爱方式的新裙子，走在回家的路上。她听到音乐
从圣克利索斯托莫运河那边传来。有人在演奏塔蒂尼。她很快
断定琴声是从绿房子里传出来的，心中惴惴不安。屋里有人在
拉琴，她一听就知道那是一把在克瑞莫纳制作的小提琴。绿房
子里的琴是阿玛蒂家族制作的。安娜知道是谁在拉琴。她身子
微微发抖，奔上楼梯，打开大师房间的门。扎哈里亚赤裸裸地
躺在双人椅上，威尼斯绸缎的椅套宛如舌上的甘甜①。扎贝塔
坐在他身上，覆盖她身子的只有那把"阿玛蒂"小提琴。是她

————————————

　　①　见第 63 页注③。

124

正在演奏塔蒂尼。"魔鬼的颤音"震荡回旋，透过她的肉体传至已与她深深结合的扎哈里亚。他的右手握着扎贝塔饱满的奶头，左手从椅子上垂下落到地板上，半张半握。

　　旁人或许以为安娜脑中第一个反应是要把扎贝塔这个婊子臭骂一顿，实际并不如此！完全不是这么一回事。安娜站在一边看着，呆呆出神。"魔鬼的颤音"中的震荡渐渐平息，扎贝塔最终瘫倒在她情人的身上。她那只拿弓的手坠落下来，落在座椅边的地板上。可以看到她手指上有一枚石头戒指。安娜眼睛里充满从孤儿院带来的眼泪，男孩儿那种蓝色的泪水。她突然意识到已经发生了几件事。戒指又戴在扎贝塔的手上，意味着扎哈里亚已经把戒指还给她。他显然把自己在狂欢节中买到的神水也给了她，还给了她玻璃杯子中的魔诀。由此推断，他不愿预测自己的命运。显然是扎贝塔，不是扎哈里亚，用魔诀、圣母的眼泪和戒指施行了那套神秘的法术。很明显，他们决定要发现扎贝塔的，而不是扎哈里亚的，未来。法术大功告成，这可以从扎贝塔手上的戒指看出。戒指的颜色变了。但是颜色的意义完全出乎意料。扎贝塔手上的戒指显出绿色！那就意味着身体健康！这条启示让安娜目瞪口呆。戒指的宣告不正确，不能理解。绿色保证扎贝塔会健康无恙。健康是扎贝塔唯一没有，也不可能再有的东西。戒指是不是在撒谎？

　　此时此刻，安娜听到那种声音。

　　声音，宛如女人投来的一瞥，尖厉深邃。

第三部

第一章

毛利咖啡①加橘油精

　　——哦，你以为是这么一回事——听我念了几页我写的威尼斯故事以后，丽莎这么说——我不太明白他们为什么非得要有那枚戒指。那些诗句，或者说魔诀，有什么用，我一点不明白。但是我对圣母的眼泪所起的作用有些模糊的理解。那就是你和我喝的水，从以弗所带来的水……

　　那时候，我们住在贝尔格莱德市道曲区的②一套阴沉沉的公寓里，我们正在设法驯服那套公寓。那套公寓活像一头野兽，总是不能容忍我们。白天住着还可以忍受，但是到了晚上房间在我们的头顶上和脚底下撒野。房间的天花板高高低低，不是天花板上添加了什么东西，就是有东西安装在楼上人家的地板下边。每一层楼的台阶数目不同。不知道房间有什么缘故，让丽莎非得在床上横着睡才行。床仿佛是个罗盘，她是南北方向的指针。因为地板架在横梁上，所以房间不断地晃动。上个世纪的旧地板，踩上去嘎吱嘎吱作响。

　　我们用各种办法拯救自己不至于在漩涡中灭顶。

　　在保佑我们的圣像下，我们点一盏长明灯。我们在房间里焚香祛除邪气。床在我们身下像布丁一样晃动，我们在床上天天做爱。丽莎知道夜晚的时光是流水，白昼的时光是土地，但

双身记

是她在白天比在晚上有更多的时间做爱。我们在床的哪一边做爱，她有她的讲究。就云雨绸缪而言，我们称心如意。但是按丽莎的归纳，女人的阴部要达到巅峰状态，代价不低，举措务必步步得法，情思更须执着专一、想入非非。所以女人的下身能有痛快淋漓的高潮是难得的……然而，肉体不只是寻欢作乐的器官。

我有时告诉丽莎，我觉得自己的身体不是自己的。我从来搞不清在床上拿自己的两只手怎么办。我睡着的时候，一只脚底踏在床边地板上。

——物质总不能得到安逸。待我们化入星空，什么事都不能再为难我们——丽莎回答说——到那个时候，人体会有一个不同的密度，而且我们的记忆力会超出三十秒。二十一世纪人的记忆只能保留三十秒。

公寓里充斥的气味一成不变。丽莎带来的习性以及她从英国运来的齐彭代尔③写字台同样一成不变。还是中学生的时候，她在写字台的抽屉里刻了一个日期。

——你猜猜这是什么日子？——她笑嘻嘻地问我。

——我怎么知道。是个重要的日子？

——不错，这个日子以前重要，现在仍然重要。不过这是

---

① "毛利咖啡"是非洲肯尼亚出产的一种有机咖啡，用新西兰毛利族的问候语"几亚奥拉"（Kia Ora）作品牌标志。
② 道曲是贝尔格莱德的老城区。
③ 托马士·奇彭代尔（1718—1779），英国家具设计师。他的风格流行于十八世纪中期的英国。

130

一个秘密，所以刻在这样一个隐蔽的地方。那是我失贞的
日子。

　　——那另外几个日期呢？——我问——你抽屉里还有三个
日期。你失贞不止一次吧？

　　——那些是我最好的朋友失身的日子。她们到我家来，写
在我的抽屉里……

　　除了刻写的日期，丽莎的抽屉里还另外有个秘密。里面一
只紫红色的丝绒袋子中有一样东西。

　　——那是什么？——我问丽莎。

　　——你尽管打开看就是了。那是我的嫁妆——她用她的语
言说，还加上一句——我不知道在你们语言里叫什么……

　　我得查词典，发现嫁妆叫做"新娘的一份"，奇怪得很。
我解开丝绒的小袋子，取出一只绣金线的缎子长拖鞋，已经穿
旧了，是一只男式拖鞋，左脚。非常，非常古老。

　　——这是什么玩意儿？——我诧异地问。我听到的回答令
我难以置信：

　　——这是一位教皇的拖鞋，好几个世纪之前罗马送给我一
位祖先的礼品，表示感谢。从那时到现在一直保存在我们家，
一代一代传下来的……

　　　　　　　　*　　　　　*　　　　　*

　　丽莎从英格兰带来种种习惯。在道曲区这个黑洞洞的公寓
里，她的习惯起初并无端倪。但是公寓对我们越是狠心，丽莎

的脾气就愈发强烈地表露出来，好像她在维护自己。丽莎讨厌任何形式的盘问，这种反感源自管教严格的家庭，也源自她就读的学校和后来的大学，她在那儿接受过严格的考核。有人盘问她什么事，她就忍不住要发作。她从当律师的父亲身上，又继承了律师的习惯。凡是她身边发生的事，总要追究是谁的过错，同时断然否认可能有她一份小小的责任，尽管没人有任何理由会怪罪于她。丽莎给道曲区的公寓还带来她的另一个习惯。她尽力挫败别人（包括我在内）的好意相助。别人的帮助，不论大小，她一概拒绝。她穿大衣，故意一披上肩就迅速伸手插进袖管，别人来不及帮上一把。她进出汽车，我赶不上为她拉门。旅行的时候，她总是抢先一步，提起箱子拔腿就走，我根本来不及助她一臂之力。有几个考古发掘项目，上司还没批准，她已经撒手不干，这对她的光明的专业前途有严重的影响。

丽莎的习性在道曲区阴沉沉的公寓里膨胀失控。公寓也就无情地折磨我们。

这种感觉甚至传入梦境。

丽莎和我这会儿正坐着吃早饭，不是坐在黑洞洞、空荡荡、龇牙咧嘴的公寓里，而是坐在柯斯马依山脚巴贝村的一家小饭馆里。我们正在吃夹鸡蛋和奶油的硬面包圈，一边喝着酸奶。我们边上的小花园中有一只猫正在享受阳光。小花园的篱笆中有一棵榆树，猫在榆树皮上时而磨磨后腿的爪子，一看就知道它是那种会用后腿抓捕猎物的猫。

吃早饭的时候，我们常常复述自己的梦，今天也一样。我们近来越来越少谈梦，因为不知什么缘故，要是晚上做梦，我们只谈其中几种梦。别的梦不讲给对方听，也就忘了。今天早上，丽莎想要知道：

——昨天晚上你做了什么梦？

——好像梦见自己的身体。

——你的身体，呵，什么样子？——丽莎问。

——昨夜我梦见自己是个女人。在梦中我变成自己的妻子，变成你。

——变成我？——丽莎迟疑了，有点吃惊。

——不错，变成你了。梦见我们在卧室里，先在梦中做爱，然后睡着了。听到有深呼吸的声响，我醒来。我躺在床上我通常睡的这一边，但是我是你。我想是你的丈夫，也就是说是我，在深呼吸，响得很。我想稍稍挪动一下他的枕头，伸手一摸床那边空着，吓了我一跳。我身边床上空无一人，但我听得清清楚楚有人在房间里呼吸，发出尖细的声音。更怕人的是，深呼吸的声响近似打呼噜，从房间的上方传来（天花板离地三米半），像是有人站在床上打呼噜。接下来，天花板下呼气的声音开始移动，斜穿过卧床的上方，在我头上掠过并向墙角移去，停在墙角不动了，停在你放雅马哈电子琴那个墙角的上方。我害怕极了，可是我心中的恐惧，我想你会感到那种恐惧，是一种女人才有的恐惧感，不一样的滋味，我觉得很陌生。这时候，这个我不认识但是听到在屋子角落里的身体突然碰我。这个在房间里呼气的东西碰到我的臀部，触及之处即刻出现一道光芒，一道沉静的寒光。我心中的好奇压过恐惧。

身上被触及的范围在扩展，光芒沿着身子往下散射。我想在光线中看清是什么东西在房间里呼吸，但是在朦胧的光线中，我只能看到窗户，好像透过清水勉强辨出不同的形状……

——那就是你的梦？——丽莎问。

——还有别的，梦里也许发生过什么重要的事，但是我没记住。我醒得太快，记不得了。

＊　　　＊　　　＊

一天早上，丽莎讲给我听她做的一场异乎寻常的梦。说这是场异乎寻常的梦，不是因为梦中的事，而是因为这是一场预报未来的梦。

丽莎梦见她大腿上的血管一条条开裂。醒来以后，她问我她腿上的血管有没有进裂。我回答说，实际上，在相同年龄的女人中间，她是少见的一个腿上没有血管绽开的女人。

——那么这场梦是什么意思呢？——她问。

——意思是你要得病。

——得什么病？心脏病？——她接着问。

事后才知道，不是这么回事。得病的不是她而是我，不是我的血管得病，是我的心脏得病。她梦中的病预报了我在实际生活中的病，而我在实际生活中的病正在预报我的死亡……

——我在变作你，你在变作我——丽莎断言——这种事也发生在别人身上吗？我记得小时候我很怕玩捉迷藏。

——为什么？

——我怕藏起来以后别人再也找不到我。倘若人家找不到我，我不知道该怎么办，不知道自己会留在哪里，好像别人要找的我和我自己是两个不同的人。我有过这种感觉……

为了抵挡我们的恐惧，预防自己变成他人，为了驱逐公寓里的邪气，保护自己，我们开始把床从一个房间挪到另一个房间，最终摆定在一个位置上。从这个位置，我们的眼光朝脚尖方向沿一条想象的直线达到多瑙河，我们知道多瑙河出自天堂，源自永恒。

我们再次开始教自己如何换气。一次大手术之后，我这辈子第二次在理疗师的指导下学习呼吸换气。每天上午，他到我房间来示范呼吸体操。我记住其中几节，给丽莎作示范。我们俩常在上午去到公寓的平台上做些包括身体各个顶端部位的体操。但是我们俩从来不同时做操。我们有时候在另一个平台上做操，在柯斯马依山脚边巴贝村我们家的平台上做呼吸体操。

一天清晨，正在按惯例做操的时候，我先在眼中，随后在身体上感觉到我已经不在做操的位置上了。我离开那个位置有三步之远，站在平台角上一株小树边。我能看见自己在做操，不光是到我自己，还看到多瑙河。站在做操的位置上是不可能看到多瑙河的，我惊呆了。第二天同样的事又发生了。就我而言，我当时并没有分身的意图或努力。这次唯一的不同是，我似乎正在透过一层带红色的薄纱观察自己，一层难以觉察的浅红色薄纱。

吃早饭的时候，我告诉丽莎发生了什么事。

她放声大笑，嘴里含着吃的东西对我说：

双身记

——那种感觉出现在我身上已经有一段时间了，每次做呼吸体操就会出现。我会分身，我会分身再分身，仿佛在两面对照的镜子中看到一长串门框，一个套一个，每个门框里都有一个我。

——你看到的跟我看到的，我觉得不一样——我说。

——你觉得怎么不一样？

——我不敢说是我们自己看自己。按你的说法，我们分成两个自己，或者分成许多个自己。也许是另一个人在看我们？

——挺吓人的！你别吓唬我！——丽莎大声说。

——你为什么要害怕？你怎么知道是一个仇敌在看你，那个通过你的眼睛看你的人？也许你分身后是我在端详你？

——我说不清，但是我知道我害怕，因为不只是你在梦中变成我，有时候我睡着了变成你……

——我想这个例子说明会有第二个身体出现。

——历史上有没有事例说明人有第二个身体？

——有，有过。耶稣在坟中复活的时候，就有第二个身体。

——别人怎么知道？

——他的门徒，还有其他认识他的人，看到他的新模样时，没有认出是他。

——不错，我记得《圣经》里有这样的段落。

——福音传道者约翰说，基督在坟中死而复生之后，抹大拉的马利亚是第一个见到他的人。《圣经》中的女人总是比男人看得更清楚……站在空坟边上的马利亚转过身来看到耶稣在她身后，却"不知道是耶稣"。耶稣叫出她的名字，用他尘世之身的声音对她说话，她才认出耶稣，喊他拉比尼①！——
导师！

——那么这是否意味着耶稣有第二个身体，与钉在十字架
上的身体不一样？

——对了，所有的福音传道者再三说明，门徒们与基督长
期相处，非常熟悉他，但是他在坟中复活以后，他们没能认出
是基督。路加说："只是他们的眼睛迷糊了，不认识他。"②所
以说，必定是尘世人身的眼睛认不出精神的身体，"他们……
以为所看到的是魂"③。耶稣于是对他们说："你们看我的手、
我的脚，就知道实在是我了。摸摸我看，魂无骨无肉，你们看
我是有的。"④说了这话，他就把手和脚给他们看。随后他在
门徒面前进食，使他们知道他实实在在的躯体是在他们中间。
众所周知的以马忤斯之行⑤的段落中也有所记录，耶稣的门徒
以为他是一个加入他们的同路人，所以邀他与他们同住，以为
他是一个陌生人。甚至在没有收入《圣经》的著作中也提到此
事。三世纪尼哥底母福音的希腊文本⑥中说，约瑟恳求彼拉多
把基督的遗体交给他安葬，他没有认出在坟中复活的他。他问
基督是否是"依利亚大人"。基督回答："我不是依利亚。"约

---

① 出自《圣经·新约·约翰福音》第20章。"拉比尼"在希伯来语中的
意思是"夫子"或"导师"。

②③④ 三段引文均出自《圣经·新约·路加福音》第24章。

⑤ 以马忤斯是《圣经》中提到的一个小村子，地处耶路撒冷和特拉维夫
之间。

⑥ 尼哥底母协助约瑟从十字架上取下耶稣的尸体。依利亚是一位犹太先
知。彼拉多是审判耶稣的罗马地方官。

双身记

瑟接着问："大人，你是谁？"耶稣回答："我是你向彼拉多索
取的基督，是你把我从十字架上取下安葬在新挖的坟穴之
中的。"

——好吧——丽莎换了话头——让我们想一想，这一切意
味着什么？首先，我们两个都在贝尔格莱德的平台上看到自己
再次学习呼吸换气。我们置身于体外看到自己的身躯。我们是
从什么样的身体在观察自己？大家说，基督在墓中复活后的身
体与旁人所知的、原先的身体不是一个模样。我们呢？我们和
我们的第二个身体是否一模一样？打个比方，你我倘若约定，
先离开这个世界的人将给活着的人留个信号，那能做到吗？我
们能否与那一边的人交流呢？我们的第一个身体能不能跟我们
的第二个身体交流？换句话说，一个人的第一个身体能否与另
一个人的第二个身体交流？乱套了！……

——我想，丽莎，我们没有这种可能，至少还没有证据证
实有这种可能。不过，在那边的人也许能做到，他们或许可以
对我们说话，而我们却不能与他们联系，好比坐在飞机里追赶
时间。一切都在变……

——算了，让我们现在马上约定。用个什么暗号？先走的
人给留下的人一个什么样的暗号？

——由你说吧。

——可以在颈上亲个吻。你很会在颈上亲吻。要是你比我
早消逝，你在我颈上亲个吻，我就知道你还存在在你的第二个
身体之中。如果我先走，走在你之前，我也一样。你同意吗？

——我同意——我眉开眼笑地说——你确实知道如何解读

亲吻……

　　几天后，丽莎拆除了黑洞洞的公寓中的一堵隔墙，取而代之的是一道玻璃墙。她的朋友从华沙找来一位懂行的人，往玻璃隔墙中灌进海水，让太平洋的海草和鱼类居住在隔墙中。玻璃隔墙上安装了调音器可以发出波浪起伏、鸟语啾啁和海风吹拂的音响效果。我们晚上不再看电视。我们被吸引到这个大鱼缸前静心观赏，思绪像鱼儿在海水中遨游。清晨，我们煮从非洲带来的毛利咖啡，加进两滴橘油精增添芳香。然后，丽莎开始用薄荷茶煮豆子。

　　有一天，她收到一封邀她去中国的邀请信。她在中国期间，我又得了一场大病。

第二章

陶俑大军

应邀前往考古学一大奇迹的现场，在当地——在发现举世闻名的中国陶俑大军的现场——参加最后一期发掘修复工作的是全世界屈指可数的几名专家。阿玛瓦·阿佐格·丽莎名列其中。在那里，她和一位十分美丽的姑娘，一位汉语专家，合住一间宿舍。她们的小平房离现场不远。有人告诉她姑娘叫莉迪亚，是巴黎东方语言文学学院推荐的。

到达的那天，有人带丽莎去宿舍。踏进房间，她看到屋里乱七八糟的。莉迪亚已经占据了边上的铺位。屋子里到处是她一堆又一堆的东西，居然还有擦除化妆后随手乱扔的纸片，纸片上留下抹下的化妆品的痕迹和雅诗兰黛唇膏的颜色。姑娘用的唇膏是一种不常见的颜色，油光锃亮，如同一辆雪佛兰汽车。丽莎记得当时她想过："像是罪犯按下的指印。"丽莎看到她旁边床上有一本打开的笔记本，潦草的笔迹中可以勉强辨出一行字：

attor uf aiv al iuq ehc eipmoc inna

莉迪亚不久也到了，向新室友伸手表示问候。最令人难以置信的是丽莎注意到莉迪亚的手上戴着一只石头戒指。不过，她们俩再次一起在这个房间里的时候，东西已经放得井井有条。莉迪亚的手指上没有戴戒指。

丽莎没去多想那些事。发掘奇迹是她的专业，中原大地之下的陶俑大军占据了她的全部注意力。直到后来发生了种种事件，才迫使她回想起第一天的情景。

工作不算繁忙，样样事情进展非常缓慢。那时正值寒冬，丽莎常有闲捧一杯热茶跟新朋友聊天。她们怀疑室内装有窃听器，所以通常坐在平房前的长凳上聊天，这样说话放心一点。她们穿着毛皮大衣坐在那儿，一个女服务员从平房窗户里奇怪地打量着她们。她们认识这个服务员，因为她是给她们端午餐的。这位中国姑娘眼睛睁得圆圆的，两个外国女人不顾天寒地冻坐在户外显然令她大为不解。

——中国人挖掘出了陶俑的大军，你对这个地下奇迹有什么看法？——莉迪亚问丽莎。她们刚在长凳上坐定——大军的目的何在？你是考古学家，你也许知道。

陶俑军的故事

——我能说什么呢？我看是这么一回事。数千年前，中国的皇帝下旨，手下千军万马的人员装备必须列表入册。为此动员人员逾千，耗时逾年——从束带上的环扣到骑兵统领的胡须一概登录，巨细靡遗。军骑逐匹备案，从尾鬃到鞍辔以至公驹鬃毛编结的不同式样，种种细节精确描述，悉数收入这班人员汇编的巨册之中。每人的唇髭、每个士兵眼睛的色彩以及鞋子和佩刀一概笔录归档。军衔标记和年龄刻在军人的脸上。收录在这部军事武力装备巨册里的有步兵、后勤部队、伙夫、骑兵等等，包括他们的长矛、盾牌和各种军械。凡是大军征战携带的，甚至常被遗漏的细小物件，凡是为大军服务或大军为之服务的一切，全部登记入册。

不过皇帝并不糊涂，知道纸上的墨迹迟早会灰飞烟灭。单凭审计人员在纸上涂墨，如此浩幅巨册岂能传世万代？无论是人是兽，均有无字的念头。思绪在先，缀文在后。这位有权有势的皇上于是让他的审计大员用陶俑制册。从马夫到信使皮手套上的猎鹰，皆以陶土按实际尺寸焙烧制成。陶俑军士堪称第二具身躯。千军万马，乃至犬狗、带驹的牝马等等，均由陶土制成，恰如上帝用土造人[①]。然后所有陶俑将士按御前大军阵势排列。简而言之，每一名士卒是一个汉字，陶俑大军集成一部书籍。书中的字可以重新安排，传述不同的史诗。

陶俑大军一完工，皇帝下旨将土制的士卒、黏土烧成的整个军队，埋到地下，好比上帝用土制成的凡人一一复归于土。大臣们问皇上为何土制大军必须埋在地下，他回答说：

——大军是一部书。这部书，我将传予身处时空之外的一

---

① 见《圣经·旧约·创世记》第 2 至 3 章。"神用地上的尘土造人"。神对亚当说："你本是尘土，仍要归于尘土。"

个人，因此大军须走时空之外的路径，必须在地下行进。

　　陶俑大军于是被埋入地下，也就是说，这部书，像一份万无一失的挂号邮件，开始寄往指定的收件人。这部书带着它的信息在地下走了几千年。我们不知道指定的收件人从这部书里会学到什么。书中数不尽的字由他随心所欲地排列组合，像是一部永无止境的辞典，讲解皇帝的一生一世以及世上的生生死死。书中有那么多汉字，什么意思都能表达——可能是战争，抑或恰恰相反，是和平。书中传递的信息可能是大军已被埋葬入土，指望来世天下太平。也可能有第三种意思，与颁书的君主无关，只与指定的收件人有关。这支大军说不定将为收件人效劳，不再为皇帝征战，是皇帝赠予收件人的一件礼物。

　　好几百年之后，悲剧性的事件发生了。这支中国军队跋涉许多世纪之后，有人偶然发现一只马耳朵，接着找出一整匹马。于是，许许多多我们这类专家纷至沓来，汇集于此，像儿童一般兴高采烈地挖掘陶俑大军，从而结束它们的征战，中断它们的行程。这部书再也无法传递到指定的收件人手中，而被退回到时间和空间之中。处于时空之外某处的那个收件人仍在徒然等待着许多世纪前寄出的书和信息。是我们，考古学家，中断了人类以此方式达到与收件人交流的企图。主宰生与死，战争与和平，以及出于土和归于土的那个人没有收到，也永远不会收到那些信息。我们永远不会知道那个人没有收到，永远不会收到什么信息……

双身记

那便是丽莎讲给她朋友听的故事。两人都忘了那次谈话，可是事情出现了异常的发展，重新把她们的注意力引回到那次谈话。那件异常事件是有一个人在考古现场被谋杀。被害者名为贺拉斯·凯鲁亚克，来自芝加哥，是美国专家保卫组的成员。莉迪亚和丽莎吃完晚饭回到宿舍，发现那人死在她们的房间里，死在莉迪亚的床上。一根红钎子深深插在他的鼻孔里，钎子是那种在仪式中夹饭用的筷子，后端做成蝴蝶的形状。与之成对的另一根筷子不知去向。丽莎注意到，那个不幸的青年男子的脖子上有一丝女人口红的印迹。令她惊愕的是唇膏油光锃亮的色彩，丽莎可以发誓作证，是美国生产的雅诗兰黛产品。丽莎看到这幅景象，刚要张口惊叫，莉迪亚一个箭步抢到死者身边，敏捷地从他手里取下什么东西……最令人费解的是中美当局双方的反应。尸体是在丽莎和莉迪亚的宿舍里发现的，中美当局简短盘问她们后，决定此事应当保密。盘问结束，她们走开的时候，丽莎朝莉迪亚看，她用手遮着眼睛，她嘴唇上抹着的雅诗兰黛口红油光锃亮。

在中国逗留的时间快要结束了。莉迪亚再次邀请丽莎到长凳上坐下。她从口袋里掏出一张纸给丽莎看。

陶俑军

在许许多多世纪以前，有一个中国皇帝。一天，他颁下圣旨，命人对在其庞大军队中服役的所有人员财物都进行注册登记。于是，动用了数千个人力，花费了数千个日子，皇帝军队里的一切——从骑兵将领军服腰带上的饰环到长长的矛鬃——都尽详尽细地记录在案。这部伟大的军事巨册里，每一匹战马的鬃尾、鞍辔和嚼头缰绳都各具形态；每个士兵的须发、眼神，足下的军靴，腰间的佩刀，还有他们的年龄和军衔都有细致入微的描述。收录进这部军事巨典里的有步兵、后勤兵、伙夫、骑兵等等，兵器则从长矛到盾牌全被囊括在内，包括军队出征时必备的或被遣编的，为军队服务的或军队为之服务的一切。

不过，皇帝并不糊涂，他意识到普通的书籍是不够永存的，所以他不想把这部编撰成的巨著抄录在纸张上，而要用陶土来记载。这样，烘烤过的泥土被制成了真人大小的兵俑，从马夫到歇憩在信使手上的猎鹰，无所不有。于是士兵、将领、战马、军犬，甚至还有携带幼子的母马，组成了一支浩浩荡荡的陶俑大军，其规模、队列都与真正的皇帝的军队一模一样。在制陶过程中，没有一个陶俑是雷同的，每个士兵、每一头牲口都有配在军中编制的名称，都代表着自己，体现出军队编制是这部军事巨著中最重要的内容。

经过很多年繁重的劳动，一个著书人的后代终于完成了这部伟大巨著的最后部分。他用陶土捏成了一个头戴皇冠的女子，她袒露着上身，骑在一匹奔驰的骏马上，而骏马则回转头，在这名女子怀中吸乳。这就是这部其排成的队列比长城还长的中国帝王军队的军事巨著的结尾。这个马背上的女子，其实也就是这部巨著的标题。

这部用陶土写成的巨著完成后，这位皇帝又下达旨令，命人将这支陶俑大军统统深埋地下。有人不解地问皇帝，为什么要把他的这第二支军队埋入地下？皇帝答道：

——他们是一部书，我想把这部书赠送给一个超越了时间和空间的人，所以他们须得通过一条伸延在时间和空间之外的道路到达这个人那里。而这样的一条道路，正是在我们的大地之下。

就这样，一支陶俑大军被埋在了地底下。也可以说，从那一刻起，这部书就像是一封特别挂号信开始朝那个收信人进发了。这部书在地下带着特殊的讯息走过了许许多多个漫长的世纪。至于那个收信人该从这部用陶土写成的巨著里读到什么，我们便无从知晓了。从中读到的讯息可能是：战争。或者，恰恰相反，它可能是想说：为了让和平永驻人间，我们把自己的军队都埋入土中了。还有种猜测，这与托书的皇帝已无太大关系，一切全都取决于那个收信人。

之后又过了许多许多世纪，悲剧性的事件终于发生了。一个偶然的机会，一个闲人在这支默默行军了数千年的皇帝的军队旁边挖掘出了一只马耳朵。接着，又挖出了整匹马来。这一发现招来了无数的专家，他们蜂拥而来，兴奋得像孩子一般，挖掘出了皇帝的陶俑大军。结果，行军被中断了，未来的征程受到了阻隔，这部用陶土写成的巨著再不能抵达收信人手中。这部书重新回到了时间和空间中来，而那个超越了时空的人却还在等待，等待着那很多很多世纪前就想托书

146

传给他的讯息。人类企图与另一方对话的尝试被打断了：我们再也无法知道是什么样的讯息，不曾传达给那个主宰着战争与和平的人，而且永远也不可能抵达他那里了。也许是那个中国皇帝正生在什么地方等待着这部配用陶土写的书，因为书中告诉他：在他还是作为一个人的时候，曾做过怎样的思考。

也许还有一种可能，可能这部书在出土之前，先已到达了目的地，可能那个收信人早已收启并读过了。①

——这是什么？——丽莎问。

——这是我们在这条长凳上讨论中国陶俑大军的谈话。谈话内容由那位在窗户里望着我们的女服务员复述后翻译成中文。显然她讲一口极其流利的英语，其中的原因，她心里自然明白。

——她要这些内容干什么用？

——我怎么知道？目的可能在于收集情报——莉迪亚说，放声大笑。

——你是从哪里拿到这张纸的？

——我们的情报人员里有一位搞到她的汇报，给了我。他哈哈大笑，因为从他的角度看来，此事毫无意义。你想不到，这位中国服务员在报告的结尾添加上一些我们没有说过的话。

——真有这样的事？她添加了什么？翻译给我听听。

---

① 此段文字译者为金晓蕾。

147

双身记

莉迪亚看着中文，开始口译：

菩萨、诡辩士们、毕达哥拉斯①的信徒们或者柏拉图②
宣扬说，灵魂在此时此地从一个身体转移到另一个身体。
这种说法荒唐可笑，不可相信。我们的第二个身体与我们
在世界上的第一个身体始终处在不同的时间平面上，朝着
另一种"现在"推移。第二个身体也许就在我们身边，不
过存在于另一种时空之中，不再有我们的此时此刻。

陶俑军是"库"③，是实相生自空性的一种保证。在
此地或在宇宙中其他位置上，它必与生命之泉相交，实
相便得以显形。陶俑军正在朝此目标推进……如佛家哲
理所云，他们正在从一种"库"走向另一种"库"，从
一番天体轮回走向另一番天体轮回。他们追求第二具身
体，他们追求生命。

莉迪亚刚译完添加进我们谈话的那段中文，丽莎问：

——但是她怎么知道我们在说什么？她不可能听到我们
的话。

---

① 毕达哥拉斯（前570？—前494？），古希腊数学家和哲学家，宣扬灵
魂可以从一个人体转移到另一个人体。
② 柏拉图（前429？—前347？），古希腊哲学家，受毕达哥拉斯影响，声
称灵魂不死，灵魂轮回。
③ "库"在佛教典籍中来源不明。据下文解释，"库"的意思似乎接近汉
语中的"空"或"空性"。"库"首先出现在帕维奇的代表作《哈扎尔
辞典》中。见《哈扎尔辞典·绿书》词条"阿捷赫"和"库"。这里沿
用《哈扎尔辞典》中译本的音译。

——她没有听到。

——是她在解读我们嘴唇的动作?

——不是,不是那么回事。严寒之中,我们口中吐出热气。她由此解读我们的谈话。

第三章

图书馆

作为来自中国的礼物，丽莎给我一个读书用的枕头。枕头的一边圆鼓鼓的，比枕头的其他部分要厚。你躺在床上手里举着书，枕头托着头颈，很舒服。但是睡觉的时候，你得转过枕头，把柔软的另一边垫在头颈下。我用这枕头看书的机会不太多。我读多少书命中已定，当然那时候我还不知道。我不知道我拥有的书中哪一本将是我最后读的书，这是我一直好奇，想知道的。

道曲区的那套折磨人的大公寓给我又添了麻烦。我的书房中堆满我的小说和文学研究作品，丽莎写的考古学、人类学那些书搬进我的书房，结果是一片混乱。两个人有时找不到自己要用的书。记得有这么一次，在我生大病的前后，我需要一本小册子，标题是：

《贝尔格莱德市的历史和现况》

帕多瓦[①]，1789 年

我肯定这本书在我的书房里，可就是找不到。我只好去一个公共图书馆找。我出了门，马上发现外面有变化。

150

那是事关重大的一天，一连至少两三个夜晚。贝尔格莱德不再是人住的城市，它成了一个重要的古迹现场。新发现了许多中世纪的教堂和古代的集市。不断有希腊人来这儿为教堂和其他建筑物制作马赛克装饰②，有些马赛克结果质量不佳。去图书馆的途中，我看到一幅有霉点的马赛克，也许是掉色了。小石块上的彩色已经褪了。城市里到处是没有铺柏油的光土，天气干燥，街上沙尘遍布。建筑物泛出土黄色，无人看守，近似废墟。我想看看一幢堂皇的七层高楼，那幢楼至少有一千年历史。登楼的唯一途径是突出墙缘的边沿。我只得循着墙沿上楼，随时有坠落的危险。大楼的窗户后面有一个图书馆，窗上没有玻璃。我两次在墙沿上失去平衡，急忙伸手抓牢窗里的青铜灯。铜灯朝着有六层楼之高的深渊移动，我人在六楼。楼里挤满读者，大家赶紧伸手，幸好及时拉住我，救了我的命。我问他们哪里去找我要的书，他们指点我去大楼的侧翼，一路得沿着突出于外墙的边沿走去。

正当此时，第一次出了怪事，有人要给我书。我在一扇窗外走过，小心翼翼，摇摇欲坠。我的样子引起一位读者的注意。他马上站起身来，从书包里取出一本书，向我走来。他默默无语，从窗户里把书递给我。我朝他笑笑，有点不知所措。可是外墙的边沿不是久留之地，我来不及多想，把书夹在腋下，继续往前挪动。到了别人指给我看的房间，我从窗外跨进

---

① 意大利北部城市，十八世纪意大利学术中心之一。

② 用彩色小石块镶嵌的装饰图像，源自古希腊。

双身记

房间，可是那儿没有图书管理员，我没法打听我要的书在哪里。房间里有人在看书，一共七位，我的到来显然打扰了他们。他们都站起身，开始找东西。我猜他们是在找书，我猜对了。他们突然一个个朝我走来，每人手里拿着一本书。当时他们一声不响，彬彬有礼，看上去似乎迟疑不决，依次把他们从书架上各自挑出的书交给我。我不知道怎么办，收下了所有的书，忘了自己来找的书。我开始走出大楼回到街上，双臂抱着一大堆沉重的书。我走下一道宽敞的楼梯，楼梯上缺了不少台阶。一路上，读者纷纷过来给我书。最后书实在太多，我只得脱下雨衣铺在地上，把书都放在雨衣上。我用两只袖子打个结，把雨衣当作包袱布。又过来两个人，一个女的又给了我两本书。我看到书上有图书馆的印章。

——我亲爱的年轻女士，我可不能收下这些书。这是图书馆的书，你看上面有印章——我说。年轻的姑娘沉静地回答，她知道书上盖着章，她是图书馆的雇员，一位有资历的专家顾问。

——我给你书，因为这个图书馆已经决定在藏书中清除用西里尔字母①印刷的书。

不必再作进一步的解释。我朝那个男青年转过身。他手中倒是没有书，显然他站在那儿等着告诉我什么事。

——遗憾的是要给你的那些书，我一本也没带来，因为我

———————

① 塞尔维亚的书面文字可以使用两种字母，西里尔字母和拉丁字母。前者由拜占庭希腊修士西里尔（又译基里尔，826？—869）和他的兄长梅福季（815？—885）创造。

不知道你今天会来。麻烦你告诉我下次什么时候来,我会把书带来。我想我有三四本……

我终于打发掉那个男青年,继续上路。我提着一大包沉甸甸的书,顺着同一条楼梯下楼。我希望找到出口比来时容易。走到楼下,我搁下沉重的包袱,坐下来看看他们给了我什么书。我还没机会看看是些什么书。

到这会儿,我才第一次意识到事情不妙。大家在图书馆里给我的书,全部都是我的书,我写的作品。打那天起,天天都有我写的书通过不同的方式退还给我。克诺夫①从纽约给我寄来一包英语版的书,装在一个橙色的帆布包里。接着世界各地的出版社纷纷寄书给我,我写的书在我屋子里越堆越多,各种版本都有: 意大利来的加赞蒂版,巴黎来的贝尔福版,伦敦来的企鹅、哈米许·汉密尔顿和彼得·欧文三种版本,马德里来的安那格拉马版,圣彼得堡来的亚芝布卡和安姆弗拉版,斯德哥尔摩来的诺得斯坦兹版……我还不明白这源源不断的邮件究竟是怎么一回事,直到有一天我收到还有读者寄来的书,世界各地读者寄来的书。他们把我写的作品退还给我。有些书已经翻旧了,也有些是崭新的,原封包装都没有拆开。我记得有位德国女人,我跟她上次战争期间在雅典相识。她告诉我:

——我亲爱的先生,我想把你的书退还给你。

——那你怎么没退还?

——因为我没有你的地址。

---

① 这里开列的是出版过帕维奇作品的欧洲主要出版社。

双身记

——那没问题——说着，我就把名片递给她，同时问她：

——你读了没有？

——读了，那就是为什么我现在讨厌你，因为我以前爱过你。

——那样的话，不必多此一举。你的书无法退还。书已经在你心中，一去不复返了……

但是我现在懂了，书毕竟是可以退还的，唯一的条件是作者必须还活着。世界各大洲的读者退给我。退书的方式五花八门，有些人附带着信，有些不带，但是每天都有，数目可观。有些现在声明跟我绝交的人还在书的首页上留下他们的名字。

我订购书架，木匠在道曲区公寓的墙上不停地添加书架。丽莎那时候从中国回来，几乎认不出我们的家，认不出在那里生活的我。书越来越多，慢慢地把我们挤出房间。我们开始往别人的院子里扔书，或者把书留在别人的门边，把小堆的书放在花园矮墙上……在我看来，我的生活像一场多米诺骨牌游戏，败局已定。

这一切始于图书馆。我在楼梯上站起身，提起我的包袱，那些包在我雨衣里的书，在那一刻，我领会到事情的真相。背在我身上的书很重，非常沉重，而且包在雨衣里，荒诞可笑。看起来我仿佛背着自己，但是另一个我，一个比本人稍许矮小的我。包袱的重量几乎相当于一个人的重量，好像我背着另一个矮小的身体。我的第二个身体？

我恍然大悟。这些沉甸甸的、裹在我雨衣里的书在告诉我什么。它们想告诉我一件重要的事。它们的出现有其理由，它们的重量给我一个明确的信息：

——我们是你的第二个身体，我们，你写的书。你去世以后没有任何其他的身体，你也不该有。随着年龄的增长，你越来越接近生命的终点。你的欢乐、你的往事、你已忘却的记忆、你已丧失的精力、你以往的爱与恨，也就越来越多地只能保存在你写的书中，由我们保存，而不由你保存。你命中注定的生命有限，丰富多彩的生活正在萎缩衰颓……

我理解我写的那些书当时留给我的第二个信息。书本为何归来？意思是说，很快没有人会读这些书了。我唯一的第二具身体也将寿终正寝……

回到家，我第一次做梦梦见魑魅魍魉。

第四章

死后的旅程，或者说，他到了哪里？

我病愈几个星期后的一天，我俩坐在平台上，丽莎突如其来地问我：

——耶稣死后从坟中复活，后来到过哪里？

——你问他到过哪里是什么意思？

——一看《圣经》就可以知道他到过许多地方。他死后的旅程从朱迪亚到加利利①，范围可观。他去的地方相互之间距离遥远，他在不同的地点寻找什么？

——问得有意思——我回答，思索起来。

——我们画一张路线图，标出他从坟中复活到升天之间走过的路，我们就明白了。

我们开始翻阅《圣经》，画地图。图越画越难画，出错越来越多。到现在我都不完全清楚错在哪里，但是我们尽力而为。我们想借助耶稣布道图②，可是那张图帮不了忙，回答不了我们的问题，所以我们自己画地图。

我们找到八个地点，耶稣在复活和升天之间在哪些地方逗留过。第一次，他在坟边遇到抹大拉的马利亚③。第二次是他遇到从他的坟地去耶路撒冷的妇人。第三次是他在去以马忤斯的路上遇到他的门徒，耶稣在以马忤斯过夜，掰开饼分给门徒。我们认为第四次是他在加利利山上向门徒显形。第五次是在耶路撒冷，那是他复活之后第一次去耶路撒冷。第六次在提比利亚海边。第七次在七天之后，他第二次在耶路撒冷向门徒现身。最后第八次在伯大尼。

我们根据这些地点画了一幅地图，他的旅程显示四条分支。所有分支都从耶路撒冷开始。一条通往耶路撒冷西边的以马忤斯；第二条从耶路撒冷往北通往加利利山；第三条分支也朝北，通向提比利亚海；第四条从耶路撒冷到伯大尼。

——在他死后的旅程中，耶稣又有话告诉我们！——丽莎盯着地图发出惊叹——他在说什么呢？我们有多蠢，为什么看不出他的启示？我们看在眼里，只见其表不解其意。我们不多加思索就作罢。你有没有注意到，我们考虑一件事至多不超过两分钟？耶稣离开地球之前的踪迹留下了什么样的图像？

——这四条分支意义何在？会不会是个什么字母？——丽莎苦苦思索——让我们把地图和耶稣使用的字母，希伯来文字母表中的字母，做个比较。在他使用的字母之中，有没有形状相似的？

——我不记得有任何相似的字母。希伯来文中没有带四个

---

① 朱迪亚即现以色列中部约旦河西岸和现约旦的西部地区。加利利指以色列的西北部。

② 耶稣布道图以《圣经·新约》中的四部福音书为根据标明耶稣大致在公元 27 至 30 年之间布道的三四十个地点。

③ 这一章列出耶稣复活后的八次现身分别见于《圣经·新约》中“约翰福音”第 20 章、“马太福音”第 18 章、“路加福音”第 4 章、“马太福音”第 26 章、“路加福音”第 24 章、“约翰福音”第 21 章、“使徒行传”第 1 章和“路加福音”第 24 章。

双身记

分岔的字母。有一个字母带三个岔，念作"辛"，是字母表中倒数第二个字母。

我翻开从书架上取下的一本书，那是一本十三世纪卡巴拉教①的手册《图像之书》②。丽莎性子总是比我急，动作总是比我快，她一把夺过书翻来覆去地找。

——我好像找到了——过了一会儿，丽莎大叫起来——看来我运道好！看，这里说希伯来字母表总是遗漏一个字母……

丽莎开始念出声来：

"我们在宇宙之中能够看出的每一个似乎像是缺陷的现象，都跟这个遗漏的辅音有关，它会在将来出现"……你听到书里说的吗？这个字母会在将来出现！但是它仍然只有三个支，没有第四个分支。书里的话帮不上我们的忙。第四个分支在哪里？

——让我看看这段评注——我打断丽莎的抱怨，开始查阅评注。书是英文版，评注认真，有条有理，所以我也很快找到我想找的答案。

——大功告成！

——快，讲给我听！

——我找到"辛"这个字母的第四个分支了！你听听这儿

---

① 卡巴拉是犹太教中的一个神秘体系，宣扬世界的毁灭和复兴七千年一轮回，世上万物源自永恒。

② 《图像之书》是一部阐述卡巴拉教义的重要著作，着重探讨希伯来图像和字母中的神秘含义。希伯来文字母表有被遗漏的字母一说出自该书。

评注说的,"有些犹太神秘学士以前认为这个无人知道的、被遗漏的字母实际是带四个分支的'辛'"!

我描出带四个分支的字母"辛":

——太好了！——丽莎大叫——现在告诉我它有何含意？耶稣升天进天堂前在地球上写下这个有四个分支的字母,他想对我们说什么？……关于他写的字母,你知道些什么？

——我知道的不多,只有一般的理解。"辛"这个字母（我当然说的是有三个分支的字母）是"沙洛姆"这个单词中的第一个字母,意思是和平。

——这话有道理,你还知道什么？

——让我们看看《光明之书》①在这方面是怎么说的。

我开始查阅。有一部法语的《光明之书》告诉我们,

---

① 《光明之书》是另一部解释卡巴拉教义的重要著作,指点修行的方法。

双身记

"辛"是"沙那尼姆"这个单词的第一个字母——犹太人所说的两重性。关于两重性，书里说："明和暗只有程度的差别，两者本属同类，因为无明则无暗，无暗则无明。"

——那意思是——我解释说——人应该在自己的思想中克服各种各样的两重性。比如天上的星球，总是一边光明，一边黑暗。

——又一条挺不错的启示，可是这里一定有别的我们还领悟不到的含义。恰如耶稣所说，我们是无知的人[①]，愚昧无知。我们每说一声"对"，过不了两个多小时就错了。但是让我们看看现在的发现，让我们归纳一下。他给我们的启示是：和平。他教导说，黑暗与光明本属同类。这是不是他的全部含义？

——不是——我思索着，继续说——写在宇宙中的希伯来字母表缺了一个字母，耶稣本身便是这个失落的字母，耶稣填补了星辰天象中的空缺。对于宇宙中的误算，耶稣便是答案。他的现身矫正了宇宙中的错误，为字母"辛"添上第四个分支，补充被遗漏的分支，从而天体的运算得以准确无误。现在看看我们的地图，这第四个分支指向何方？它直指伯大尼，基督登天的地点！

——好极了！开始看出点意思来了……我们没忘了什么吧？

——不错，忘了最要紧的事。

---

① 见于《圣经·新约·路加福音》第 24 章。耶稣复活后对众人说："无知的人哪，先知所说的一切话，你们的心，信得太迟钝了。"

——什么事?

——哈西德派教徒①声称,犹太文字中表示欢乐、幸福的那个单词,以此字母起首,以字母"辛"起首。贤人智者对此词有这样的理解:"尽你所能,欢欢喜喜!"这是耶稣借此字母给我们的最重要的启迪。

——那是基督从他第二个身体发出的启示,从另一边传来的领悟。教会对这一切怎么解释呢?

——我亲爱的丽莎,不只是我们俩在为此绞尽脑汁。

——你认为教会里的人画过我们的地图?

——没有,我想他们没有画过。但是不少人与第二个身体接触过,肯定如此。这件事在有史可查之前已经议论了好几百年。你是一位考古学家,对此有充分的了解,我也同样有充分的了解,因为我仔细查阅过文献。我们是量子的活体。早就有人探讨过死亡以后的自由发展。

——第二个身体?谁?在匈牙利的那个修士?告诉我!马上告诉我!

---

① "哈西德"在希伯来文中的意思是虔诚。哈西德教派是犹太正统派的一个分支,在十八世纪的东欧形成,强调天意永恒,心灵感应,仁慈待人。

第四部

第一章

现在还不是时候！

　　圣安德烈①是多瑙河上一座小城，从布达佩斯往北骑马大约要走一天。那年初冬，圣安德烈一带天高气爽，令人精神抖擞。栗子树上最后的叶子慢悠悠地飘向地面，宛如鸟儿在雪里挑选落地的位置。那些年代的圣安德烈是"恰伊卡齐"的大本营。"恰伊卡齐"是1717年前后奥地利的边防部队，招募入伍的大多数是信奉东正教的塞尔维亚族人，擅长使用名为"恰依卡"的狭长快舟。他们当时守卫着与土耳其对峙的地界，是名闻遐迩的边界卫士。在和平的日子里，各支分队在圣安德烈的多瑙河岸上盖房子；打仗的时候，他们沿河游弋，飞桨突击。他们刀法娴熟利落，快刀过人，刃不见红，军械无须擦拭。圣安德烈原先是一位匈牙利伯爵的领地，后来发展成布达佩斯和维也纳之间一个实力雄厚的商埠，盖了不少塞尔维亚东正教、路德教派和天主教的教堂，林立的钟楼映照在多瑙河的水面上。

　　圣安德烈按惯例响起钟声。今天早上，叮叮当当的钟声唤醒圣像画师路加②教堂中的圣职修道士加伯列③的时候，他清楚地感觉到自己有点不对头。他伸手揉揉眼睛，突然大叫一声。一样尖利的东西割伤了他的眼睛。他看看自己的左手，发

165

现了眼睛受伤的原因。这位圣职修道士冬天套一副黑色的无指手套，写字的时候可以暖手。在冰冷的钟楼里睡觉时，他也戴着这副无指手套。他的手现在却套在别人的手套里，一副红色的手套，同样没有指头，手套上缝着一只戒指。这是一枚石头戒指，那只手上从来没有套过这个戒指。圣职修道士加伯列不爱珠宝首饰，第一次见到这枚戒指。昨晚他来到俯瞰多瑙河的钟楼顶层睡觉的时候，感到疲乏，没有注意自己手上有这枚戒指，更不用说手上套着别人的手套。他脱下缝着戒指的那只无指手套，放到窗台上。戒指在窗台上发出暗淡的光泽。圣职修道士惊诧不已，莫名其妙。

他把模糊的眼光投向窗外，眼光好比出膛的枪弹追上教堂的钟声，无拘无束地飞越多瑙河，飞越穿透对岸浓雾的丛林。眼光向南往布达飞去的同时，他正在吃葡萄干和面包，从浸泡多种植物的瓶子里倒出药酒喝。接下来，他用一把嫁接果树的小刀割断线，从手套上取下戒指，又把手套戴上，坐下来写完这一周的布道词。这是十二月的第一个周二。从穆里什河④那边刮来的风吹得钟楼屋顶连同钟楼中的墨水晃动不停。墨水是修士用火药配制的。他写着写着，不时看看戒指，嘴唇在不断地嚅动，自言自语地复述手写的布道词：

---

① 见第 27 页注②。
② 耶稣的门徒路加据说是基督教的第一位圣像画师。
③ 加伯列即加伏列尔·斯蒂芳诺维奇·凡茨洛维奇（1670？—1749？），塞尔维亚东正教修士和作家，对塞尔维亚文字和文学的发展有过重要的贡献。
④ 穆里什河源自罗马尼亚，在塞尔维亚和匈牙利的边境汇入梯萨河。

先知们的预言犀利尖锐，击破顽石。我们撷取先知的言辞汇集成这本小小的册子，好比采集深海中的水滴注入一条细细的涓流。然而大家知道，这是断乎做不成的事。

我们无法把汪洋大海灌进小溪，然后乘坐一叶扁舟横渡溪流……

写到这里，加伯列停笔，他放下羽毛笔，拿起戒指仔细打量。他想准确地回忆究竟发生了什么事。昨天晚上，他被叫去驴子岗，听女裁缝伊茜多拉·贝利厄里的临终忏悔，给她最后的圣餐。他到了那儿敲敲熟悉的门。给他开门的是濒死老妇人的女儿阿克茜妮娅，年纪轻轻，头发散发土茴香的香气。老伊茜多拉不做忏悔也不领圣餐，她给修士讲了另一件事，让他大为惊愕。

——你舌中藏剑，神父。而且你话又多，话多生事，你已厄运临头。有人为此要杀你。小心！我知道他姓甚名谁。我女儿阿克茜妮娅自己养活自己，处处有人与她为敌。只有你，神父，保护她。所以我要警告你，让你心中有个底！要你性命的人叫鲁吉奇卡。

——那是个男人的名字还是个女人的名字？——加伯列心中纳闷。阿克茜妮娅意识到那个非说不可的名字已经说出口，加伯列已经听明白了，她的眼泪立刻夺眶而出。

这便是他能回想起来的所有事情，丝毫解释不了他手上的戒指。可能是有人搞错了，不知怎的戒指就到了他手上。他一踏进濒死老妇人的屋子就脱下披风和手套。在他准备给床上临

双身记

终的人举行仪式的时候，一定有个来做帮手的人把手套碰巧搁在他的手套旁边。他出门时正下着雪，在昏暗的夜色中，他戴上手套，根本没注意到是别人的手套，更没有看到手套上缝着一枚戒指。就这样，他手上戴着手套睡着了。在寒冬季节，他通常戴着手套睡觉……

前一天晚上的怪事多少有了个解释，加伯列心里稍许踏实一点。他做好准备去恰伊卡齐的老坟地主持殡葬。丧钟在响，他不知不觉地在雪地上寻找钟声留下的影子。看到阿克茜妮娅睡眠不足的倦容，那对大眼睛里含着没有流尽的泪水，加伯列的身子微微颤抖。

——我不知道圣安德烈有谁叫鲁吉奇卡。没有一个男人叫这个名字，也没有一个女人叫这个名字——他心里琢磨着。自昨天晚上起，他第一次回想起这个名字。

使他惊讶的是，他意识到阿克茜妮娅在琢磨同一件事。她含糊不清地低声说：

——他会来的！当心他，他会来的。他一到大家就都会知道他……

他想起那枚戒指，看看阿克茜妮娅，但是没有作声。他暗自断言：

——现在还不是时候！

——现在还不是时候！——阿克茜妮娅悄悄地说。

168

第二章

大主教驾到①

　　教堂刚打钟宣布食肉周日②开始，几个男青年便出发去多瑙河边清除岸上的积雪。他们挖了四个坑，坑里放进葡萄藤的干枝，点上火烧起来。他们从三英寻③深的河底掏出淤泥。四头猪已经收拾干净，抹上河泥，泥巴上再铺上一层去年的葡萄叶子。等坑里的干枝烧到不再发红的时候，小伙子们就把猪放进坑里，盖上土。当烟从地面腾起，开始散发出焖肉香味的时候，狗儿围着坑上堆的土边嗅边舔，烫了舌头。同时在教区会堂的灶房里，三条大鲶鱼，就是晚上会跳到岸上找蟋蟀吃的那种鱼，被开膛破肚。每条鱼的肚子里塞进一瓶开塞的红酒，然后缝合，放进炉子里烘焙，直到红酒完全蒸发，味道恰到好处时为止。盛宴的操办由多名教堂执事监督。契皮里恩教士和圣职修道士加伯列敞开会客厅的窗户，放进新鲜空气，然后出发去迎接教省大主教维克恩梯耶·波波维齐。这一天大主教要驾临，走访圣安德烈。正式来访的队列沿着佩斯来的大路快要到了，教堂在打钟欢迎大主教的光临，钟声听上去与往常不一样。教省大主教的马车由六匹马拉着，两名身穿丝绒号衣的骑手在前头开道。他们的前边还有人牵着一头驯鹿，颈上挂着一个牛铃，左右叉角上插着苹果。说实话，在那个晴朗的夏日④，圣安

169

双身记

德烈沿途一带并不是所有的教堂都在打钟。大主教的队伍路过一座罗马天主教教堂和两座路德派教堂时，没有任何钟声欢迎他。队伍又走过一座塞尔维亚正教教堂。接着又经过另外两座塞尔维亚正教教堂。大天使米迦勒教堂打钟欢迎大主教。队伍随后在克利沙高地的城堡下走过，经过当地天主教区的施洗者圣约翰教堂，最终到达圣安德烈大教堂的前院。欢迎仪式在教区会堂的会客厅里举行时，焖猪从土坑中取出送进灶房。河泥烧成的瓦片被敲碎。来自波增⑤的啤酒浇上热气腾腾的焖肉。盛宴可以开始了。焖猪和鱼端到教省大主教的面前。他给桌上的佳肴祝福，做了祷告，然后坐下进餐。饭后大家挪到会客厅，在那儿喝一点埃格尔出产的托克依酒⑥。一位教堂执事作证说，埃格尔的酒窖加在一起比地面上的街道还长好几公里。

接下来，圣安德烈的教士、神父契皮里恩，向教省大主教致辞。长期精心筹划这个隆重场合的真实原因于是公布于众，卡洛伏奇教省务必接受他们的请求，拨款修复附近久尔⑦的塞

---

① 塞尔维亚东正教教会于1713至1848年之间以卡洛伏奇为中心设置一个教省。维克恩梯耶·波波维齐·哈基洛维奇在1713至1725年间任教省大主教。有关卡洛伏奇，见第40页注⑤。
② 东正教徒在复活节前有四十天大斋。大斋前有四个星期作准备，其中第三个周日是"食肉周日"。从那天之后不得食肉，直至大斋结束。
③ 三英寻约合5米半。
④ 原文有误，见注②。食肉周日必定在冬末春初复活节之前，不可能在夏季。
⑤ 波增是现斯洛伐克首都布拉迪斯拉法的旧名。该城市在十六至十八世纪是匈牙利王国的首都。
⑥ 埃格尔是匈牙利东北部的一个城市。匈牙利东北部和斯洛伐克东南部出产的红葡萄酒通常统称为托克依酒。
⑦ 久尔是匈牙利西北部的一个城市。

170

尔维亚教堂。这件事，契皮里恩神父交托圣职修道士加伯列，由他向尊敬的贵宾详细禀告，圣职修道士加伯列完全明白他得向何许样的贵人陈言。

　　教省大主教维克恩梯耶·波波维奇的实际年龄可能小于别人的估计。他身穿一件系带子的教袍，衬里是紫红色的。他胸前挂着一个金质十字架和一只银质的小盒，手中提一串蓝色伊奥尼亚石的念珠。他的嗓音深沉洪亮，在教堂里用希腊语吟唱的时候，热诚悠扬；用塞尔维亚语吟唱时，则回音不绝于耳，仿佛在丛山中召唤羊群。简而言之，在他身上，恰如阿陀斯山上[①]的修士所说，两种灵魂融成一体，老当益壮。他开始历程的时候，是阿陀斯山上圣保罗修道院里的一位修士，后来在佩奇教区[②]成为见习教士，又过了很久，才在卡洛伏奇教区担任修士的职责。他的历程眼下在匈牙利接近终点。他在一位主教和一位教省大主教手下供过职，一直保持着“出自两个帝国之人”的名声，见识高于他身边的同僚。无论是在罗马天主教的奥地利还是在穆斯林教的土耳其，他都能胜任显要的教会重任，尽管这两个相互为敌的帝国都不承认他信奉的“希腊”正教——东方的基督教。这两个帝国在各自的疆域中几乎都不能容忍东正教的存在。除此之外，教省大主教正在为一个迁徙中的民族效劳。这个民族为环境所迫，不停地从一个帝国迁居到另一个帝国，徒然地在“邪恶中等待善果”。加伯列对他陈言

---

①　阿陀斯山位于希腊东北部的卡尔基迪基半岛，是东正教的圣地。山上有许多东正教修道院，女人不准上山。

②　匈牙利西南部的一个城市。

的时候，教省大主教神态矜持。他看着加伯列，目光不露真情。他不大的两只手摆弄着一个杯子，似乎不知杯子在手里有何用处。他的两只手一次也没有合十。

——阁下明鉴，我们的人在匈牙利的地域内贫困不堪，连一个马步见方的土地也无人拥有——圣职修道士加伯列开口说——我们遭受他人的嫌弃、压制。我们在此停留时日已久，既不算市民亦不算佃夫，而且没有别处可去。但是我们付钱纳税，以求宽待。若不付钱纳税，战事便起。只有一个教会给予我们确实的支持，可是教会同样难以维持。大家贫困潦倒，缺吃少穿。久尔的圣尼古拉斯教堂墙垣破败，顶楼已经朽烂坍塌。所以那儿的主管彼得·雅内依带领当地教士弟兄，不分老少，嘱我向大人阁下进言，恳求阁下高抬贵手资助教堂修缮事宜。当地的塞尔维亚人财力菲薄，人力不足，而匠人要价不低……

大主教点头微笑，听他说完，眼睛盯着手中的蓝珠子，仿佛是第一眼看到手里的念珠。他开口说：

——我的答复，不说你也知道。你们大家，信奉基督的弟子们，知道我们眼下的处境。事态严峻，前途不明……一来贫困，二来愚昧，再加上人心涣散，而我们是寄人篱下，被视作盗匪歹徒，受众人的厌恶和憎恨。所以我们两手空空，束手无策，哪里能聚资积财，哪里有修缮布施的能力？……

加伯列听出这番头头是道的话不过是一口回绝，便再次插话力争：

——阁下大量，容我补充一句。倘若教省的主教堂无计相

172

助，那么，塞尔维亚人的圣尼古拉斯教堂只得企求希腊人提供修缮费用。圣尼古拉斯就会变成希腊人的教堂。匈牙利地域内的塞尔维亚教堂是我们塞尔维亚人靠自己的刀剑缔造，不靠希腊人的钱币。可是每次战争以后，希腊人出钱从我们手中买去教堂，声称教堂没有换主，因为塞尔维亚人毕竟也信奉希腊正教。

——那是我们自己不对——大主教回答——凡不能计算得失者，必不至远达。我们塞尔维亚人的刀剑正在为奥地利效劳，而希腊的钱币在为希腊和希腊人服务。真相便是如此……但是你心中还要牢记一件事……

说到这里，大主教的高谈阔论稍作停顿。一个手指放到嘴前，舌尖可以碰到指头。他放低嗓门，继续往下说，手指一直竖在嘴唇之前：

——形势并非一片黑暗。奥地利帝国之内不论何时，凡是塞尔维亚人与希腊人各不相让，就会有好的结果。希腊教堂脱离塞尔维亚教堂，希腊人在塞尔维亚教堂旁边另盖教堂，那就意味着在一个罗马天主教的帝国之中，东正教教堂的数目翻了一倍……

仍然不甘心放弃他的恳求，圣职修道士加伯列现在提出他最有力的理由。他指出久尔接近维也纳市，常有德国绅士淑女打首都来参观。圣尼古拉斯教堂破烂不堪，有碍观瞻。他添上一句，再说加尔文教派的信徒也已开始修建自己的礼拜堂，盖到一半现在停工了，因为耶稣会派禁止他们完工。

——要是久尔的塞尔维亚教堂也修复不成——圣职修道士

加伯列断言——人家会以为是同样的原因，阁下大人，因为"教皇派"有禁，不得完工。

　　说到"教皇派"——大主教的话快要说到头——你大可不必多虑。他们在这一带的人数不及加尔文教派，所以加尔文教派，对你们来说危害更大。要保持与"教皇派"的联系。罗马刚任命的教区教士快要到达圣安德烈。我们知道他，他是个正人君子，是像我们一样的基督徒。你也很快就要认识他，他的名字是法兰约·鲁吉奇卡……

第三章

吉佩拉的笑靥

一座钟楼耸立在圣路加教堂边。黑洞洞的高塔里，一个瘦削的身形躺在一条作床用的木船中。那人身下的木船来自多瑙河上的恰伊卡齐船队。跟土耳其人交战的时候，有一个人在船中丧身。水兵不愿再踏进这条木船。现在这条船已经被改为床铺。在昏暗的夜色中，隐约可以辨出横柱上放着的苹果、榅桲、几个酒瓶、几把罗勒草叶子和还没有削成笔的鹅羽。

在木船里可以听见轻轻的脚步声登上钟楼的木头楼梯。躺在木船里的人听到脚步声浑身打战，口中嗫嚅着：

——领受苍天甘霖，以泪水熄灭肉身淫欲的人得福。

漆黑之中弥漫着蜡烛芯被捻灭后发出的烟味，还有阳光先前晒在木船上的气息。一个身影踏进船中，挨着圣职修道士加伯列躺下。难以分辨清楚的身形发烫，颤动不已，以至两人身下的木板开始摇晃。

——完全不可思议，不合情理，阿克茜妮娅！确有其人！——加伯列低声说——他的名字果然是鲁吉奇卡。我难以相信真会有这种事。最可怕的是他会到这里来。他来断送我的性命？你母亲的预言看来正在应验，于情于理解释不了。这件事我无法理解……他终于来了。

——你以前觉得不可能吗，神父？大家都知道了，说是明天中午前后到。教区会堂已经打扫干净，一只玉米糊喂大的鹅已经收拾停当。万一教区教士鲁吉奇卡的意图得逞，我们也得有所准备。

——什么意图？

——神父加伯列，你真以为他是在跟你开玩笑？他可不是。我们必须为你做好准备，万一他做成了他想做的事。

——想做什么事？想要断送我的命？

——预言告诉你这就是他要做的事。

——阿克茜妮娅，阿克茜妮娅，你是谁？

——我是天上下的雨，我是躲避不了的那个人——说着，她吻了他一下，像是在用亲吻喂他——你呢，神父，你是谁？我们也许能用什么办法解除你灵魂中的苦难，至少解除一半……

说到这儿，阿克茜妮娅从胸口掏出一只小小的面包，面包还带着她奶头的暖意。她给加伯列看面包，又一次用力地吻他。

——现在我明白了你的意思——他说——你是要我做一次"嫁接"。我自己也打过这个主意。

姑娘点点头。

——还能有什么别的意思？你自己心里明白，神父，我们的事不能长久。偎依在我们心中的魔鬼大如一头黑公牛。我们必须把它赶走！我知道今晚我们将要分手。这是我们最后一个夜晚。以后我不再用爱情接纳你的灵魂。今晚之后，你这个修士的灵魂必须保持纯洁。上天如果有意，如果鲁吉奇卡实现他的意图，你的灵魂必须清清白白地乘船前往冥府。可是告诉我，难道不能向契皮里恩教士忏悔你和我的罪孽从而得到宽恕，难道你非得用"嫁接"的办法毒害自己？

——可以忏悔，但是"嫁接"是另一回事，效率更高。至于你，你没有受戒，不像我那样必须遵守修士的戒律，所以你爱我的罪孽不如我的严重。而我必须体验更深刻、更沉重的悔过。

——你说的更沉重是什么意思？

——神父契皮里恩听了我的忏悔之后可以给我宽恕，通过"嫁接"我也能得到宽恕，但是两者有所不同。要是教会中的长者所说确凿，把自己的记忆转移到树上，意味着你要付出加倍的代价。借助"嫁接"，不但你的罪孽留在这个世界上，而且你做过的所有好事也同样留在这个世界上。所以在冥世接受最终的裁判时，你那一段被忘却的记忆中对你有利有弊的事一概不存在。如果通过忏悔来悔过，那就不同。用言语悔过毕竟容易。要把善行连同罪孽一笔勾销，全部转移到树上，埋入地下，那就不一样了，那是肉体和灵魂的彻底净化。

——那么，神父，为了忘却我们之间的爱情，你会放弃做过的一切好事，任其湮灭？

——不错。不过，在这件事上，你得帮助我。过了今天晚上，你也在你的记忆中抹掉我。

——假如你在记忆中抹掉你所有的罪恶，上帝也会忘掉那些罪恶吗？

177

——不会，但是我能重新做人，少犯罪。

——这种草药的毒性强吗？这种抹掉记忆的药？你以后会认识我吗，神父？

——我会，可是我不会记得我们之间最美妙的事。

他们在黑暗中紧挨着，躺在木船里谛听夜色。他开口了，似乎在自言自语：

——有哪一条法则比上帝的法则更强大？人的欲望和邪恶的本性更强大，它不畏强暴，不怕艰难，它不顾积年累月的病痛和厄运，即使打入地狱，永世不得翻身，也在所不惜！

阿克茜妮娅转过身来开始吻他，仿佛要用她的嘴唇使他归于沉默。每吻一次，她说一句话，每次说的是同样的话。

——你的舌头在对我干什么？——他在她的亲吻之间问。

——我在发笑。

他不解地看着她。躺在半明半暗中，她黑暗的身影显得陌生，散发着面包的香味。他与她仿佛在一起度过第一个晚上。

——你在发笑？

——对，这叫做吉佩拉的笑靥。

——巫术，我看是。

——是巫术。我当然会施巫术。我妈妈教过我一句魔诀。她说："你要是选中一个你要跟他生孩子的男人，那么每次吻他，你就念这句话。这句话助你受孕。"

——受孕怀胎？——他问，并且吻她。接受他的亲吻时，阿克茜妮娅重复那句魔诀。加伯列从她舌头的动作中辨出一句话。吉佩拉的笑靥说的是：

——*Mille dugento con sessanta sei*

——这句有神效的话能否帮助生出第二个身体？

——什么第二个身体？

——一个精神的身体。

——你可别吓唬我，神父，你可要给我更多的爱——姑娘回答，紧紧地偎依在他身边。

这时他伸手去拿水壶。木船边上有只水壶，灌满了水。壶口的一端做成男性生殖器的形状。这种水壶出在卡尔基迪基①。加伯列把水壶斜过一点，喝了一口水，然后把湿润的水壶口伸进阿克茜妮娅的身子，壶口的水一部分流进躺在他身边的这个姑娘的身体里。

——现在我要你——她轻声轻气地说。

加伯列终于扑进情人的怀抱。

黑夜俯视着他们，窗外传来汩汩水声。教堂的钟声轻轻作响，提醒他们的罪孽。钟声在他们耳边悄悄地说：

> 大海时而呼啸而来，惊涛拍崖，复而风平浪息，一切
> 平静。人心如海，同样会受爱情的驱使，拍击悬崖，
> 然后复归宁静。

他们轻轻地踏下钟楼的楼梯向河边走去，吉佩拉的笑靥在他们唇上留下芬芳。他们明白自己的心也像拍岸的浪涛复归平

—————————

① 见第171页注①。

静。阿克茜妮娅仍然焐着面包，保持它的温暖。圣职修道士加伯列手中拿着一把小刀。那种嫁接果树用的小刀，锋利好比空中掠过的鞭梢。他们走到多瑙河边找到一株高大的毒芹。阿克茜妮娅把面包交给加伯列，他把面包搁到梗枝分叉的地方，面包献给了毒芹。在明亮的月光下，他们看到雾气顺着多瑙河而下，比河水更快。

——但愿这株毒芹的药性弱一点。你倘若把一半的记忆付之于遗忘，我们灵魂现在承担的罪孽将会留在这株毒芹上，不再压迫你的良心？

——我不知道。上帝知道，大家相信。大家相信人和植物交换体液之后，植物会保留我的回忆，而我则会保留植物的回忆。

——你以后还会有爱情吗？

——爱谁？

——随便什么人，我？

要是发生这样的事，我得再"嫁接"一次。

——但是人家说，第二次会置人于死地，头脑就此终止？

——是有这种说法。

加伯列走上前去，贴近那株毒芹。好像要往树干上接枝，他用刀子划出一个十字形的创口。等毒芹淌出眼泪来，他把袖子往上一捋，在前臂上割一刀。他搂住毒芹，前臂上的伤口贴近毒芹上的创口，让他的血和毒芹的毒汁混合。他开始觉得头晕，耳朵里噔噔作响。他觉得时间放慢了速度，好像在什么地方受到阻滞，不再具备他在以往生活中习惯的能量。时间一下子显得要停住了。他的双臂从树干上慢慢地滑下，他一头栽倒在地。阿克茜妮娅双臂抱住他，费力地把他放进旁边的一条木船里，坐在他身旁彻夜照顾他，好像他得了病。拂晓的时候，他的身子突然一动，抬眼望着阿克茜妮娅。

——你认识我吗？——她问道。

——认识。你是阿克茜妮娅，是已故的伊茜多拉·贝利厄里的女儿……你在木船里跟我在一起干什么？

——因为你病了，神父。你要是感觉好一点了，我可以扶你回钟楼。

就这样，好像两个从不相识的陌生人，他们磕磕绊绊地走回圣路加教堂边上的钟楼。在钟楼的门口，他转过身来问：

——你是在教区会堂打杂的用人吗？

——不是，我干到昨天为止。今天开始我就不再在这儿干了。

——为什么？

——你不知道为什么，神父？

——我不知道，为什么？

——不要紧。我现在有别的活儿干。

——在哪里干？

——离你很远的地方。在克利沙。我已经受雇在鲁吉奇卡神父的教区会堂里做佣工。他的女管家老了，需要换个年轻一点的。

第四章

上帝和圣母在圣安德烈的
圣像画师路加教堂中

教区会堂坐落在圣安德烈的圣路加教堂的院子里。契皮里恩神父正坐在窗边吃带梅子焙烤的面包。这种面包有止肚疼的效力。肚子里的疼痛提醒他，自己颠沛坎坷的一生已到年迈力衰的阶段。他面前有本打开的书，里面抄录修女叶菲米娜①的诗歌，还没有抄录完毕。叶菲米娜是一位古代东正教的领袖和诗人，她几乎已经完全从人们的记忆中消失了。教堂院子里聚集着各式各样的人，契皮里恩停下了他苦心的誊写，不安地望着窗外。院子里有从得里纳河②一带来的人，有信奉天主教的塞尔维亚人、匈牙利人、克劳特人、日耳曼人、西班牙人、佩里人、斯洛伐克人、拉沙人、乌克兰来的霍尔人、拉恰来的塞尔维亚人和希腊人等等③。夜色正在降临，大家出神地盯着教区会堂的窗户。他们等候的事每一次都让契皮里恩神父心中大为不安。他一直想停止这项活动，禁止他手下的加伯列修士举办这种演出。人们聚集在这儿就是因为加伯列的缘故。大家称他举办的演出为"光影戏"。契皮里恩神父之所以没有禁止演出是因为这活动总的说来有深刻的宗教意义。庆祝圣母领受佳音④的仪式将要来到。圣职修道士加伯列正在和一位名叫阿克茜妮娅的新手一起准备演出《圣母领报》。这就是为什么这天傍晚圣路加教堂的院子里人头济济……

契皮里恩神父记得这个嘴上没毛的年轻人随着移民从得里纳河那边迁徙到圣安德烈，投在他门下作弟子。是他教会年轻人如何绘制圣像，抄录经书。就是在这座圣路加教堂，由他亲自颁布加伯列的修士级别。那是许多年以前的事了。打那时候起，年轻人先开始担任教堂的辅祭，然后成为圣职修道士加伯列，还被教区雇用派往多瑙河沿岸各地供事一至两年。从科莫兰、奥斯特洛根、久尔、波马兹到圣安德烈⑤，他在各处教堂布道，他的口才因此名扬匈牙利全境。布达的主教瓦西里耶·迪米特里维奇跟他保持通信联络。不管他用塞尔维亚语还是希腊语讲演，人们蜂拥而来挤满整个教堂，听他在讲道台上对教民开讲。逢上战事，教堂里大多是希腊人，因为希腊人宁可做生意不愿意动刀枪；要是停战了，来的大多是塞尔维亚人。因为血战抗敌受到维也纳朝廷嘉奖的恰伊卡齐水军一个个精神抖

----

① 叶菲米娜（1349？—1405？），塞尔维亚最早的女诗人。
② 得里纳河现在是波斯尼亚和黑塞哥维那与塞尔维亚之间的边界河流，往北汇入萨瓦河。
③ 克劳特人和霍尔人出处不清。佩里人可能指门的内哥罗东北部的居民。拉沙包括塞尔维亚中西部以及门的内哥罗和科索沃的局部地区。拉恰位于萨瓦河两岸，一边属于塞尔维亚，另一边属于波斯尼亚和黑塞哥维那。
④ 见第75页注①。
⑤ 科莫兰当时是匈牙利境内塞尔维亚人的一个集居地，地处多瑙河畔。南岸现属匈牙利，北岸现属斯洛伐克。奥斯特洛根市在匈牙利北部中段，首都布达佩斯的西北方向。关于久尔，见第170页注⑦。波马兹是现匈牙利北部佩斯区的一个小镇。有关圣安德烈，见第27页注②。

擞、趾高气扬，从战场上来到教堂听他布道。作为加伯列的导师，契皮里恩教士为弟子在多瑙河沿岸的名声感到骄傲，但是他也觉得自己要为弟子的作为承担责任。

现在"著名演说家"加伯列要做一件使他导师紧张不安的事。加伯列在大厅里点灯。两个窗户照得通明，院子里的人放声欢呼。换装准备上场的时候，加伯列和阿克茜妮娅在低声交谈。

——城里有什么鲁吉奇卡的消息？——加伯列问，一边把两个巨大的翅膀套在背上。阿克茜妮娅回答：

——有人说，他以前在远东传教，要是我没听错他女仆说的话，在印度、中华帝国那一带。可是他这人似乎有些出格，不是事事遵循上帝的吩咐。罗马派他来这里是为了惩罚他。人家说他对各种巫术和迷信感兴趣。流言说他喜欢用戒指算命，还用什么咒语。他跟人交换有神效的口诀，收买来自亚洲的净水。他在亚洲吉佩拉的神殿之下得到净水。各式各样的流言蜚语，可多了。我听了这些，知道怎么对付他。

——对，先行动，后言语。

——你说先行动是什么意思？

——生死之间，我们站在天堂与地狱之间。你说他用戒指占卜。引他占卜的东西，我们同样可以用来引他落入陷阱。

——用什么东西？

——看，就用这个——加伯列回答，从修道士的发髻中取出一枚石头戒指，也就是那天晚上缝在那只奇怪手套上的戒指——今晚我们将上演圣母领报的奇迹，像是在剧场中演出但是不露身份。我们到时候引他上钩。大天使加百列开始向贞女

184

马利亚致礼，她像以往一样予以抵制，可是这一次她要求上天
爱她的保证，她会得到这个保证。

——她能得到？

——对，她得到的，也是鲁吉奇卡大人想要的。

——这会有用，神父，能成功？

——能。教区教士鲁吉奇卡肯定会派人来看戏，所以就会有
人去向他报告大天使给了贞女马利亚一枚戒指。这是一个他无
法抵挡的诱饵。我们就此逮住他，乘他行施巫术之际把他逮住。

——第二件事呢？——阿克茜妮娅问。

——第二件事第二天做。星期天我在讲坛上严厉谴责他装
神弄鬼、妖言惑众！当着全体教民的面……

＊　　　　＊　　　　＊

那天晚上，上帝本人在圣路加教堂边的教区会堂显现，他
出现在右边灯火通明的窗户里。因为光线来自他身后的一盏
灯，观众只能看到他的侧身轮廓。教堂院子里没有人能认出是
辅祭、打钟人、执事、修士还是别的什么人在扮演这个角色，
上帝的角色。人人总是自问，谁能是上帝？

窗户中的上帝刚把双手合在一起，大天使加百列便在另一
个窗户中出现，恰如常人所说，一边是个英俊少年，另一边是
个穷酸老头。年轻人打扮讲究，佩着一把剑。穿着入时的年轻
人好像是打布达来的公子哥儿，但是院中的人也只能看出年轻
男子的"光影"。通过开着的窗可以听清他们之间的对话。

双身记

上帝

来，来，大天使加百列。我要差遣你去到世上一个地方，在那儿为我暗中行事，务必忠诚可靠！你去到加利利的拿撒勒，找到年轻女子马利亚，她已许配给木匠约瑟！去到我字字句句折服人心的天堂，去到我的东门，以你的宣告叫她做好准备受我进入她！向她预言公告我将降临的喜讯！

大天使加百列

骇人听闻的事令我头晕目眩。小天使大惊失色，六翼天使莫知所云，天庭的使者尚且听之不忍，岂可强求柔弱女子忍受！在天之神直言亲身与她同在，入她身体，借此一番告示，奇迹竟成！胎儿非她莫投，由不得她腹内容纳与否？

上帝

我问你，凡我的意志终有不成的吗？我言之必成，唯有道为是。凡我说的，一切应验！我将嘱她一身成二身。

大天使加百列

然而怀胎先于出阁，断非凡人伦理规矩，悖逆不道，实非天然！主如此嘱，我惊愕不已！

上帝

我与她同在，伤害之于马利亚，犹如烈火之于西奈的荆棘……①

---

① 出自《圣经·旧约·出埃及记》第3章。摩西带领犹太人离开埃及。上帝的使者出现在燃烧的荆棘之中。"荆棘被火烧着，却没有烧毁。"

此话刚说完，两扇窗户中灯火熄灭。另外两扇窗里的灯光亮起。一扇窗中坐着阿克茜妮娅，装扮成贞女马利亚，正在念书。因为灯光从身后射来，教堂院子里的人也只能看出一个身影。圣职修道士加伯列上场，同样只显一个身影。观众看到他装扮成有翅膀的大天使加百列，像是穿着入时的公子哥赶着去向贞女马利亚致礼。字字句句清晰地从窗口传来，响彻教堂的院子。

大天使加百列

万福马利亚，蒙天之恩，主与你同在！万福的你，蒙天之恩，光芒照亮黑暗！啊，天国之主荣耀的殿堂！倾听美妙的佳音：此日此地你的胎中结果，将要生子，你给他起名耶稣。做好准备，待他来到你的身中……

贞女马利亚（厉声正色）

年轻人离我远去！即刻快快离我而去！从我门前马上走开！我尚不晓房事，此说如何可能？依你的预报，我将胎中结果，怀孕生子，此话断乎不近情理，不合天然，令我难解分晓。示我葡萄累累，藤在哪里？企求麦穗枝枝，种子撒在何处？歌唱鲜花朵朵，我不见根扎在什么地方！凭何信物，令我相信你自报的身份？

大天使加百列

我带来天上的订婚戒指作为信物。（从一扇窗里伸出手把戒指送进另一扇窗。可见他们两个不在同一个房间里。）

贞女马利亚

这是什么戒指？（戒指套上手指）

大天使加百列

一枚石头戒指。每当泉水中映照出你的身影，手上的戒指便变出不同的新宝石，闪现不同的光彩。戒指变成蓝宝石，在夜色中熠熠生辉，便是预言情投意合；戒指亦会变成珍贵的绿宝石，碧绿的光泽带来健康安适；戒指还能变为红宝石，鲜红的色彩阻挡毒蛇，预示你的生活幸福美满……

（窗户中，年老的约瑟突然在大天使身后出现。天使与约瑟对视。天使迅速离开。）

约瑟

（大喊大叫，有年轻男子在他家中令他惊恐失色。）

哦，你这个新娘，我料不到因为你，会蒙受此等耻辱！我留你在我家中，一位纯洁的姑娘，诚实无辜。现在我眼前是何种女子？不是忠贞的姑娘，而是不忠的母亲。为此我告诉你，我逐你出门！走得无影无踪，别在此地逗留！你中意的那个人，你为他春情勃发，你去他那里便是！

（他把贞女马利亚逐出门外。她奔出教区会堂，消失在夜色中。）①

---

① 作者注：此处部分对话根据加伏列尔·斯蒂芳诺维奇·凡茨洛维奇十八世纪前半期的原文编写。译者注：作者提到的原文是凡茨洛维奇1743年发表的剧本《大天使加百列向贞女马利亚显现》。这部作品据说是第一部塞尔维亚文剧本。

第五章

海上的战舰

　　那天早晨天空起了皱纹，散发的气味像是陈年的蜂蜜。那天是棕榈主日①。圣职修道士加伯列正在起草将在教堂里讲的布道词。他走下楼梯的时候，口中已有一篇苦涩的，过于苦涩的，讲稿。他决定不等鲁吉奇卡教士发起攻击就先发制人攻击鲁吉奇卡，即刻向本世纪中黑暗势力的维护者们发起进攻。阿克茜妮娅在钟楼前等他，从教区教士家带来消息。她先告诉加伯列，鲁吉奇卡已经在城里展开奇怪的调查。凡是在圣安德烈种树的人，他都答应给予奖励，而且已经开始发奖。每种一棵树，发一个泰勒②。有人上门来领钱，他就向他们打听一些闻所未闻的事，想出高价收买什么魔力。他称此魔力为"巴斯马"③，也就是口令。为这样一条咒语，他说他愿意出价一个金币。

　　——而且最要紧的是——阿克茜妮娅轻声加上一句——他问我，你加伯列神父，是否有一枚石头戒指，你打算拿戒指做什么用！

　　——那你怎么说呢？

　　——我问他，什么戒指？鲁吉奇卡马上回答，"你心里完全明白我问的是什么戒指，就是加伯列在戏里给你的戒指。他

双身记

扮作大天使加百列，你扮贞女马利亚！戒指在哪里？你还给他
了吗？"我撒谎说："我还给他了。"他吓唬我说，要是我撒
谎，他会惩罚我。吓唬我以后，他加上一句，"撒谎便是作孽。
撒谎的人便是盗贼，而盗贼取之于上帝……"他如此对我说。

——那你怎么办？

——我能怎么办？我把戒指带来了给你，神父。

说着，阿克茜妮娅把石头戒指交给加伯列，他把戒指束在
自己修道士的发髻里，然后问：

——你知道他为什么对戒指感兴趣？他说要买吗？

——没说。

——那么，鲁吉奇卡要这个戒指干什么呢？

——这种戒指用作起课占卜。你喝下一滴圣水，念一句魔
诀，戒指就会显示你生活中会不会有幸福、爱情或者健康，正
如你在圣母领受佳音的戏里说的。戒指会变颜色。如果它变成
绿色，意思是你会健康；如果是蓝色，那就是爱情；红色预告
幸福……

——这些我们全知道。可是他为什么不开口要买戒指？

——答案不说你也知道，神父。他要指控你行施巫术。

——好极了！——加伯列大叫一声，疾步走进教堂，趾高气
扬。在贞女领受佳音的戏中，戒指是他设下的诱饵。他明白这

---

① 棕榈主日是复活节前的周日。耶稣在那一天进入耶路撒冷，民众用棕
榈树叶欢迎他。
② 十五至十七世纪之间在德语地区流通的银币。
③ "巴斯马"是土耳其语，意思是言词。

一招已经奏效，大功告成。鱼儿已经上钩。现在要做的事是把鱼儿拉上岸。要赶快下手，别让鱼儿溜走。

他快步走进圣像画师路加教堂。在讲道台上，他的眼光扫过挤满教堂的信徒。水军军官和士卒那天都放下桨来了，农夫们把农事和牲畜搁在一边也来了。还有妇女们丢下炊事带着儿童来到教堂中指定给妇女的区域里，她们给孩子吃了罂粟籽防止他们出声。商人和工匠已经付了钱，在教堂里有自己的座位，座位的搪瓷牌子上写着他们的名字。城里的头面人物和律师也在场。信徒中还有希腊人，集中在他们自己的区域里，和别人分得清清楚楚。他们希望讲道的人会用他们的语言讲上几句。在布道中插进希腊语是常有的事，可是那一天他们的愿望要落空。那天上午，正如人家说的，圣职修道士加伯列的舌中藏着利剑：

信奉基督的兄弟们，在这个神圣的日子里，让我给你们讲一件事。我至今从未讲过这件事，但是现在我要讲，因为听我讲这件事有益于你们的灵魂。

我们大家好比是一支军队，在夜间作战看不清环境，在混战中分不清敌我……仿佛是战舰在风急浪高的夜色中遭遇交火。一刹那间，炮声轰隆，杀声震天，夹杂着士卒的嘶叫、木桨击水的声响，还有浪头猛击船舷的怒吼。舰对舰，船对船，枪炮轰鸣，将士呐喊，舵手在大声报告航向。黑夜中传来伤员的呻吟和嚎啕，听得到面临灭顶之灾的落水者在垂死挣扎。就这样，双方咬牙切齿，誓不两立，却不知原因何在，只是你死我活，血战到底……

可是在我看来，久远的诅咒正在应验。人皆如此，教士也一样。自罗马一路来这里的教士也是如此。不只是一般的教士为人不齿，看来似乎有名望、有地位、有权势的——判官、狱吏、骑士乃至教会显要之类，他们愈发目无法纪，青云直上。这儿最有名望的是谁，大家心中明白。他们装神弄鬼，买卖净水，用戒指和死人的秘诀施行巫术，从事假符咒的交易，种种恶行，不胜枚举。我们知道在他们布道的教堂里他们坐在什么位置上……那种人最好从哪里来回哪里去。正如格言所说，条条道路通罗马，祝愿他们一路顺风！……这是教士的话，听者不至置若罔闻，如同顽石。那种人好比是买菜的、开饭店的，根本不是教士！……

现在我要告诉大家，免得你们不明是非。没有来自有福贞女之泉的净水，没有那种能给人健康、幸福和爱情的净水，他们所有的预言和魔力一概无效！有福的贞女马利亚确实向我们奉献她一对葡萄般的乳头。她的双手向我们捧上香甜的食物！我们将向她……

圣职修道士加伯列的演说响彻云霄，好像他布道词中讲到的两艘战舰在圣安德烈的主要广场中迎头相撞。消息传遍了全城，沿着多瑙河传向布达和佩斯。有人说，在半途上什么地方，这条消息陷进了多瑙河中的淤泥里。小城里的消息传往大城市难免不沉进淤泥之中，这一次也不例外。另外有人说，消息传开了。但是大家心里都明白，在圣安德烈当地这件事不产生恶果不会收场。事实确实如此。

第二天清晨，圣像画师路加教堂遭到亵渎。有人从祭台的窗户里扔进两只羊头和骨头。必须举行仪式为教堂清除污秽。仪式完毕后，契皮里恩教士把圣职修道士加伯列叫进教区会堂谈话。与圣职修道士的预料相反，教士的话十分简短。

——我不知道，我的孩子，你在教堂讲道台上，在上帝面前指责的人是否清白。但是为了你好，我得告诉你：千万不要攻击品行不如你的人，因为你绝对对付不了他们。那种人的能耐比你强。如果你要攻击别人，你只能攻击品行比你好的人。他们对付不了你，因为他们无法对抗品行比他们低下的人……我的孩子和信奉基督的兄弟，现在你得设法知道鲁吉奇卡神甫的操行比你更好还是更坏。

第六章

圣西门日的宴席^①

以后几天里，圣职修道士加伯列心神不定地等待教区教士鲁吉奇卡的下一步反应。他不用久等。神父似乎在密切监听，知道时间对于人比对于鸟过得更快。一天早上，阿克茜妮娅在教堂里找到加伯列，交给他从教区会堂来的一封完全不可思议的请柬。信封装饰华丽，散发香味的蜡印上有以下的缩写：

r. m. CR

圣安德烈教区教士，尊敬的法兰约·鲁吉奇卡大人设宴恭请圣像画师路加教堂的圣职修道士光临。时间是下周二，四时；地点在克利沙的教区会堂。

这条消息之所以非同小可有几个原因。圣职修道士作了充分的准备，唯独没有料到他的仇敌会发来请柬邀他赴宴。再说，一位罗马天主教的神甫邀请一位希腊正教的修道士光临私宴，那是非常不恰当、非常不合礼仪的事。最后还有一点，尽管这种事情难作比较，但是一个是年轻的修道士，另一个则是德高望重、教会内地位远远超过修道士的教士，两者之间的差距显而易见。然而，恰恰是这两个人要会面，坐在饭桌两边面对面地交谈，而且圣职修道士加伯列无法从脑中排除那个令他心惊胆战的念头，阿克茜妮娅的母亲有过一个可怕的预言，这场宴会也许就是预言得以应验的最佳时机。

阿克茜妮娅似乎知道他在想什么。她说，那顿饭，他不必担心，因为菜肴由她亲手操办，她可以保证不会吃出一条人命。加伯列最后决定应邀赴宴，但是先得听听契皮里恩教士的意见。

契皮里恩教士指出，就鲁吉奇卡神甫那方面来说，他的姿态很高。加伯列在棕榈主日的教堂讲坛上指责他之后，对方作出了一个息事宁人的表示。拒绝接受这种表示不符合基督教的教义。

——而且——契皮里恩加上一句——教省大主教向我们推荐过鲁吉奇卡神甫，说他是一位诚心的基督徒，是一个正人君子。所以你走这一步去与他见面将是一个消除误会的机会……

这样，在约定的日子，圣职修道士加伯列去到位于克利沙的圣安德烈教区会堂。

＊　　　　＊　　　　＊

那天是纪念耶稣的门徒、奋锐党人圣西门的节日。明媚的维也纳早晨沿着多瑙河南下变成一个阴沉沉、病恹恹的日子。醒来的时候，鲁吉奇卡教士在床上奇怪地打量他在圣安德烈的陌生房间。他的东西终于全部从箱子里取出，分放在住房各

---

① 西门是耶稣的十二个门徒之一，曾是犹太教狂热派奋锐党成员。东正教每年 10 月 28 日纪念圣西门。

处，但是从维也纳召来的钟表匠安东还没有到达。鲁吉奇卡神甫下楼到他的新餐厅里用早餐，他还不熟悉这间餐厅。头上有一盏吊灯，玻璃灯罩的四边挂着银叉子和调羹作装饰品。时间缓缓地流过，他不知其解地端详着指甲上的白斑。

安东·巴拉克终于到了。他带来的两名助手把一件沉甸甸的、用布裹着的东西搬进饭厅。他们把那件东西放在一个有三把挂锁的箱子上。安东·巴拉克做了一个手势，布给扯开了。鲁吉奇卡神甫眼前出现一件精致的手工艺品——一只柳条编的大筐子。两个小伙子从中搬出一座沉重的天文钟，一座带壁龛的钟。钟上的木材、青铜、玻璃、金箔、黄铜、釉彩之类五光十色。钟摆在白昼是太阳的形状，晚间是月亮……钟面上写着以下的字：

安东·巴拉克，维也纳，公元 1715 年

——它借助于弹簧和圆筒齿轮运作，演奏两个旋律——钟表匠巴拉克自豪地说——每隔半小时奏的曲子无关紧要，但是每个钟点的曲子是由萨尔茨堡的一位先生，当地的乐队指挥创作的。看得出他的名字，列奥波尔德的缩写 L. M. ……①

——这件事，愿上帝与你同在，怎么样？——鲁吉奇卡神甫赶紧问，眼光转向饭厅里的其他人。听到这话，钟表匠巴拉克挥手打发他的助手退出房间。屋里只留下他们两个人——合同

---

① 这里的姓名缩写指列奥波尔德·莫扎特（1719—1787）。他是著名的奥地利作曲家沃尔夫冈·阿玛迪乌斯·莫扎特（1756—1791）的父亲。

上的雇主和钟表匠。

——你，安东，愿上帝与你同在，有没有把我们商议过的
机关安装在钟里？

——装进去了，神甫，我装进去了。大钟里有小钟，可以
计算秒钟……

圣职修道士加伯列在那天下午见到教区教士的时候，教士
便站在这座钟前。教士的头上套着一顶巨大的、用别人头发制成
的鬈毛假发，嘴唇显出玫瑰红色，一只手上戴满戒指。过一会
儿，他要用这只手祝福饭桌上的菜肴。看得出他左眼的目光比右
眼敏捷。他两臂交叉抱着自己，得意洋洋地引导来客穿过宽敞的
饭厅走到一扇高大的窗户前。他打开窗户，窗框中安装着书架，上
面放满书。透过书本间的空隙可以看到圣安德烈的天空中塔楼林
立，鸟儿在翱翔。教士取下一本用蜥蜴皮精工装订的书给客人看。

——你也许知道这位作家。

圣职修道士加伯列翻开书，看到标题：

《伊里利肯姆古今录》①

——这是饱学之士扬·汤姆卡·萨斯吉的著作——鲁吉奇

---

① 伊里利肯姆是古罗马帝国在亚得里亚海东岸的一个省，位于现阿尔巴
尼亚北部至克罗地亚的地区。《伊里利肯姆古今录》的作者是法国语
言学家和历史学家夏尔·杜·弗伦·杜·康热（1610—1688）。这部
著作据说由斯洛伐克地理学家扬·汤姆卡·萨斯吉（1692—1762）订
正改写后出版。当时的斯洛伐克属于匈牙利帝国。

双身记

卡神甫说——你在久尔担任圣职的时候也许有机会与他见过面。我在那儿与他会过面，那时候他是福音派学校的校长。他的著作中有一部分讲到你们分居在各地的历史，我对此很感兴趣。我知道你是一位出色的书法家，我还知道你在这儿和布达有时受人之托誊写典籍。我是否有幸能请求你，愿上帝与你同在，为我抄录这部著作中的一章？我已经标明这一章在书中哪个地方。普通的字体就行。

加伯列双手正端着打开的书。鲁吉奇卡神甫说到这里把自己的双手按到加伯列的手上。四只手一起把书合上，然后翻到另一处重新打开。两页之间，一枚金币在闪闪发光。

——这是你的笔酬——鲁吉奇卡讲完了。晚餐开始之前，他把扬·汤姆卡·萨斯吉的著作交给客人，书包在一条漂亮的条纹围巾里。

坐定之后，主人问客人要喝布达来的塔姆雅尼卡酒、弗罗希加山区产的伯曼特酒，还是匈牙利的托克依酒①。

看到修道士脸上迟疑不决的神情，教士笑出声来，倒了两杯塔姆雅尼卡酒，让客人先挑一杯，自己喝剩下的那一杯。呷了一口酒以后，鲁吉奇卡神甫说出他的感叹：

——你不用担心，愿上帝与你同在。不管大家说什么，我来圣安德烈的用意不是要把你打发掉，亲爱的先生和信奉基督的兄弟。老实说，要是我睁一眼闭一眼，而且上帝闭上双眼，教

---

① 塔姆雅尼卡是从法国移植到塞尔维亚和匈牙利的一个葡萄品种。弗罗希加山位于塞尔维亚西北部多瑙河的南岸，那儿出产的伯曼特酒是塞尔维亚特有的甜酒。关于托克依酒，见第170页注⑥。

区里有人因为你在讲道台上说的那番话，会乐于看到你被抛进河中。不过，即使我闭上一只眼，上帝，我们知道，决不会闭上他的双眼。所以不会出任何事。因此你大可不必担心。我在你面前坦然承认，而且只在你面前承认，你的去世但愿对我有益，不论你死在什么时候，死于何种原因。但那是完全不同的另一回事。我——请你注意——不想你早日归天。正如我说过的，我无意安排和促成事态的发展。再说，上帝也许有意要我比你先走一步，离开人世，愿上帝与你同在！谁能知道？倘若我先去世，得益者便是你……一切都掌握在上帝的手中。但是我看我们往下谈最好不说德语，而是改用希腊语。你会更自在一些。

　　两位教士用希腊语你来我往地交谈。鲁吉奇卡神甫的希腊语字正腔圆，头头是道，遣字造句，流利高雅。他们一口又一口吃着牛奶蒸的鱼，两人的交谈也就自然而然地按一个又一个题目展开。

1. 为神的羔羊预备的羊圈[①]

　　——我要向你请教一件事——鲁吉奇卡神甫开始说——既是向你个人，东方正教教义的代表，请教，也是向你这位睿智能人请教。你的真知灼见显示在你的布道词中，如日当空，毋庸置疑。你认为人是怎样创造出来的？我问你这个问题，不是为了我们从《圣经》和圣徒长老之辈那里知道的内容。人是上

---

① "神的羔羊"出自《圣经·新约·约翰福音》第1章。施洗者约翰称耶稣为"神的羔羊"。此处泛指人。

双身记

帝创造的，这一点已经说得很清楚，我们甚至知道人是在哪一天被创造的。但是我要问，人是如何创造出来的？

圣职修道士加伯列决定把自己的恐惧和困惑推到以后再说，他指着维也纳来的那个带壁龛的大钟，笑嘻嘻地问：

——大钟里的小钟在数什么？我们听到从中发出连续不断的滴答声……

——数的是秒钟，愿上帝与你同在！

——不错，是秒钟。但是让我问你一句，你知道不知道滴答滴答是什么意思？秒钟意味着什么？

——？

——我可以马上告诉你。"滴"是过去，"答"是未来。现在问的才是关键的问题，两者之间是什么？答案很清楚——处于两者之间的是我们的此时此刻，也就是说，是我们的生命。你我能否同意，这些此时此刻，我们人生中眼下的时刻，连成一串，每个时刻在过去和未来之间消逝？按大马士革圣约翰①的说法，眼下的一个个时刻不可计量，恰如一个点是无法计量的，数字"1"也同样无法计量。

——不错，可以这样说——鲁吉奇卡神甫在沉思中回答。

——所以说，依我的看法，天主上帝和圣灵提供人得以生存的环境，从而能够创造人，就像我们为羔羊提供羊圈。这个环境，为神的羔羊预备的羊圈，便是现在的此时此刻，位于过

---

① 大马士革的圣徒约翰（675？—749）是一位在叙利亚一带传播基督教的教士和学者。

200

去和未来之间的时刻，"滴"和"答"之间的时刻，圣灵赐予我们的时刻。耶稣告诉我们："人若不是从水和圣灵生的，就不能进神的国。"①

说到这里，圣职修道士加伯列把手指伸进酒里，在木头桌子上画出一只鸽子代表圣灵和一个十字架。在十字架边上他不断地边说边写，写下口中的话：

——让我们假设——修道士俯身在台面的画上说——永恒源自天堂，是上帝和圣灵给予我们的恩赐，而时间则来自魔鬼，从左向右流过，那么永恒和时间有可能相交。两者如果相交，在恰当的位置和时刻相交，这个永恒和时间的黄金交合点便是我们生命中现在的时刻。这个生命不存于前一个时刻，也不存在于后一个时刻。人的生命，以及所有生物的生命，只存在于时间的这一个微乎其微的片断之中，存在于那只维也纳大钟的"滴"和"答"之间。

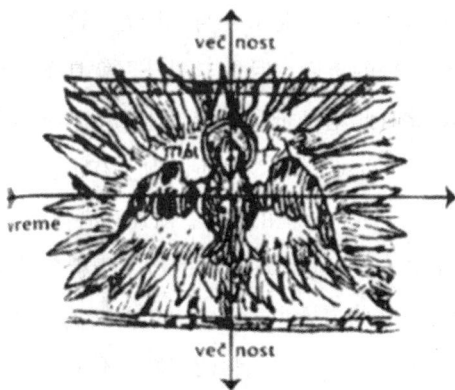

---

① 见《圣经·新约·约翰福音》第3章。

——这个永恒与时间的交合点是万能的主和圣灵，出自他们无限的恩惠，赐予我们的。必须记住，在这个宇宙之中必定有不与永恒相交的时间，那种时间所以没有现在的时刻，而生命只能在现在的时刻中维持。由此可以设想，宇宙中必定有种时间不同于我们得福于永恒的时间，那种时间荒芜空虚，全无上帝的恩典，不具圣灵，因而不可能有生命。

——那么你，愿上帝与你同在，觉得，或者说相信，在这个宇宙中有各种各样的此时此刻？

——对。基督说："在我父的家里，有许多住处。"①通过这些"住处"，经过这些此时此刻，好比踩着水中的石头，基督升入天堂。

2. 为神的羔羊预备的食物

——根据你的说法，愿上帝与你同在，这是一个为人，神的羔羊，提供庇护的羊圈。但是羊圈是否就具备充分的条件，我的意思是，此时此刻是否足以维持生命？羊羔需要喂食。你刚才为我们引用了耶稣的话，他还讲到要有水，洗礼用的水象征进入神的国度，进入永恒的生命。对此你有何见解？

——关于这一点，可以从圣母的故事中得到清楚的领悟，鲁吉奇卡神甫——修道士说着，一边望着摆满书籍的窗户。书散发着装订用的胶水和各种颜料的气味。不用翻开手抄的或是

---

① 见《圣经·新约·约翰福音》第14章。

印制的书，修道士凭他的嗅觉能够辨清哪本书中用了哪几种颜料装饰……

　　——关于星星，有个美好的传说——修道士继续往下说——留神听的人可以听懂故事讲的是我们的感官不能觉察的黄金交合点，讲的是宇宙中其他的此时此刻，讲的是保证在通往那一方的漫长路程中存活的水滴。你容许的话，我可以给你讲一讲这个传说：

　　空中的小星星称作水滴，或者称作圣母眼中流出的泪珠。小星星聚集在星座之间，被称为泪珠的通途。凄迷离世的孩子们沿着眼泪的通途，借助于圣母的滴滴泪珠，踏上升天的旅程，平安地远避空中的黑暗武士……

　　从有福贞女眼中流出的泪水为数百万离世的儿童指明道路，为数百万的亡魂指明穿越宇宙的道路，从一个黄金交合点到另一个黄金交合点的道路，从一个"现在"到下一个"现在"……每一个"现在"，故事中说，我们倘若留意谛听，是一滴具有滋养力的液汁。哪里存在具有滋养力的液汁，哪里就有生命。我们要记住，"人若不是从水和圣灵生的，就不能进神的国。"

　　——说得对——鲁吉奇卡神甫在此加以评论——向水的天使塞切厄尔①诵读的祷文说："水的天使，进我的血，往我躯体之中注入生命之水。"

---

　　①　塞切厄尔是犹太教卡巴拉教派中的一位大天使，又称为"水的天使"。

——此话确凿。生命之水便是来自圣母马利亚之泉的水，那股泉水便是健康、爱情和幸福的源头。宇宙中洒遍"此时此刻"的水滴和生命之水的水滴，布满了为上帝创造的生灵准备的羊圈和食物。每一个"现在"便是生命之水的时间定义！圣母的泪珠中有一滴落到什么地方，具有滋养力的水珠便会在那儿创造一个黄金交合点，那里就会有生命产生。

——请教一下，愿上帝与你同在，那些亡灵飞向何方？为什么飞向那里？

——尼塞的神圣父老格里戈里耶①说："天性要求不死的灵魂得到康复和净化。要是在尘世的人生之内不能做到，那么灵魂会在未来，在尘世之后的一个又一个生命中得到康复。"

3. 身　体

——我懂了，愿上帝与你同在，这是你对此事的看法。创造我们的身体只为活在现在的时刻，你对此有何见解？

——哈扎尔人②，至今在潘诺尼亚仍有哈扎尔人，他们说有

---

① 尼塞位于现亚美尼亚的南部。此处所说的圣徒四世纪后期在尼塞担任主教，宣扬灵魂不死，可以不断净化。
② 哈扎尔人在七至十世纪期间生活在黑海和里海之间。哈扎尔可汗曾召集基督教、伊斯兰教和犹太教的教士辩论。帕维奇的代表作品《哈扎尔辞典》以这场辩论为题材。作者给哈扎尔人起了一个汉语名称"苦撒"。见《哈扎尔辞典·绿书》中"哈扎尔"词条。

一种水果称为"库"①。现在已经绝种了。原本为实体的"库"已经转化成虚无，变成一个字。哈扎尔人认为，魔鬼只允许他们语言中这一个字流传至今。魔鬼在一位哈扎尔公主的回忆中留下唯一这个字作种子。这意味着，上帝保留从虚无之中再生实体的可能性。这，正如《圣经》所说，是通过"道"达到转世的途径。《圣经》中说，"道成了肉身"，而哈扎尔人说，肉身变成字，通过字，可以再生肉身。②哈扎尔人的传说似乎在传达这样的含意：生物死亡之后，种子，也就是说字，可以保存，使生命得以更新。即使魔鬼也难以排除这种可能性，要受它的支配。所以魔鬼知道他不能也不敢彻底毁灭生命。他知道字会得到新的形体。

　　——一点不错，一点不错，愿上帝与你同在！魔鬼也畏惧创世主！有关这一点，我想让你看一件东西。

　　鲁吉奇卡神甫扯一下悬在桌边的一条金色带子，拉铃唤人。一个身材魁梧的仆人走到他面前。仆人身穿绣银线的蓝色制服，头上的假发洒了闪闪发亮的粉末。他的腰上佩着一把短刀。主人指指一个蜡烛架，仆人提起烛架举着。鲁吉奇卡接着

----

　①　关于"库"，参阅《哈扎尔辞典·绿书》中"阿捷赫"和"库"两个词条。哈扎尔人自称，"我们是——库。"至于"库"的佛教含义，见第 148 页注③。

　②　在这一段中，同一个英语单词贯穿三处引文。首先"库"是魔鬼允许哈扎尔人记住的"字"（word）。其次，《圣经·新约·约翰福音》第 1 章说，"道（word）成了肉身"。最后一段引文的出处不详，"哈扎尔人说，肉身变成字（word）。"实际上，《圣经》中的那段话用的是大写的"The Word"，意思是"道"或者"福音"。由此而来的肉身"不是从血气生的，不是从情欲生的，也不是从人意生的，而是从神生的"。

带领客人走进墙中的一道小门，沿石头楼梯下到地窖。仆人举着蜡烛走在前面，加伯列随后，最后是鲁吉奇卡神甫，上气不接下气。他们下到地窖底的石板上，眼前是一口大井。井上有一副考究的铸铁架子，连着一个曲柄。沉重的井盖压住井口，大理石的井沿上放着几块石头。鲁吉奇卡神甫向仆人做一个手势，仆人抬起井盖，井盖发出刺耳的声音，好像一声痛苦的呻吟，尖厉的声音直穿地窖，在模糊不清的一道道石拱背后回响……

声音震惊圣职修道士加伯列，仿佛身上受了伤。他突然意识到自己身陷险境，吓得簌簌发抖。加伯列在讲道台上攻击过这个人，冒犯了他，还自以为是保护了自己。加伯列得到过警告，此人要断送他的性命。现在加伯列的性命掌握在此人手中，掌握在那位佩刀的仆人手中。鲁吉奇卡神甫向仆人又做了一个手势，加伯列心惊胆战，仆人在井沿上抓起一块石块。加伯列倒退一步，吓得魂飞魄散。但是仆人没有向他扑来，而是把石块扔进井里。加伯列搞不清是仆人选错了向他身上扑来的时机还是另有打算。不管怎么说，教士竖起一个手指放在嘴边，轻声地说：

——嘘！——听！

石头坠落了好长一段时间，最后传来扑通一声。教士拍手，显得兴高采烈。他对客人说：

——多瑙河！石块现在落进了在圣安德烈地下流过的多瑙河。要是一路往下坠落三天，你知道石头会落到什么人的头上！

神甫说完这番神秘的话，他们沿着腐烂的木楼梯下到更深的地方，踩到潮湿的沙土之上。仆人朝一个拱顶举起蜡烛。烛光照亮一块石板，这是建造他们现在身处其中的房子时挪来的建筑材料。

——这是一个希腊人的墓碑——鲁吉奇卡说着从仆人手中取过蜡烛架，照亮石板上的浮雕——此人的生存年代比基督早好几个世纪。你看，你在这里可以看出他叫什么名字。

圣职修道士开始辨认石板上的字母，果然念出亡人的名字，德莫克莱德斯：

$$\Delta EMOK\Lambda EI\Delta E\Sigma$$

在颤动的烛光中，刻在石板上的形象的确可以看得清清楚楚。浮雕显示一座石墓。一个姑娘模样的亡灵坐在墓的边沿上，为死者哭泣。墓中安息着一具灵魂已经出窍的尸体。主人要让客人看什么，一目了然：浮雕中亡人的灵魂有一具身体，一副年轻女子优雅纤细的身材。

看完了石板，鲁吉奇卡神甫又给仆人一个信号。仆人接过蜡烛架，放到墙上一道突出的边沿上，随后把手伸进墙上一个凹洞，取出两只已经准备好的杯子交给客人和主人。然后他在同一个凹洞里拿出一瓶托克依酒，把他们的杯子斟满。喝完以后，可以看到酒液在杯子里留下一层红晕。

207

4. 第二个身体

——我们这位德莫克莱德斯有全新的第二个身体。对此，你有什么见解？——鲁吉奇卡教士问，一边带领客人上楼梯回到圣安德烈的克利沙教区会堂的餐厅。

两人在各自的位置上重新就座后，年轻的那一位最后松了一口气，含糊不清地说了一番话：

——我们肯定可以同意"灵性的身体"是存在的。那是圣徒保罗说的话①。但是基督本人在复活之后才有两个身体。我们也许能称之为"双重本质"。我们没有确实的理解。基督向门徒们显示一个身体，以便他们认出是他，而他的第二个身体，门徒们认不出是他。所以说，基督有时以第二个身体出现在门徒眼前，人眼认不出是他。

——那么，他的第二个身体属于何种本质？

——第二个身体，这可以从讲述去以马忤斯的旅程②那一章中知道，完全像是个人体，但是不同于他在这个世界上的第一个身体，所以门徒把他当作同船的一个人，在黄昏的时候加入他们的同路人。基督要他们相信确实是他，给他们看第一个

---

① 在《圣经·新约·哥林多前书》第 15 章中，耶稣的门徒保罗说："所种的是必朽坏的，复活的是强壮的。所种的是羞辱的，复活的是荣耀的。所种的是软弱的，复活的是强大的。所种的是血气的身体，复活的是灵性的身体。若有血气的身体，也必有灵性的身体。"

② 出自《圣经·新约·路加福音》第 24 章。

身体的双手，双脚和双肋（带着十字架上的创口）。在《约翰福音》中，耶稣在他的坟墓边对抹大拉的马利亚说话，她"却不知道是耶稣"。[①]根据这部福音书可以判断，抹大拉的马利亚以为耶稣是个"园丁"，所以他的第二个身体也是人的形体。直到耶稣喊她的名字，她才认出是耶稣。也就是说，等他像以前用第一个身体那样称呼她时，她才认出他。在提比利亚海[②]上，耶稣以第二个身体显身，向门徒说话，"但是他们却不知道是耶稣"。直到耶稣问："小子，你们有吃的没有？"直到他创造了一个奇迹让他们捕到满网的鱼之后，约翰才对彼得说："是主！"所以说，他们是凭耶稣的行动和口音，不是凭他的体形和面貌，认出他的。而且没有人敢问："你是谁？"

　　——我们可以得出结论，救世主有意以这个或那个身体显形——鲁吉奇卡神甫说，给两人添了酒——那才是他对使徒多马说这番话的理由："你因看见了我才信；那没有看见就信的，有福了。"[③]这话指的是我们的主，耶稣基督的第二个和第一个身体。福音书中如此说的。但是告诉我，为什么你的传说中讲到穿越宇宙的灵魂是儿童的灵魂？

　　——你要知道，神甫——修道士解释说——有人作证，除了耶稣基督之外，别人也有第二个身体，有一具灵性的身体。在我们的塞尔维亚和希腊的修道院里，我们可以看到这种"灵性的身体"的画像。在塞尔维亚和希腊，有些壁画描绘圣母归天

----

① 见《圣经·新约·约翰福音》第 20 章。
② 见《圣经·新约·约翰福音》第 21 章。
③ 见《圣经·新约·约翰福音》第 20 章。

的情景，基督的双臂中抱着圣母的灵魂，形似一个婴儿裹在披风或薄布之中，而圣母在尘世中的躯体俯卧在临终的床上。画中也是这样，人去世以后，灵魂以新的形体转世，以婴儿的形态出现。我相信，这便是我们生命中的又一个"现在"。

——你说的是什么意思，愿上帝与你同在？

——让我们回忆一下今天谈到为神的羔羊预备的羊圈、永恒与时间的黄金交合点。让我们回忆一下，在空间某个位置上人有另一种的"现在"，基督也有他的另一种"现在"。在这种不同的"现在"之中，复活的基督往往显身。但是基督的这种"现在"与他在尘世中的"现在"连在一起。我们的情形不一样。人还不能像基督那样用尘世中的身体复活。人的灵魂带着另外一个身体到达坟墓的那一边，因为人还没有胜任基督的使命，还不能像耶稣一样在同一个时刻、在同一个此时此刻中把尘世中的身体和灵性的身体结合在一起。但是基督以他的榜样教导我们：你看，你也一样能做到。如果你跟随我的行程，你能同时拥有双重身体！所以说，这意味着我们不只是走基督精神的途径，而且要走基督身体的途径……

修道士的高谈阔论略有停顿，豆子粉做的糕点端上桌来，还有一种红酒。教士在一只小碗上方用红酒洗手，拿起一块糕点送进自己口中，然后示意客人享用糕点。

——这里的意思是否说，你相信，愿上帝与你同在，只要把持足够正确的人生方向，坚持不懈，那么尘世中每一具躯体都有可能转变成灵性的身体，变成充分发育的、净化了的理想身体？灵魂能够一路向前不断净化，按你在这次讨论中的说

法，朝着另外某种"黄金交合点"不断前进，朝着我们时间之
外的某种"此时此刻"不断前进？这样，在尘世中不曾充分发
育的身体死后转变成化石。尘世中的躯体一旦死亡不再感到与
宇宙生命的联系，与"灵性的身体"的连接由此断裂。但是
"灵性的身体"仍然能感到这种联系，保留这种联系。可是我
们难道不是，愿上帝与你同在，宇宙生命延伸的一部分，尽管
我们有种种缺陷？据说人是一个小小的宇宙。要是我没有误解
你的意思，你认为健康（清醒）、幸福（智能）和爱情（欲望）
仍然会留在灵魂中，灵魂保留肉体的形象，这个形象是新的、
重新成形的精神身体，也就是第二个身体。我们可以这样说，
"如果说人是一个微小的宇宙，那么人的形象必然也反映在宇
宙之中，影响宇宙，恰如宇宙影响人一样。每个人影响宇宙的
程度正如宇宙对他的影响……我这样说是否偏激？"

　　说着说着，鲁吉奇卡显得消沉。他喝了一小口酒，酒色泛
上脸颊，一直升到耳根……

5. 最后的一道是甜食[①]

　　——亲爱的先生——教士在客人来访快要结束时说——我
说的话和问的问题让你受累了。我承认这是我的不是。我这人
唠唠叨叨，没完没了……但是今天邀你来这儿，信奉基督的兄

---

　　① 这一段的标题出自英国作家罗伯特·路易斯·史蒂文森（1850—
　　　1894）在 1877 年发表的短篇小说《住在磨坊的威尔》。"长寿与盛宴
　　　只有一点不同：盛宴中，最后的一道是甜食。"

弟，不只是为了谈天，还有另外一件事。我久闻你口才出众，讲道热情充沛。你的演讲，愿上帝与你同在，你令人心悦诚服的布道词已经使你名声遍布潘诺尼亚我到过的任何地方。我，像周围的人一样，欣赏你在讲道台上说的字字句句，对你的话给予最充分的注意。有幸听你在棕榈主日布道的人告诉我，你在讲演之中提到圣母马利亚之泉。你的演讲涵义深刻，激情洋溢！为此，或者以此为又一层理由，我希望以一种小型的圣餐来结束这顿饭。你已经注意到这顿饭采用斋戒的形式，对我们两个笃信上帝的人来说，这是恰当的。准备这顿饭不只是因为今天是纪念奋锐党徒、耶稣的门徒圣西门的日子，而且因为另外一个更重要的原因，有一个，依我之见，高于一切的原因。我为上帝服务到过许多地方，在那里传播上帝的道理。上帝的意志引我上路去到海边一个村落，那儿原先有一座规模巨大的希腊城市。现在那里有几股泉水，以前说是与异教的女神吉佩拉有关，后来又说与希腊众神之中一位阿耳特弥斯有关，因为那儿修建过供奉这两位女神偶像的殿堂。然而，这股清水，大家知道，包括三股泉水，出自有福贞女马利亚、我们圣母的泉源，泉水有神奇的效力。你布道时讲到这几股泉水。有福贞女马利亚之泉分三个泉眼出水，你知道其中一个泉眼给我们健康，另一个泉眼给我们爱情，第三个泉眼给我们幸福。没有人知道哪一股泉水会带来哪一种珍贵的恩赐。但是我从其中一个泉眼取来了泉水。我提议我们分享圣水，按你那天在讲道台上提出的要求，为了感谢有福贞女恩赐的礼品，共饮圣水……

接下来，客人大吃一惊。鲁吉奇卡神甫从希腊语换成塞尔

维亚语，口中吐出的一字一句，不紧不慢，庄重生硬，但是准
确无误。

> 我的灵魂如同缺水的土地……但是这些泪珠中的一小
> 滴足够解除我的干渴……我恳求你来到我的泉水边……而
> 且允许我，一个远道而来的、陌生的、疲惫的旅人，饮用
> 你的井水……

听到这番话，客人立即意识到神甫记住了他的一篇布道词
中的话。神甫从壁橱中取出一只土瓶子，在胸前划了十字以
后，先往自己的杯子里倒进一点瓶子中的水，然后往客人的杯
子里也倒进一点水。他们喝了水，各自划了十字，有一阵子一
言不发。似乎要庆祝他们饮用圣水，维也纳来的钟报时了，提
醒他们见面之后已经过了相当长一段时间。客人告辞之前，主
人把用人打发开，留下他们两个人私下里结束谈话。

快要分手的时候，鲁吉奇卡神甫沉默了一会儿。随后一种
特别的笑容从他嘴边展开，像是汤盆里流出的汤。他低声问
客人：

——我们探讨了一种转移，从一般的"现在"到有特殊意
义的"现在"之间的转换。要最终证明这种转移确有其事是否
为时已晚？我在想，我们是否能够拿到确证，证明在今天我们
具有，而且在遥远的将来我们在这个世界上，在另一个"此时
此刻"，在另一个黄金交合点上，同样能有新的第二个身体？
基督已经向我们显示过他的第二个身体，以他的复活向我们许

213

诺。我们还需要进一步探讨人类第二个此时此刻。我们可否效仿基督以求长进？

——你有没有找到，鲁吉奇卡神甫——加伯列修道士问——可以证明第二个身体，灵性的身体，存在的方法？有什么办法可以在我们生命的期限之内得到使我们坚信不疑的确凿证据？我们能否从这个身体出发去接触另一个身体，我们的第二个身体？

圣职修道士加伯列提出的一连串问题漂浮在缄默之中。教士随后回答：

——我们的康复也许，如古人所说，在于水、言、石①？……圣母的眼泪，我们已经饮用。倘若你碰巧找到一枚有生命的戒指，倘若你把戒指套在垂死者的手指上，即使是我本人，神就会命令这枚有生命的戒指显示垂死者是否有第二个身体。

——所谓的"言"指的是什么？

——什么"言"？吉佩拉的笑靥？——鲁吉奇卡教士送客人到门口时加上一句。

——我不知道如何称呼这些魔诀。那种魔诀！——修道士含含糊糊地说，似乎在对自己嘟嘟囔囔。

——Mille dugento con sessanta sei？——教士问。

——等等，等等！这句话我在哪里听说过。Mille dugento con sessanta sei？你怎么知道这句话？

——更有意思的是，相信我说的话，你熟悉这句话！至于

———————————

① 这里引用的是一句拉丁文谚语，意思是水、言、石能够改变人生。

214

我，要记得农夫们说的话。晚间你每次起身照料马匹的时候，也该照料你的女人……我们现在是，愿上帝与你同在，同一个孩子的两个父亲……

第七章

灾祸与苦难

在 1717 年,塞尔维亚人的恰伊卡齐快船队刚从贝尔格莱德附近出发往多瑙河下游驶去①,圣安德烈的塞尔维亚教堂就变得空空荡荡,只留下不多几个不敢在时局不太平的时候出航做买卖的希腊人。多瑙河在涨水,水情难测。小河里的水流不进多瑙河,积在河口似乎不知怎么办才好。圣职修道士加伯列坐在钟楼里喃喃自语:"我口中祈愿天下太平,自己心里却不得宁静⋯⋯"他的教士契皮恩已经离开人世,现在的上司是西里尔教士。西里尔教士决定让教省调动加伯列去科莫兰。圣职修道士由此开始他的颠沛流离。

在奥斯特洛根的一家小酒馆里,当地人把啃下的指甲扔进他的酒杯,告诉他当地禁止他这种人,也就是说,他的同胞们,收购地产或者买酒。在科莫兰,加伯列甚至还没有完全安顿下来就被拉斐尔神父取而代之。修道士收到一笔不小的款子,但是他写信给布达的主教说:"我的东西被抛进小巷子里。"他离开的时候,拉斐尔神父说:

——他不懂如何接近人!他冲着人家的脸迎面而上。接近人要从背后上,否者搞不成!

1732 年在久尔教区,加伯列把他希腊语中的父姓斯蒂芳诺维奇改译了一下，从那时起开始用凡茨尔维奇这个姓签名②。
当时，不允许他和他的同胞们在奥地利帝国境内订立最后的遗
嘱或作证。次年1733年，他开始在科莫兰著书《迁徙》，但是
在1734年他把书稿带回久尔，书还没有完稿。他还没到久尔，
当地的教士帕贺米耶就故世了。加伯列没来得及进到自己的住
所就去墓地参加帕贺米耶神父的葬礼。在他前任教士的葬礼
上，让他大为不安的是当地的教民嘻嘻哈哈，"简直是在举行
庆祝典礼，只是少了几把小提琴"。他的"巡回布道士"身份
就这样慢慢地一步一步得以确定。1734年，他开始在科莫兰圣
母进殿教堂③登录受洗者和去世者的名册。他在那两份名册上
的笔迹延续到1746年。但是在1735年，有一段时间他在久尔
写另一本书《陈述》，同时与布达的主教瓦西里耶·迪米特里
耶维奇有书信来往。在信中他自称是"久尔的助理教士"。奥
地利当局明令禁止他这样的东正教教士诵经伴送亡人去
坟场。

　　在久尔逗留期间，他有时会在沉思中走过一幢房子。白天
的阳光透过树叶投下的斑驳光影，令那幢房子像是一个水果蛋
糕。晚上房子看上去像一只维也纳奶油大蛋糕。他仔细打量房

---

① 1717年奥地利进攻奥斯曼帝国在贝尔格莱德要塞的驻军，收复该要塞
　　和贝尔格莱德市。1738年奥斯曼帝国再次占领贝尔格莱德市及其
　　要塞。
② 见第146页注①。
③ "圣母进殿"是在东正教信徒中流传的一个传说，未收入《圣经》。贞
　　女马利亚得知上帝要她受孕得子后，她父母带她到耶路撒冷的一个殿
　　堂向上帝表示感恩。

子的门窗，注意到门口台阶旁有一片月牙形的金属用作刮去鞋子上的泥巴，大门上有一个拉门铃的银质把手。这是扬·汤姆卡·萨斯吉的房子。加伯列曾经在圣安德烈为鲁吉奇卡神甫抄录过他著作中的一章。加伯列有时想拉门铃，但是他的眼光落到自己身上寒酸的修士袍子上，他甚至买不起一个十字架挂在自己的脖子上。他心里明白人家不会允许他越过台阶边上新月形的金属片。

1737年奥地利和土耳其之间爆发了一场新的战争，修道士加伯列逃难到圣安德烈。在那儿，他第一次看到那个孩子。阿克茜妮娅带孩子来给他看。孩子皮肤苍白，黑眼睛，往他小腿上踢了一脚。儿子先在塞尔维亚教堂受洗，然后在罗马天主教教堂受洗，穿戴整整齐齐。孩子由鲁吉奇卡神甫抚养，阿克茜妮娅仍在克利沙当他的女佣。那天早上有消息传来，贝尔格莱德的居民已经撤退，该城复归土耳其人掌握。奥地利皇帝查理六世①在维也纳去世了，没有男性的继承人。加伯列的布道词中现在提到新的皇上。在圣安德烈和周围的路上有许多赶在土耳其人到来之前随同奥地利部队撤退的难民，其中一位便是塞尔维亚大主教阿西尼耶四世，约凡诺维奇·舍卡贝特②。

晚祷的时候，加伯列在圣安德烈的教堂中听他布道。大主

---

① 奥地利国王查理六世（1685—1740，在位1711—1740）当时兼任塞尔维亚国王。因为没有儿子继承皇位，他在1713年宣布允许公主继位。他去世后，女儿玛丽亚·特蕾西亚（1717—1780）继承皇位。

② 约凡诺维奇·舍卡贝特（1698—1780）在1726至1737年任塞尔维亚大主教，在1739至1748年期间任卡洛伏奇教省大主教。

教显得苍白疲惫。他身穿带黑边的红色长袍，胸前的紫红缎带上挂着一个十字架，下巴上的胡须像一弦新月。大主教站在教堂中吟诵，加伯列脑中反复出现大主教的诗句，他在诗里写的已经应验：

> 你把城门大开，洁白的都市，
> 你的孩子们将被野猪吞食。

不久，修道士面前的大门也一道道地敞开。

先是他的教士，后来布达的主教也如此说，他们开始劝他再次放弃教区的职守，停止在各地教堂布道，退隐到某个修道院去，也许算是在乱世之前隐退。听了这话，他动身去了科莫兰。在1739年，那儿一位年轻的辅祭在街上看到他，十分奇怪，简直不能相信自己的眼睛。辅祭拿起羽毛笔，在科莫兰编年史中加进一条记载。这条记载在他们两个人去世后流传至今："圣安德烈的圣职修道士、大名鼎鼎的传教士加伯列·斯蒂芳诺维奇抵达……"

在波马兹村，婚礼的队伍照例要在每一家门前停一下，喝一杯酒。离村子不远的地方有一股泉水，人们称之为苏莱曼诺瓦克……①加伯列没进修道院，他在守护葡萄园的人的小棚子里度过几个晚上。他在那儿歇息，眺望广袤无际的宇宙，听任

---

① 泉水的名字来自奥斯曼帝国的苏莱曼大帝（1494—1566，在位1520—1566）。他在1521年攻克贝尔格莱德，1529年占领布达佩斯，同年秋季兵临维也纳城下。波马兹村在布达佩斯附近。

一只蝴蝶停在他的手掌上。他心想：

——我们观望满天星斗好比聋子听音乐……

一天清晨，他突然惊醒，觉得自己脑袋旁边站着一个人，不过那人站在棚子外边。他走出棚子，看到一个黑眼睛的小伙子，个子比他高，手上和脸上有雀斑。加伯列看到他的时候，小伙子透过牙缝低声说：

——鲁吉奇卡神甫问候你。他问你升天是什么意思、"黑暗武士"是什么意思。你有空的时候，给他写封信……我妈妈阿克茜妮娅说，要你给我们一点吃饭的钱……她时常去到多瑙河边一株毒芹那里，坐在那里哭泣……我这样说，你该明白我是什么人了。你听着，要是你不愿意给，我就动手抢……

加伯列惊呆了，他刚醒，意识还不清楚，几乎没认出这个小伙子。加伯列伸手摸到头顶上修士的发髻，解开头发，取出那枚金币。那是鲁吉奇卡神甫多年前请他抄录扬·汤姆卡·萨斯吉的书中那一章时付他的酬劳。加伯列把金币递给小伙子，一边说：

——等你有能力了，到那时候得还我钱。我只有这些钱。现在我两手空空。

小伙子往加伯列小腿上踢了一脚，一把抓过金币，沿着大路跑开了。

那一天，加伯列的人生像蛇绕上了棍子。他开始安排他担心的种种事情，仿佛末日即将来临。他决定不去修道院，还是回圣安德烈的钟楼。他在筹划再一次根本改变自己的生活。

圣安德烈的变化使他大吃一惊。掌管布达、首都贝尔格莱德、西盖特和莫哈什①的主教弗拉基米尔·迪米特里耶维奇毕竟没有虚度天主赐他的时光。他在圣安德烈盖了一座又一座教堂。渥波伏②的圣尼古拉斯教堂，在加伯列的记忆中是一座木头建筑。他现在都认不出来了。那儿正在修建石头教堂，连带钟楼。

　　加伯列踏进灵变教堂③，那儿的圣像隔屏④令他赞叹不已。乌克兰来的一位画家的耶稣复活的壁画尤其吸引他。不同教堂的钟声引他走出教堂。他认不出这个市镇，不理解这儿发生了什么样的变化。他看到几座新的商会房子，其中一幢的墙上有个标志：

　　他知道这个十字架表达什么含义。船锚代表沿多瑙河航行

---

① 西盖特现属罗马尼亚，位于罗马尼亚的西北部，接近匈牙利的边界。莫哈什在匈牙利南部，多瑙河右岸，接近塞尔维亚的边界。
② 渥波伏位于贝尔格莱德的北面。
③ "灵变"出自《圣经·新约·哥林多后书》第 3 章。信徒见到主的荣光"就变成主的形状，荣上加荣，如同从主的灵变成的"。
④ 在东正教的教堂中，信徒的空间和祭台的空间由圣像隔屏分开。

的希望，两道横杠的十字架代表基督教中的东正教教派，数字
"4"代表约定俗成、公平合理的百分之四利润……不过在生意
人的十字架之下，那幢堂皇的房子是按现代风格建造的。他突
然懂了，这一切变化全亏了生意人赚进的那百分之四利润。他
以前教区里的信徒在两大交战国奥地利和土耳其的边界上，在
欧亚两大洲三大宗教交界之处买进卖出发了财。听着钟声，他
一路走去，到了兹贝格①，看到崭新的圣灵教堂。周围的一切
正在变得越来越好……

　　他一路走来带着两种眼光，活人的眼光和死人的眼光，好
比双目斜视，互相干扰。他心想，自己也许可能从头再来，但
是他必须与先前的、罪孽深重的人生一刀两断，彻底决裂。必
须净化自己的心灵和肉体，再次净化。

　　他在钟楼里闭门不出。从窗口望出去，他看到鸟儿挤在多
瑙河的冰块上顺流而下。他在玻璃窗上画了一个小小的圣像，
写了两封信，一封给鲁吉奇卡神甫，用希腊文写的；另一封用
塞尔维亚教会的语言写给他的上司西里尔教士。加伯列死后，
在钟楼里找到这两封信，没有寄出。

---

　　①　兹贝格在十八世纪是贝尔格莱德西北的一个小镇，现已并入贝尔格莱
德市。

第八章

遗书两封

1. 给鲁吉奇卡神甫的信

(译自希腊文)

我已收到口信。先前讲得也许不够明白的事,这里补充说明一下。

I. 黑暗武士

信奉上帝的兄弟,你问我什么是"黑暗武士"。那天我给你讲圣母的眼泪的传说时,提到过"黑暗武士"。

传说是这样说的:"凄迷离世的孩子们沿着眼泪的通途,借助于圣母的滴滴泪珠,踏上升天的旅程,平安地远避空中的黑暗武士……"那天我们解答了一个问题,即什么是那些"孩子们"——他们是亡人的灵魂。所以说亡人的灵魂以第二个身体的形态通过宇宙,宇宙之中有种种危险在等待他们。宇宙只有一种永恒,但有各种时间,有些时间与永恒平行,永远不与永恒相交。这种危险便是传说中所说的"黑暗武士"。它们实际上是宇宙之中永恒与时间永不相交的区域,因而形成没有生

223

命的时光，没有永恒与时间的"黄金交合点"，所以那里不可
能有此时此刻，因而也不能有生命。这种时间，我已说过，与
永恒平行。但是与双向延伸的永恒不一样，传说中被称为"黑
暗武士"的那种时间只能单向延伸，绝对不会触及永恒，除非
也许在无限之中融入永恒从而被抵消。要是以人体形态出现的
亡灵落入这些"黑暗武士"的手中，沉沦于没有生命的时间之
流，他们就得不到他们的"羊圈"，也就是说，他们得不到此
时此刻，得不到此时此刻提供的生存条件。

II. 升天即两种现实的同步

你问，依我看来升天是怎么回事。只有一种永恒，但是有不
计其数的此时此刻。让我们回想，耶稣"分饼"可能有什么含
义。我们知道那是《路加福音》中的一段①。那一段说：到了他
们坐席的时候，耶稣"拿起饼来，祝谢了，掰开，递给他们。他
们的眼睛明亮了，这才认出他来；忽然耶稣不见了"。这饼便是
基督的身体。他说："我是从天上降下来的粮。"②分饼的意思
是，为了让门徒认出他，基督把他的第二个身体，灵性的身体，
与他血气的身体分开。让我们回忆一下，鲁吉奇卡神甫，我们谈
到过永恒与时间的相交。此时此刻，也就是生命，发生在两者的
黄金交合点上。让我们回忆一下，宇宙之中充满这类此时此刻，

---

① 见于《圣经·新约·路加福音》第24章。
② 引文来自《圣经·新约·约翰福音》第6章。耶稣说："我是天上降下
来生命的粮。人若吃这粮，就必永远活着。我所要赐的粮，就是我的
肉，为世人的生命所赐。"

它们意味着生命，提供生命。这样的此时此刻之中唯有一个发生在地球上，使我们得以生存。其余的此时此刻散布在宇宙之中，我们无法到达。耶稣可以到达那些此时此刻，由此升天进入天堂，正如我们所说，好比踩着水中的石头前进。

我还想加上几句话。灵魂不但记得自己血气的身体，而且在依附于血气身体的时候，就带有将来身体的能量。灵魂通过对永恒的渴望，感觉到这股能量，是这股能量在血气的身体死亡之后维持亡人的灵魂。我们得以仿效基督的机会便在其中。鲁吉奇卡神甫，你称之为"模拟基督"。实际的意思不是按字面理解有两个身体，而是一个身体存在于双重状态之中。我们的第二个身体，灵性的身体，在我们的人生中就存在于它的潜在形态之中，我们只是没有让它发育。我们的第二个身体，灵性的身体，保留血气身体之中的种种记忆，保留这具血气身体的希望，但愿它不至完全死亡，但愿它能以基督为榜样，是基督以他的复活维持我们的希望。肉体既死，复归于土。①灵魂能够以人体再现是因为灵魂的记忆中保留肉体的印象或者形态。

第一阶段

在第一阶段，耶稣不能同时呈现他的双重本质或他的两具

---

① 在《圣经·旧约·创世记》第3章中，上帝对亚当说："你本是尘土，仍要归于尘土。"

双身记

身体，他只能显示两者之一，不是这一具便是那一具。他还没有让他的两种"现在"同步。让我们回忆一下，他从坟中复活之后，门徒们认不出他。这意思是说，耶稣与他们相遇的时候，他的两个身体合为一体，他在人间的身体和他的第二个身体，灵性的身体，结合在一起。他同时具有两种现实。在这种状态中，对门徒们来说，他是一个不曾见过的陌生人，他们无法认出他。只有当他把自己在人世间的身体与天上的身体分开的时候，也就是说，只有当他"分饼"的时候，或者用自己在人世间的口音，用抹大拉的马利亚熟悉的口音对她说话的时候，他们才知道是他，或者说，至少辨认出两个身体中的一个。那就是为什么他必须分饼（也就是分身）以便门徒们认出他。但是他马上就从门徒眼前消失了，正如一位福音书作者①所说，"……耶稣不见了"。耶稣采用了门徒们不再能看出他的形态。在这个阶段，基督从坟中复活之后亲自对抹大拉的马利亚说："不要摸我，因为我还没有升上去见我的父……"②意思是说，我还没有一具充实的第二个身体可以回到天上去见上帝，他的两个身体似乎还没有协调同步。他处在原来身体的回忆和新的、第二个身体的希望之间。他的两个身体还不在同一个"现在"之中。他似乎害怕抹大拉的马利亚或其他什么凡人会妨碍他为复归上帝所作的准备。

---

① 这里提到的"福音书作者"是路加。见第224页注①。
② 出自《圣经·新约·约翰福音》第20章。

第二阶段

耶稣在从坟中复活到升入天堂之间做了什么？他在准备他的双重身体以便能够回到天堂中上帝的身边。他使两种现在实现同步。从坟中复活后，耶稣向他的门徒和妇人们先后显示不同的身体。现在不一样了，在即将升天之前，他能同时具备两具身体。他的两个身体，血气的身体和灵性的身体，结合在同一个此时此刻中……还在这个地球上的时候，在这个起点上，耶稣协调了他在人世间的"现在"和他的下一个"现在"，向他的父亲迈出一步。他使他在人世间的实际形状和他的第二个身体，精神的身体，同步共时。而这两者通常不共存于同一个时域之内。那就是为什么门徒们可以看见他升入天堂。虽说他是升入天堂的人，但是凡人眼里看得到他。总而言之，在第二阶段中，基督能够同时显示他的双重本质，人世间的和天上的双重本质，能同时显示他第一个和第二个身体，门徒们因而可以认出他，看到他。虽然他是升入天堂的人，但是所有见证者都可以认出是他，这便是升天的阶段。

然而，我们的两具身体，我们在人世间和天上的身体，我们的第一个和第二个身体，没有同一个"现在"。就耶稣而言，他的两个身体存在于同一个"现在"之中。他同时具备两具身体，两种此时此刻，正如脸上有两只眼睛。耶稣知道如何在同一个灵魂中放进他的双重现实。

2. 给西里尔教士的信

(从传统的塞尔维亚教会语言译成日常的塞尔维亚文)

致圣安德烈尊敬的神父和教士西里尔

尊敬的神父，近日来我突然濒临生命的终点，身心交瘁，视力模糊，眼睛看不清楚。自我年少以来，我行我素，未能时刻抵制邪恶。人生结局竟然如此，我自叹毕生的修行誓戒将付之一空……我时常发病，为时已久，病情不见好转，反而日益严重。我恳求宽恕，然而受累于难解的……种种灾祸。有河上飘来的灾祸，亦有盗区乱贼带来的灾祸，更有自找的灾祸。祸从口出，祸起萧墙，荒漠中有其灾祸，罪恶的灵魂中有其灾祸。诡计多端的弟兄们酿成灾祸，口是心非的同伴们带来灾祸……在这本火烧火燎的册子中邪恶的纸页上，我用不堪入目的墨汁落笔陈述我的苦难（必将公布于世）……祈求今日我能摒弃自己的重重孽障……

信到此突然中断。

写信的人死了以后，在圣路加教堂钟楼的地板上发现这两封信。关于加伯列之死，有两种说法。据一种说法，一种较为可信的说法，他死在原先属于伊卡齐水军的那条木船中，说是死于心力衰竭。另一种说法有些曲折。据说，船夫们在多瑙河岸边一株毒芹旁边发现圣职修道士加伯列的尸体。他手中有一把小刀，前臂上有个小小的刀口。船夫们注意到毒芹上沾着一

228

些血。有人纳闷，也有人只是摆摆手，似乎真相不言自明。杆树分叉的位置上放着一片面包。树皮已被嫁接刀划开一个口子，似乎有人想要嫁接毒芹，嫁接不可嫁接的什么东西。

加伯列被抬回钟楼。因为西里尔教士出城去了，有人去喊阿克茜妮娅来。她一路奔来，泪流如注。她看到加伯列躺在船中，她记得这条船曾是他们的床。她合上他的双眼，为他划一个十字，吻了他的前额。这时，钟楼的楼梯上响起沉重的脚步声。

阿克茜妮娅知道是谁的脚步声。鲁吉奇卡神甫踏进钟楼阁楼的时候，她没有转过身来。神甫上气不接下气，没戴假发，头发像是腐烂的稻草。他快快地给死者划了十字，为他祝福，然后立即追问：

——他对自己干了什么？

——谁会知道？也许他想抹掉后半生的记忆，因为他的后半生比前半生更糟。

——他的戒指在哪儿？

——什么戒指？——阿克茜妮娅为之一愣。

——你心里完全明白是哪个戒指。你母亲咽气那天，我给你的戒指，是我付钱给你，让你把戒指套上他的手指……赶快找到那枚戒指！在教堂演出《圣母领报》的时候，你从加伯列手中接过这枚戒指，现在我们要查清你是否把戒指还给了他，你是不是对我撒了谎！

张皇失措的阿克茜妮娅在钟楼里到处寻找。窗户开着，房间里充斥着陈旧的东西，墨水瓶子被打翻，放在梁上的书被风吹落，从书架上掉下的楝梓滚过地板。她最终沮丧地举起双臂。

——我们必须立即找到戒指！——鲁吉奇卡神甫发狂一般地尖叫。他的叫声使阿克茜妮娅惊骇失色。她正留心察看一只放羽毛笔的玻璃杯。她一失手，玻璃杯落到地上。她向修士挽在头上的发髻伸出一只颤抖的手。她好不容易控制住双手，解开发髻，从中取出石头戒指。鲁吉奇卡一把抓过戒指，赶紧套在死者的手指上。

风掠过大钟发出轻微的嗡嗡声。教士和妇人一声不吭地站在船旁。躺在船中的修士正起航去往某个目的地。他们紧盯着他手指上的戒指，一边在各自的胸前划十字。妇人划东正教的十字，教士划罗马天主教的十字①。

戒指慢慢开始变色。戒指显出不同的色彩，先是黄色，然后是红色和一种泛绿光的色泽，不同的色彩相互融合交混。整个戒指最终变成蓝色，不再变了。

——这是什么意思？——阿克茜妮娅惊讶地大声询问。鲁吉奇卡神甫一下子坐到长凳上，大声喘息。

——这就意味着，阿克茜妮娅，我们的加伯列在生活中有爱情。

——爱情？你怎么了，鲁吉奇卡神甫？愿上帝保佑你。还有什么爱情？死了的人怎么能有爱情？你知道自己在说什么，

---

① 东正教徒划十字，先是自上而下，然后自右至左。天主教徒划十字，先是自上而下，然后自左至右。

干什么吗，鲁吉奇卡神甫？你正在死人身上施行巫术！这不是作孽吗？

对她这番话，鲁吉奇卡神甫坐在长凳上镇定地回答：

——我亲爱的孩子，我可不会称之为作孽。我称之为一种实验。我们想做什么？我们想探明加伯列的未来，想搞清圣母马利亚之水、珍贵的石头以及神奇的符咒是否有效，在什么场合下有效，如何生效。就我们而言，这件事并不违悖天理。难道水、石、言是巫术？这些都是天然的东西，俯拾皆是。梵蒂冈中有，君士坦丁堡的东正教总部也有，我在那儿也曾点过蜡烛……

讲到这里，鲁吉奇卡的话头被阿克茜妮娅打断。

——你为什么要选中他做你的实验？

——是他自己选定的。他也想由我们完成这个实验。倘若我比他先死，他会把戒指套上我的手指，看戒指会有何种显示……

——那么，这枚戒指告诉你什么，愿上天保佑你，鲁吉奇卡神甫？它在胡说八道。这里肯定有别的意思！要不戒指没有对我们讲实话。它在欺骗我们……这纯粹是迷信。

——戒指也许没有说假话——老人回答道——也许没有撒谎！关键便在于此！

好像他已经结束重要的事务，好像他的灵魂已经解除一个负担，而且眼前最终展现新的视野，鲁吉奇卡神甫发出一声感叹，在胸前划个十字，一言不发，走下钟楼。

第五部

第一章

第二个身体的食物和圣米歇尔山[①]

丽莎从中国回来之后，第一次认真对待我的病情。她彻底改变了我们的饮食习惯。我们开始用橄榄油，几乎完全排除奶脂，饭桌上出现大量的鱼和蔬菜。她在灌香油的碗盏下点燃小蜡烛，买来用玫瑰花做香料的保加利亚香皂。她把一面面镜子挂在离门远远的地方，门上吊着藏族的铃铛。在房间的一个角落里摆一只小铜盆，里面放几枚硬币，这样钱不会流出家门。她收集到几本顺势疗法[②]的手册，从中选出一些段落念给我听。我记得她念过这样一段：

圣依纳爵豆[③]

"这种豆子是根除急性忧郁的主要良药，对哀恸欲绝的老人尤其有效，可防止老年人因哀痛过度而丧生。圣依纳爵豆的油脂可润滑哀伤的生理机制，释放泪水。适用症状：适用于杜绝劝解者、坚信内心哀伤最好缄口不言者、在沉默中忍受者、忧虑致疾者、哀叹不已者、厌食水果者……"

为了散心，我们出门旅行。

双身记

我们在巴黎买到一个浴缸中用的坐垫，样子很好看。我们参观的一个美术馆，给我们留下永久的印象。我们去大宫④参观题为"忧郁"的艺术展，它反映西方艺术表达忧郁的历史演变。其中有一块希腊墓碑，上面刻着一个名叫德莫克莱德斯的人。丽莎走到那儿停下了。展品下面的介绍说墓碑是在匈牙利某地出土的。石板上刻的灵魂正在注视着自己的身体，身体躺在石棺中已经咽气。但是灵魂自己身材有致，活脱一副苗条、标致的姑娘模样。

——我要的就是这个模样，永远不变——丽莎指着石碑上德莫克莱德斯的第二个身体，快活地大叫——我们难道就不行吗?

带着几分惆怅，丽莎和我去一家饭店稍事休息。丽莎不吭声，突然显得好像下定了决心。什么吃的她都不想点。

——我们必须留心自己吃什么喝什么。展览会中那个希腊人的身体可不是一路上在饭馆里东吃西吃的，这个身体注意进食。那就是为什么会有如此美丽的第二个身体。你也得保养你在人世间的第一个身体，因为第二个身体将保留第一个身体的

---

① 位于法国北部诺曼底海边。
② 德国医生塞缪尔·哈尼曼（1755—1843）倡导的医学理论，又称"同类疗法"。某些致病的化学成分可以有效解除类似的症状是其主要论点之一。
③ 中药马钱子，一种热带乔木的种子，有毒。小剂量泡服，可通络消肿。耶稣会教士捷克人乔治·卡曼尔（1661—1706）在菲律宾发现马钱子后，取名"圣依纳爵豆"以纪念耶稣会创始人圣依纳爵（1491—1556）。
④ 巴黎的大宫建成于 1900 年。2005 年在此举办以"忧郁"为主题的艺术展。

形态和能量。那就是为什么我们要留心用什么样的第一个身体给第二个身体作草图。第二个身体近似于我们在老照片中看到的自己的模样。那副模样保存在我们对过去的回忆之中，不过第二个身体不存在于过去，而是存在于未来……你记得那个器官移植的电视节目吗？

——不记得了——我简略地回答。

——有个爱吃花生酱的人，他的肝脏移植到一个从来不爱吃花生酱的病人身上。手术成功了。病人恢复之后，很奇怪他突然开始爱吃花生酱了。由此可见，肝脏保留了第一个身体的记忆。第二个身体接受了第一个身体的习惯。所以不要忽视你交给第二个身体的自己处于什么状态，不光是你的精神，而且还有你在人世间的第一个身体。这是演变过程中的一部分，是净化过程中的一部分。这种过程会长达数千年。但是耶稣告诉我们有这种可能。永恒铭刻在我们的心中。不论我们是否信教，我们相信生命永存。基督绝食不只是为了保持他在人世间的优雅体形，而是为了向我们显示，若要盼求永生，我们应该如何净化自己。

——基督曾在一处对犹大说："我现在是人，你将牺牲此人的躯体。"后来，他确实放弃了他"在人世间的躯体"。

——这话你是从哪里看到的？——丽莎问。

——在一部四世纪的手稿中看到的，一部真实性尚未确认的手稿。

——那是什么意思？是说耶稣进入他"在人世间的躯体"之前有某种身体？他后来从自己的"人体"回归原先的身体？

双身记

那我们呢?

　　——你的问题不容易答复。但是你凭什么也坚信我们有
"第二个身体"?

　　——你在开玩笑吧? 难道你不像所有人一样坚信你会永
生? 我们生来就有生命永存的希望。看看你自己, 谁会创造如
此完美的硬件、软件, 用过一次便弃之不顾? 别忘了, 上帝
"照着自己的形象"创造了人![1]

　　自此以后, 丽莎开始减少上饭馆的次数。在饭馆里, 她无
法控制端上饭桌的食物。她开始打听哪些有名的休闲胜地有海
水浴的设施。她声称新派的法国烹饪[2]有益健康。我们吃饭时
喝一杯红酒。简而言之, 对我们的身体依赖于何种养分, 她给
予极端的重视。她正处在某种转折点上, 身体充满能量, 随手
一按灯钮, 灯泡就炸了。她接受电视采访介绍她参与的遗迹发
掘项目, 挂在她衣服上的话筒会短路。她写什么都不加标点符
号, 不分大写小写, 像是发 SMS 短信。她练习瑜伽, 学会新的
运气方法, 跟以前在家里平台上的呼吸锻炼不一样。她告诉
我, 练瑜伽的时候, 她已经开始用下身吸气。她告诉我, 更像
是在告诉她自己:

　　——人吃饭的时候应该注意自己在吸收什么。允许什么东
西进口, 好比允许什么人上床, 同样不可掉以轻心。也就是
说, 没有白吃的饭! 奶牛吃草出奶, 我们喝牛奶长心思。你的

---

[1]　出自《圣经·旧约·创世记》第 1 章。
[2]　指二十世纪六十年代在法国开始流行的"新派烹饪", 讲究用料新
　　鲜, 强调原汁原味, 注重健康饮食。

238

心思出自哪些成分，大有讲究。我们的肉体靠什么维持，奶牛
吃哪种草……我们使用自己身体的方式完全不对头，有害无
益！要是能免去那些于己无益，大可不必的饮食，那有多好！
更不用说其他种种因素对我们的身体有不可挽救的危害！不必
要的事，我以后再也不做！……

　　顺着她的势头，我往火上加油：

　　——净化自身还不够。我们还得净化我们身处其中的精神
环境和物质环境……

　　我病倒的那一年复活节，她看到电视转播在圣米歇尔山雄
伟的大教堂里举行的复活节弥撒。那座哥特式的教堂建在半岛
上，半岛像是一个单柄的平底锅，锅柄连接着教堂和大陆。主
持复活节弥撒的罗马天主教神甫是个在圣地①传教的法国人，
从耶路撒冷来到这座大教堂讲道。他既不属于丽莎的新教，也
不属于我信奉的东正教，但是他给我们俩留下深刻的印象。丽
莎全神贯注地看着电视，似乎着了魔。

　　——你听到这个人在对我们说什么吗？——她问我，眼睛
始终不离开电视屏幕——他在提醒我们，基督在他自己的身体
中复活，不是精神的复活，而是躯体的复活。在像我们一样的
躯体之中复活。他的话说到了关键之处。耶稣在告诫我们，你
们也能得到永生，在你们自己的身体中得到永生。他以自己为
榜样对我们说，你们只要循着我的足迹走……可是这里的意义
何在？解释给我听，这是什么意思？

___

　　①　"圣地"指以色列、巴勒斯坦一带。

双身记

——这里的意思是——我对她说——耶稣觉得不只是我们的精神可以改善，我们的躯体也可以改善，可以改善到足以抵御时间侵蚀的程度。

——我想知道这意味着我们该如何去做？要让身体健康，有能力抵抗时间，我们应该吃什么？耶稣从坟中复活之后是否进食？

——他进食了。福音书中引用基督的话，"我有食物吃，是你们不知道的"①。那便是第二个身体的食物。

——此事搁下不谈，我们知道不知道他在坟中复活以后吃了什么？

——我们知道。他吃了鱼。他还吃了蜂窝上的蜜②。

——他的话有多重含义，这是其中一个含义。鱼肉意味着磷质，是智力发展不可缺少的成分。所以智力要改善，要达到更高的水平，超出我们目前的水平。蜂蜜有什么含义呢？

——蜂蜜既不是动物又不是植物。古代埃及人把它当作药，治疗骨折……

——蜂蜜是转化成能量的美，是食物中包含的美。蜂蜜也意味着传授花粉，在空气中四处传播生命……说到蜂窝上的蜜，我不太懂，涵义太深奥了……它的意思我拿不准。金字塔的建造者用蜂蜜做药……耶稣在坟中复活之后吃了饼吗？

——吃了——我回答——他还吃了饼。耶稣在坟中复活以

---

① 引自《圣经·新约·约翰福音》第4章。
② 见于《圣经·新约·路加福音》第24章。此句在《圣经》的不同版本中略有出入。这里按原书翻译。

240

后，门徒们有一次就是这样认出他的，因为他在门徒眼前掰开饼。①

——这些事，我不在乎。我想知道耶稣要给我们什么启示。看来他是想告诉我们，除了鱼和蜂窝上的蜜，我们应该食用谷物……不对，我们应该吃内部有胚芽的食物……不论什么种类，小麦、大麦、黑麦、大米……那才是通往第二个身体的途径，征服时间的途径。说来地球上已经有人在往这个方向前进。我的意思不是说现在，而是世世代代地往这个方向走，至少就食物而论。居住在亚洲的人，印度人、中国人、日本人，他们千百年来吃的就是这类食物，鱼、胚芽和蜂蜜。他们的身体已经与我们不同。他们更精干……原因不甚明白……是否在进食方面，他们的见解比我们高明？……但是归根到底究竟是什么原因？基督复活后吃的食物以什么为食？胚芽、花朵、鱼儿，它们又以什么为食？

——液体，基督还喝水，必然如此。

——有些故事提到加利利的迦那②，那儿有过一场婚礼。耶稣在婚礼上变水为酒。他那样做要告诉我们什么？——丽莎问。

——酒，按照基督徒的普遍信仰，是基督的血。所以他把

---

① 在最后的晚餐上，耶稣掰开饼给门徒吃，对门徒说："这是我的身体。"见《圣经·新约》中《马太福音》第26章，《马可福音》第14章，或《路加福音》第22章。

② 此处讲到耶稣创造的一个奇迹。见于《圣经·新约·约翰福音》第2章。

双身记

水变成血，而血便是生命。他在婚礼上这样做，新婚的时刻是将要形成新生命的时刻，是生儿育女的时刻。在人体中滋养生命的液体便是血液。变水为血，变出生命，这是生命由此开始的象征。

——它的意义何在？生命在于水？

——耶稣告诉我们，人若不是从水中生，就不能进神的国。①

——什么水有此神奇功效？洗礼用的水？

——对。

——他在别的地方还提到过水吗？

——提到过，橄榄山上向他显示奇怪的预示时，他提到过②。在"最后的晚餐"之后，他和门徒们去橄榄山，在那儿他吩咐门徒留在他身后，约有扔一块石头那么远。他做祈祷，事情就发生了。

——发生了什么事？你比我更熟悉《圣经》。

——他向上帝祷告，要求免除为他准备的苦杯。那时候一位天使自天而来，"加添他的力量"。耶稣身体开始淌出血滴般的汗珠。

——医学上称之为血汗。

---

① 此句来自《圣经·新约·约翰福音》第3章。此句在《圣经》的不同版本中略有出入。这里按原书翻译。

② 在犹大出卖耶稣之前，耶稣带领门徒到橄榄山，祈求上帝免去他将遭受的苦难。这时，一位天使从天上显现，"加添他的力量"。"耶稣极其伤痛，祷告更加恳切，汗珠如大血滴，滴在地上。"见《圣经·新约·路加福音》第22章。

——我们怎么称呼它不要紧，重要的是天使向耶稣传达的信息。在橄榄山上，耶稣重复了以前做过的事。

——可就在那儿，在橄榄山上？

——在那儿宣告有复活的可能。为了在那个艰难的时刻加添他的力量，天使给他带来信息，回答耶稣的祈求。天使似乎对他说："你能把没有生命的物质，水（或者汗）转化成有生命的物质，也就是说，转化成血（也就是说，生命），意思说你能死而复生……"

——但是汗不是水。而且汗水稍带咸味。

——说到点子上了。女人的奶汗也有咸味，男人的精液也一样。我们体内的各种液体都有咸味，我们的汗水带咸味，眼泪也带咸味。所以转化成生命的水分是像海水一样的咸水。有个古老的传说讲，圣母的滴滴眼泪散布在宇宙中。她的泪珠像是指路的星星，指引由孩童般的第二个身体载负的亡灵寻求新的生命。他们寻求水珠，像耶稣一样把水珠变成血液，变成新的生命。

——这意思是不是说，宇宙中包含着有滋养力的、可以变成生命的液体，水？地球上的水来自何处？是从天上掉下来的吗？

——水的起源是个谜。艾森①有个传说，生命之水由一位天使灌进我们的血液。

——为什么有水存在？为什么水对好听和难听的言语有所

---

① 德国西部鲁尔地区的一个城市。

反应？它为什么会聆听音乐？会解读？有一本书上这样说过[1]。

　　——据说，水以雨的形式自天而降。来自上天的降雨每天还在降临地球。但是来自上天的雨量很小，与这里的降水总量相比几乎难以觉察。可是来自上天的雨水不断降临地球，已超过四十亿年，所以想来足够灌满海洋和河流。

　　——宇宙中既然有水，那么可以指望会有生命。也许，我的生命会存在于其他某个躯体之中，如你所说，存在于另一种此时此刻之中。或许，我可以指望在宇宙之中某个地方有一滴滋养生命的液体，有另一种为我所有的现在。在那个位置上，我是某种外星人，我在天庭中的躯体像是一套宇航服……

---

[1]　日本作家江本胜（1943—2014）声称表达不同情绪的语言、音乐或图画对水分子的组合有不同的作用。

第二章

撒旦喝苹果汁

我再次发病后十多天，做梦看到自己躺在一张老式的大木床上，大床有四根柱子。这种式样的大床，柱子上有雕刻的圆球。在梦中，魔鬼提着一把小提琴坐在我床上。她有三个鼻子，模样令人震惊。她不过七八岁的样子，而且是个——女孩。她还没开始拉琴，我先问她：

——你叫什么名字，情人儿？

——你自己看得出，我是巴弗莫特①。

巴弗莫特接着用她三个鼻子中的一个抽气。

——你打哪儿来的？——我想知道。

——从这里往深谷里抛一块石头。过了第一天，它还在往下坠。你，老爸，你就自己判断我打哪儿来的吧——她说话分不清舌尖音。

——你们小撒旦打什么时候起改换性别，变成女的了？

——我们跟着这里的潮流变。妇女在地球上争取到权利，我们就变成女性了。你们这儿的女人现在权势和影响越来越大，所以我们也就相应变化。我们随着潮流也在变。要赶时髦，老爸，我们就得相应变化！……我不会老是这副矮小的模样！妇女的地位越是坚固，我也就越有力……可是你已经问够了，别再多问，因为你不懂应该怎么打听，问的总是不对头。你听听我有什么要对你说……

她开始拉琴。我在梦中都知道她拉的是什么曲子。听着一阵阵的颤音，我觉察到魔鬼藏在眼泪中的微笑，藏在大调中的小调，藏在冷漠中的热情，藏在永恒中的时光。演奏完毕，长着三个鼻子的小姑娘放下提琴开口问：

——你懂不懂我在说什么？

——懂，我懂。是你忘了！你在重复自己说过的话！这番话，你二百多年前已经对一个名叫塔蒂尼的意大利人说过了。那时候，你还是男性。他记住你说的一字一句，醒来之后，马上在他的小提琴上重现你的话。

——我的话是重现了，但他完全不懂其中的意思！音乐，老爸，可以用言语揭秘，我说的就是这个意思！变音符为数字，变数字为文字，你就会理解我在说什么了。不过对你们这种人，非得详详细细地再三说明，否则你们是听不出一点名堂的。我要告诉你真正的大爆炸②是什么样的，宇宙是如何开创的。

——我不感兴趣。多少人生来死去，不知道真正的大爆炸是什么样子的，其中也包括我。

——可是，老爸，你第二个身体往哪里去，还不是要通过

---

① 自中世纪以来在欧洲流传的一个魔鬼，在不同的故事中有不同的形象，一说是羊头人身，另说兼有男性和女性的体形特征。

② 根据"大爆炸"理论，宇宙的初始物质在十三亿年前以基本粒子状态存在。高温、高密度的太始状态迅速膨胀，同时温度和密度迅速下降，基本粒子组成原子和分子，生成星云，逐步形成不同的星系。

宇宙，穿越一个又一个世纪？别对我说你对宇宙是如何开创的，宇宙是什么样子的，不感兴趣。

我在梦中大吃一惊，回答她说我确实不感兴趣。怎么说的，我已经记不清了。小姑娘厉声说：

——说实话，我，正如你爱说的，看不到将来。我是看不到明天的瞎子。但是我的记忆深若宇宙，我记得周围的世界是如何开创的……所以我能给你讲大爆炸。不过你自己已经知道。你回想回想！

——回想什么？大爆炸？

——我可以画给你看，也许看图你更容易懂。

小姑娘从口袋里掏出一块擦弓弦的松香，在地板上画了两条相交的直线。

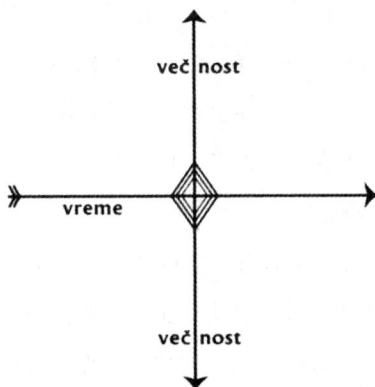

——这儿的一条是永恒，这儿的一条是时间。

双身记

说完，她抛出松香，像是小孩子玩跳格子的游戏。她用一只脚把松香挪到两条直线的交叉点上，一丝不偏。然后，她用挂着几个小铃铛的小蹄子踩碎松香。

——你听到了吧？那就是大爆炸！宇宙就此开创：时间把永恒切割成两段，把一个永恒分成两个永恒——过去和未来。然而被割断的永恒不再是永恒，只是过去和未来的时光。那儿不再有你们的圣灵！

——那儿也就不再有生命！——我回答。它突然不再用小孩子的腔调说话，它开始一本正经地往下说：

——所以，综上所述，在永恒和时间首次相交的时刻发生大爆炸，由此形成宇宙。大爆炸的回响之中有不计其数的小爆炸，永恒和时间有不计其数的小相交。生命开始兴旺发展。那些便是你们的种种"此时此刻"……不过这些大故事且搁下不表，让我们回头讲讲你的小故事。你老爸说，你死后会有第二个身体，此话不对！要是有第二个身体，我就会有第二个身体！堕入罪孽以后，我们穿上兽皮，我们现在有的只是兽皮！以前是什么——现在已经告终，不再要紧。

——那么，雅各布·贝梅①呢？

——哈！他说，我们堕入罪孽之前有玻璃的身体，所以每个念头，即使是最细微的念头，都可以看得一清二楚。你我之辈堕入罪孽之后，为什么披上兽皮？你那位贝梅先生没有说。

————————
① 雅各布·贝梅（1575—1624），德国新教作家。他有关罪孽、灵魂、宇宙的论述被教会视作异端邪说。

那是因为我们内心中的一切再也不会被别人看见，受别人审视。因为我们心中有淫欲，老爸，淫欲！……不过你对这具出自天堂的玻璃躯体不感兴趣，你感兴趣的是会不会有第二个身体，死后的身体。你难道真的相信这套毒害你自己，也毒害他人的无稽之谈？忘了这套无稽之谈吧！要是真有，你也绝不会想要第二个身体！

——你这话是什么意思？

——不是我的意思。是你自己惟妙惟肖地描述过第二个身体！你回想回想！

——我在哪里描述过？

——好好回想！你不是告诉你妻子威尼斯的狂欢节吗？好好回想！在那儿，你最喜爱的作家之一遇到一个吸血鬼。那个人的第二个身体矮小苍老，说话像羊叫，张口吞蝴蝶，邋里邋遢，谎话连篇。它是一个鸟比厄。你自己说的。这样的第二个身体，你想要？还有更糟的例子呢。回想埃及的木乃伊！保存它们是为了给法老们的第二个身体添加力量！你看看开罗的博物馆！保存下来的法老，或者说，他们的躯体，都在那儿展出。那种躯体里会有多大的力量，你看到了吗？你死了之后想要那样一具身体吗？要它来滋养你的第二个身体？……你当然不会要。所以说，你的主意打错了！彻底打消这个念头！换个主意！你好好回想！

——你是在吓唬我，小亲亲，拿着稻草人吓唬我！拿着筛子赶狗熊！你呀，我们知道，是看不见未来的瞎子，因为未来之中没有你这种料，所以你看不到未来。未来之中没有时间。

木乃伊是人的一个样本，它保存生物体中所有重要的成分，保存其中的脱氧核糖核酸——骨骼、毛发、指甲和经过防腐处理的皮肤。根据这条生物公式可以造出活人，用这些样本创造一个新的身体。也许新的身体也会具备现在这个人体的各个方面，也就是说，不光是一具血肉的躯体，还是一具能够通达天穹、漫游星宇、思索觉悟的身体。是否如此，我们不知道，那并不要紧……吸血鬼也是一种木乃伊，只是缺了骨头，但是它有牙齿、皮肤、毛发和指甲……

小姑娘不爱听我的故事，她用三个小鼻子中的一个抽气，似乎要哭了。她打断我的话问我：

——你这儿有没有一点果汁给我们喝？

——想喝什么？

——要是你有的话，喝苹果汁。

我走到桌子边，看到桌上有苹果汁。我拿了一个玻璃杯，给小鬼倒了些果汁。

——谢谢——"小女孩"说。她刚喝了一小口，即刻分身为两个魔鬼，一个还坐在床上，提着她的小提琴，另一个深深坐进我那把比德迈风格①的大扶手椅里，一边从杯子里喝果汁。我想起来，这把椅子早就不存在了。我的几条猎狗发起火来已经把椅子扯成碎片。还有一件事令我惊诧不止。两个鬼都没有分身的意识。坐在扶手椅中的那个鬼伸手要我给她添果汁，床

---

① 十九世纪前期开始在中欧流行的一种文艺潮流，反映城市中产阶级的趣味。比德迈风格的家具避免浮华装饰，讲究实用功能。

上的鬼同样也伸出手，手中却没有杯子。我给她也添了一些果汁。奇怪的是苹果汁居然没有溅到床上。我不知道她们是否在跟我胡闹，要不她们自己也被分身的高招搞蒙了。

床上的鬼喝完了添斟的苹果汁，我看不清她用什么东西装果汁。她直愣愣地看着我说：

——认不出我吗？回想回想！

我看到有一位美女的身子躺在我的床上，拿着同一把小提琴。她身穿一条洛可可式①的长裙，前面开胸很低。拿弓的手上戴着一枚绿色的戒指。

——记住我！我是扎贝塔，威尼斯来的提琴手。病儿音乐学校！在第一个身体之中，我得了不治之症；在我的第二个身体之中，我寻求健康。我健康的第二个身体进入无边无际的宇宙，因为无边无际与健康对应。不幸的是，我进入的是虚假的宇宙。这好比你打一个喷嚏，然后吸气。这个宇宙在固定的时间上经历一次大爆炸，在扩张到最大范围的时刻，开始收缩。这个无边无际的宇宙正在呼吸，但是这个特定的宇宙有其缺陷，它没有永恒……它创始于无边无际的空间之中，以越来越快的速度扩展，但是它在有限的时间中扩展，没有永恒。所以我无法在无边无际的空间中永远追索饮用的水滴。拿不到为"神的羔羊预备的食物"，得不到圣母的眼泪。无边无际的宇宙中散布着的水滴，你要用几个世纪才能喝够。所以我渴死了，或者按照十八世纪的传统说法，落入黑暗武士的手中……

---

① 十八世纪流行于欧洲的一种色彩明亮、线条轻盈的艺术风格。

双身记

凡是落进他们手中的人死无尽头。

舒舒服服坐在扶手椅中的那个魔鬼忽然开口对我说：

——你也认不出我吗？记住我！

他身穿修士的长袍，袖筒的布上有个破洞，露出胳膊上一个小小的创口。他手上戴着一只蓝色的戒指。

——我是圣职修道士加伯列。在我第一个身体中，我没有爱情，所以在我的第二个身体中，我在具备永恒的宇宙中追索爱情，因为永恒与爱情对应。我的戒指变成蓝色，表明我有爱情。但是这无济于我的存活。我现在明白基督与我们有何不同。我们之间的不同在于死亡。我们有不同的死亡。

——怎么不同？——虽然是在做梦，我心中纳闷。

——他复活后前往永恒，而我们死后仍然通往我们的未来。

——那是什么意思？

——我们还没学会沿着垂直的永恒线选择正确的方向。正如《圣经》所说，"我们目光执着"，以至看不到应该在哪里转向。我们仍未成熟，我们的身子，第一个身体，净化不够，所以影响到第二个身体……也许有一天，等我们净化了……

——你到底出了什么事？

——我误入了一个空间有限的宇宙，但是落进了永恒。那个宇宙中没有时间，在那儿确实不可存活，在那个宇宙之中永恒不与时间相交，因为那儿根本没有时间，所以那儿没有人可以生存的条件。在那种地方，你找不到我们所说"为神的羔羊预备的羊圈"。你甚至不用进一步寻找，因为那是徒劳无益的努力……

　　说完此话，修士脱下长袍，站起身来伸手去取床上的什么东西。这时他又是单身一个了，床上那个魔鬼已经无影无踪，只有一把小提琴和一支琴弓留在床上。我在梦中思量——等我醒来，会在床上找到提琴和琴弓吗？

　　——我们现在讲讲第三种可能——他继续往下说——这种宇宙模式对你有特殊的意义。开始的时候，宇宙的重心平均分布，物质的密度相当低。然而物质凝聚、收缩。每当自我压缩的宇宙达到最高密度的时刻，它就再次开始扩张，以至达到无限。你别忘了，不光是空间在呼吸，时间也在呼吸！时间同样一张一缩，老爸，你想想看。时间在转换，它吞食自己。如果时间无限扩张，在它开始收缩之前会发生什么事？时间在那一瞬间变成永恒，正如你自己说的！因此你在此刻兼有时间和永恒，还有由你支配的空间。在这个瞬间，大爆炸就以适当的方式发生。那意味着，这场爆炸会把由第二个身体载负的你送到很远很远的地方去。随后，因为有足够的时间由你支配，你会在空间和永恒的收缩作用下回到原地（提醒你注意，空间和永恒在呼吸）。你知道接下来会发生什么事吗？

　　——什么事？

　　——接下来，你的第二个身体会回来面对你的第一个身体。从那个时刻起，你可以说：第二个身体确实存在！你可以说：我第二个身体只有在第三种宇宙之中才有幸存活。但是你想想，这种幸运值得不值得？面对自己？真是如此的话，正如在这样一个真假难辨的场合中，那就没有拯救了。你把我们的

双身记

第二个身体摆在哪个位置上才可以避免面面相对？要是知道往哪儿跑可以躲避自己，我早就奔那儿去了，此话也适用于你！

——恐怕不适用于我。假如说我们的第二个身体是外星人，有没有外星人，我们已经苦思冥想了成百上千年，假如说我们的第二个身体进入宇宙追索新的现在和水滴，那么这个以越来越快的速度不断扩张的宇宙有可能会把第二个身体送到离我们非常遥远的地方，我们甚至无法通过思想与他们联系。等我们的思想传到那里，为时必定已晚，我们不再能断定我们是否有第二个身体，不能断定宇宙中是否有外星人……

——好极了！——"小女孩儿"高兴得大叫——原来那才是你的愿望。你要遁入宇宙的动机在于你害怕面对自己。这是最好不过的动机。你绝对不想在第二个身体中面对第一个身体中的自己。你知道第一个和第二个身体面对面意味着什么？

——意味着什么？让我听听你对此有何想法？

——在你们的圣书之中，耶稣把这种面对面称为最后的审判，菩萨称之为轮回转世。你脑中要是记住这一点，我想你宁可要你的第一个身体回避面对你的第二个身体，是不是？或者说，至少要尽量推迟面对面的时刻，对不对？你会心惊胆战，对不对？就是耶稣本人也几乎不能接受这个局面。你回忆一下他对抹大拉的马利亚说的话："不要摸我，因我还没有升上去见我的父……"[1]他的两个身体面面相对，他几乎不能控制这个局面。

---

① 引自《圣经·新约·约翰福音》第20章。

　　——这些故事，依你的看法，结论是什么？——我问她，一边在床上坐下。

　　——算你幸运，这些模式都不是实际的模式。它们不反映宇宙的真实情况。

　　——那么，哪种模式才是真正的模式？——我问。我在等候答复的时候，心里紧张得几乎从梦中醒来。

　　——正确的模式是第四种模式，你们的天文学梦想不到的模式。

　　——真正的模式是什么样的？

　　——那我不告诉你。对我来说，这个正确的模式没有意义。你自己可以看到。

　　——什么时候看到？

　　——你一死就会看到——小不点儿的巴弗莫特说完了。三个小鼻子中有一个抽了口气，她朝门口走去，走路稍许有点拐。往外走的时候，她的弓开始弯曲，弓变成一条尾巴，提琴变成屁股。这个"孩子"在门边转过身来，加了一句：

　　——让你心里有个数，这不是你梦见我，是我梦见了你。

第三章

给不愿动脑子的人念的一章

——星期二美女和野兽①能来我家吃晚饭吗?——蒂奥多·伊里奇·契息亚在星期五问我。

我向丽莎重复这个问题的时候,她问我:

——那天去,时间对我不太方便,但是你说吧,你要我们俩都去?在我看来,你和蒂奥多这个人没有多深的交情。他要把我们两个人炫耀给什么人看?

——我想他要让我们看看他的女朋友。他打算结婚,这顿饭算是订婚筵席吧。他已经订了小鲨鱼和一种特别的酒。

——他要结婚是不是嫌晚了一点?

下星期二我们到达蒂奥多在贝尔格莱德市的公寓时,一切已经准备就绪,可是要给我们带来惊喜的那位客人仍然杳无踪迹。蒂奥多看上去很潇洒。他穿着背带裤,抽着烟斗。房间里飘浮着醇和的烟丝味,带有苹果和肉桂的香气。他神情紧张。门铃终于响了,他引进一个人,让丽莎和我大吃一惊,各有各的缘故。她身穿白裙子,套一件草编的黑中式长背心,魅人的笑颜中露出满口白牙。她腰上系一条男式领带,色彩缤纷,宛如一条彩虹。

——我向你们介绍一下莉迪亚·萨卡齐小姐,不胜荣幸——蒂奥多开口说，可是丽莎打断他的话，直截了当地说了一句令我惊诧的话：

——没有必要，我们两个有交在先。

现在轮到丽莎吃惊了，因为莉迪亚对我说：

——我们也有交在先，我们是同学。

——我们三个全是同学！——蒂奥多接上一句后马上问：

——你们两个怎么认识的？——对此，丽莎不动声色地回答说，她们是在中国一个考古地点认识的。

——今晚在这里见到你，完全出乎我的意料。我以为你是法国人——丽莎加上一句，眼睛直盯着莉迪亚的头发。我朋友的客人在她的发髻中插着一根奇特的中式钎子。那根钎子是一根吃饭用的筷子，红木做的，手握的一端雕着一只蝴蝶。

大家围着桌子坐下，蒂奥多为我们斟上冰镇的红酒。紫红的酒液散发出玫瑰的香气。他举起染着红晕的酒杯像是要祝酒：

——今天晚上，我要宣告一件对我非常重要的大事。我已经向莉迪亚小姐求婚。今晚我们将听到她的答复。

她的答复是那次访问中第二件令人大吃一惊的事。莉迪亚没有马上答复，而是等到那天晚上快散席的时候才作出答复。估计会出现怎样的局面，实际会发生什么事，我们大家心中无数。房间里的气氛始终有点紧张，好像我们喝的酒正在挥发，

---

① "美女和野兽"是欧洲的一个民间故事，在十八世纪中期经几位法国作家改写后广泛流传。

双身记

配置成好酒给人助兴的种种成分，盐、糖、柠檬和苦艾酒①等等，似乎飘浮在我们头顶上方，然而不知怎的，这些成分那天晚上并没有带来欢悦，似乎在我们头顶上方迟疑不决，酒不助兴。大家食而不知其味。饭桌上的交谈以刀叉的顶端为界限……

莉迪亚终于开口，一边若有所思地转动着手中的酒杯：

——给你答复之前，亲爱的蒂奥多，我人生中有些事，我想，你该知道，尤其是我们俩没有见面那段时间中发生的事，因为我们两个人都离开了好几年。你也许为我们设置了一个陷阱，因为在这儿我得当着在场的证人们作出自白。但是，你就听我说吧……让我从一起上学的那段好时光说起。我们的中学在贝尔格莱德的塔斯玛侬顿公园②附近。按我们那时候的说法，我们开始一块儿玩。在公园的滑冰场里随着音乐溜冰，在寒风中交换火热的吻。开始一切都好，你知道的，中学的同学记得我们俩是一代人之中难得的一对理想情侣。后来你去意大利看姑妈，把我留在这儿。你没有拿走我处女的贞操，因为你一心要我忠心于你。要是你不让我保留处女的贞洁，你怕我会在这儿沦为荡妇。我们就这样分手了，以为是暂时的告别。你记得当时有一首流行歌曲，我们俩都知道这首歌：

约在五点差五分，

---

① 苦艾酒是一种绿色或透明无色的酒，含有茴香。
② 贝尔格莱德市东南部的一个公园。

你要是不生气，我有话儿对你说。

约在五点差五分，

这一次，我一定也会到……

　　我五点差五分到了那儿，你没有来。你这个好小伙子迟到了差不多四千年。我不知道，我也不想知道，你在意大利找到了什么。天知道自那儿以后你又到了什么地方，找到什么。但是你求婚，说句公平话，我该让你知道我在那段时间里的经历，那番经历，我得说，可长了……

　　沉默降临到饭桌上，比我们的回忆更深沉。令人难以置信的局面发生之前，只有丽莎的汤匙发出一次碰击的声响。莉迪亚又开口了，先是一只眼睛直盯着蒂奥多，然后另一只眼睛透过举在她脸前那把叉子的齿缝也盯着他。她不慌不忙，清清楚楚地说：

　　——跟大家一样，我的人生中也有客人找上门来。来访者有时深深砍进我的身体，有时砍得浅一些。这些第二个身体，来者一概不拒，受到或多或少的欢迎，收到或多或少的情分。第一个以他心房的搏动穿透我少女光晕的是一位中文教员，阿历克赛·斯各勃佐夫教授，巴黎一所中学的汉学家。那所学校的名称是东方语言文学学院，位于利勒街。他的眼睛有几种颜色，一条雄根与他赫赫有名的同胞拉斯普廷①不相上下。拉斯

----

① 格里高利·叶菲莫维奇·拉斯普廷（1869—1916）是西伯利亚的一个农夫，自称有先知先觉、治病救人的特异功能，得到沙皇尼古拉斯二世和皇后的恩宠。

普廷的那一根泡在甲醛罐子里，保存至今。除了中文，他还教我未来可以再生。接下来的一位是雅·罗伊斯勃洛克，纽约哥伦比亚大学北欧巫术专家。他的眼睛稍带斜视，与他的模样十分相配。他把我禁锢在他四十二号街的公寓里长达一个月，供我衣着饮食，待我像女皇陛下，可他自己不洗澡，也不肮脏。四个星期一过，他放我回归世界，再也不瞧我一眼。伦敦现代艺术学院的沙基克·索拉瓦提是我的瑜伽导师。他教我（倘若我想要）如何发出神圣的音节"唵"①，从而排出他射入我体内的精子。接下来的一位，要是我没记错，是米兰的一个医生，爱德华都·弗鲁蒂。他年轻的时候，曾被提名为金像奖的电影配音奖候选人。我结识他的时候，他已被提名一次为诺贝尔医学奖的候选人。他有钱，靠移植女人眼睑表皮为她们再造阴唇的办法赚钱。有一天他主动说可以给我免费手术，但是我拒绝了，与他永远告别……

——莉迪亚，那是你不对。正如大家所说，错过机会了——丽莎打断她的自白。大家一言不发地听她说，气氛相当冷落——那个男人也许想要你的第二次贞操，因为他拿不到你的第一次贞操，他想占有你的第二个身体，处女的身子。

丽莎说这番话是要换个话题缓解气氛，还是要引出更轻松的甚至调侃的口气，别人不太清楚。蒂奥多·伊里奇·契息亚也有所觉察，他开始放东方音乐。一个东方的嗓音在唱歌，歌

---

① 印度的佛教徒开始祈祷或诵经前往往先发一个音节"OM"，在汉语的佛教典籍中往往译作"唵"。

声仿佛透过牙齿咬紧的布传来。

——你说的妙极了——莉迪亚透过音乐回答丽莎——但是我完全明白，他的意图不是由他来结束我第二副阴唇的贞操。这是他想给我的某种告别礼物，这样以贞操为资本，我可以到手某个蒂奥多，或者别的什么为时嫌晚的情场猎手。说实话，我还舍不得与他分手。我的外科医生相貌英俊，开的是布加迪跑车①。弹一手好琴。他有一架斯坦威钢琴②。我死都想葬在那架钢琴中。他头发拳曲，指甲修得锃亮，牙齿洁白，皮肤光滑。总而言之，他死了以后，他的 DNA 可以继续存在。三年前，他死在亚洲某地，死于禽流感。给我安慰的是个亚美尼亚人，欧洲教育网的计算机专家。他教我充当色情片中的格斗士，也算是介乎竞技和谋杀间的性交吧。他小腿粗壮，总是坐着撒尿。他是划船冠军，但是我不知道他划什么船，不知道他是哪个学院的划船队员。他带我去君士坦丁堡，在那儿的香料市场上给我买了一条金丝编的项链（22 克拉，每平方分米 12 000 个结）。他在大市场紧追一个小伙子，就此消失在小巷曲径之中。他把我一个人抛在土耳其首都。那个小伙子，他准是追上了，因为据我所知，他后来在法国住进一家艾滋病疗养院。

——这份名单好比荷马开列的船单子！难道你要与全世界所有的人种生儿育女？——丽莎大叫，禁不住哈哈大笑，但是

---

① 创始于意大利的名牌跑车，现属德国大众汽车公司，在法国生产。
② 美国纽约斯坦威父子公司制作的钢琴世界公认达到第一流的水准。

莉迪亚并不在意。她直盯着契息亚，继续开列她的名单。桌上的晚餐无人有心享用，都凉了，边上杯子中的红酒变暖，太可惜了。

——然后出现的是温斯顿·修·菲茨杰拉德大夫，波士顿生化学院的生物工程专家。他长着两条多毛的曲腿，私下里剃腿毛。他自称有第二个身体，说他能在第二个身体上搔痒。我问他是什么意思？他给我一个解释。在他极其狭窄的专业领域中，这是他最喜欢的课题。教会认为所有疾病起源于罪孽，在教会看来，死亡，即使我们不这么想，也是一种疾病。今天你要是不死，谁会死？我们的第一个身体，在地球上的身体，其细胞受萎缩症的侵袭，那是我们死亡的原因。癌症细胞永远不死，是永恒的。其他某种类似癌细胞的细胞以适当的方法使我们得以在死后存活……听了他的话，我回答说我也有第二个身体，但是不会给他我的第二个下身，因为我要把第二个下身留给比他更强的男人……不要高兴得太早，好小伙子——莉迪亚中断自白，对契息亚说——我留着第二个身体不是为了你……

丽莎忍不住说：

——我看你讲第二个身体的那些话不全是在开玩笑。

——那么让我直截了当地告诉你。我在中国的情人，贺拉斯·凯鲁亚克，被害，你现在暗示说，是我想用他的戒指实施巫术，那天你看到他死后手上戴着戒指。实际不是这回事。可以推断，凯鲁亚克在情报人员的较量中丧生，成了他那个行当中的附带牺牲品！但是实在可惜了。他体态完美，精干有力。他自己知道他的工作有多危险，他在中国的处境有多险恶。巫

262

术是他实施的，我亲爱的丽莎。而我只是为他搞到了实施巫术必不可少的一段魔诀。而且，我也在梦中思索……

这时，丽莎和我相互看了一眼，我们记起蒂奥多对我们说过他转手买卖算命用的符咒。丽莎一口念出这道魔诀：

——*attor uf aiv al iuq ehc eipmoc inna*，你给他的就是这一句，对不对？

——你怎么知道？——蒂奥多问，大吃一惊。在此之前，他一声不吭似乎只顾喝酒。莉迪亚对着丽莎怒气冲天地说：

——你在中国搜查了我的东西？

——不用我搜查。我被领进房间的时间比你预料的早。是早是晚不要紧，关键是你用那魔诀干了什么？

蒂奥多坐在一旁，像是深陷在椅子里。莉迪亚盛气凌人地回答说：

——你的问题，丽莎，问得不对头。不是我干了什么，而是凯鲁亚克用魔诀干了什么。他决心实施巫术，用了这句魔诀，手上一直戴着那只有生理反应的戒指，以防万一。要是他被谋害，至少我可以知道人有没有第二个身体。

——你找到答案了吗？我们一见到他躺在你的床上，你就脱下他手上的戒指。所以，你现在知道，你看到了戒指的颜色。

——对，我目睹一切，知道一切，但是我不会告诉你。我能告诉你这件事，让你知道，他的尸体躺在那儿，鼻孔里扎着中国人吃饭用的筷子。那种光圈，环绕人身的明亮气环，或者说光晕，脱离凯鲁亚克的躯体后消失了，带走了对他身体上某些部位的回忆。

——什么部位？——丽莎轻声问。

——你心里明白。女人对中意男子的种种回忆，也就是说，对他的牙齿、唇髭和胡须的回忆，对他皮肤的触感和指甲的回忆。或许还有对他嗓音的回忆。

——你说的光圈消失到哪里去了？

——你说消失到哪里去了！你有否一分为二，变出过另一个你？是否看见过你自己坐在波萨拉诺莎或肖摩牌的马桶上撒尿？就是那种体验。那个女人从另外某种现在看着你，从她自己的现在看着你，她看你的此时此刻不是你的此时此刻，但是与你的现实平行。你要记住，那个人看得到你坐在马桶上，你却看不到那个人。

——算是一种单向的眼光，对方无法回视？

——差不多是这么回事。设想有两部晚间的列车不是朝同一个方向行驶，但是一刹那间在黑夜中交遇。现在设想其中一辆列车灯火通明，另一辆则漆黑无光。坐在黑暗列车里的人看通明的列车，看得一清二楚，但是明亮列车上的人看不到没有照明的列车中的人。凯鲁亚克就是这样，能够在我们的房间里看到我们两个，还有他自己的尸体。从他的此时此刻，从他的第二个身体看得到。所以我们可以把那种单向的、对方无法回视的眼光称作"凯鲁亚克的注视"以纪念我已故的情人。那种眼光穿透不计其数的轨道、景象和地域，延伸进入无限，不断深入渺无边际的永恒。你可以想象，那种眼光是永无止境的……

——那么，什么是同存性？——丽莎想知道，她的好奇心不知疲倦。

——那只有耶稣才能做到。同存性便是把第二列列车也照亮。可是凯鲁亚克做不到，所以他的灵性的身体在其他某种现实之中漫游，在我们附近的另一列列车中漫游。他能看到我们，但是我们看不到他……

——那你怎么知道他能看到我们？

——我知道，因为我们有约在先，他会给我一个暗号。

——快告诉我怎么回事，我像小孩子一样好奇！他给了你一个暗号？

——他给了。我就讲到此为止。

——我要告诉你，插在你头发上的这根一端雕着蝴蝶的钗子是中国人吃饭用的筷子，必有另一根与它配对。吃饭的筷子有一必有二。与你那根红木钗子配对的筷子便是在中国用作杀害你情人贺拉斯·凯鲁亚克的凶器！是你杀了他吗？他的尸体是在我们房间里你的床上发现的。

——你可别信口雌黄。那就是我在自己头发上插这根筷子的原因。它与断送我情人生命的那根筷子是一对"姊妹"。插上这根筷子是为了纪念他。他那边的人要是怀疑我，你想他们能轻易放手让我离开吗？他们要是怀疑上我，你我今天都不会在此地。

——跟我有什么相干？

——因为他们要你交代你是否知道我的意图。可是在唤我们去问话之前，他们已经知道是谁下的手。找我们问话不过是作一个尊重死者的表示，也是他们例行公事的一部分。再说，我没有任何谋害凯鲁亚克的动机。他在床上是个名副其实的男子汉。他有火热的精子，谁都比不上他。连你也比不上，好小伙子——莉迪亚透过叉子的齿缝冲着蒂奥多说。她的话说完了。

——别跟蒂奥多过不去——丽莎突然厉声说——至少别当着我们的面跟他过不去。放下那把叉子！我们也犯不着受你这一套。我们最好还是告辞！

丽莎说完便从桌边站起身。此刻我觉得无趣，把餐巾扔到桌上，一边说：

——好主意。我们告辞了，留下你们两个心平气和地私下里谈吧，不受外人干扰。我们在这儿碍事，让你们分心，谈不成想谈的事。

——不行！——莉迪亚不等我说完，转身对丽莎说：

——我的故事中也有你那位亲爱的丈夫的一份子。

——你是什么意思？——丽莎问，吃了一惊，她坐下了。她慢慢地，慢慢地转过身来看着我。那道眼光足以使人的耳朵枯萎脱落。在她的眼光中，她所有的名字，按辈分顺序，一个个扎进我的心：阿玛瓦、阿佐格、艾乌洛伊亚、伊哈、斯威夫特。最后她的别名，伊摩拉，也透过她的眼光给我鞭笞。面对从不同时代射来的火力，我呆若木鸡。

——确实如此，我亲爱的，不少男人没有胆量解脱我的贞操，他这个小子，也是其中之一，尽管我不止一次给他机会，我对他说过：与其是个陌路之交，还不如是你……

——我们快走！——丽莎大叫一声，又站起身来。像所有男人一样，我以为事情尚有挽回的余地，但是我也站起身来，实际上机会已经丧失，没有希望了。我们留下他们一对继续他们的故事……

后来他们之间发生了什么事，我没有过问。看丽莎的样子，好像什么事都没有发生过。可是从那时候起直到我去世，她跟我说话只说英语。那段时间说来不算长。

至于蒂奥多，我估计他和莉迪亚吹了，正合莉迪亚的意。他再也不提莉迪亚，也不提他的婚事。那么，莉迪亚呢？

她在睡眠中继续思索。

第四章

丽莎·斯威夫特的梦

一天早上，丽莎又一次向我复述她做过的梦：

我梦见我和我的丈夫想在一个院子里的什么地方睡觉。我们躺在地上，身上裹着毯子之类的东西。那个地方黑洞洞的，是泥巴地，但是不潮湿。我们挑选的位置好像在一幢小屋子旁边，也许是在谷仓或者鸡棚的边上，我们想找一个多少有些隐蔽的位置。在那儿我们算是安下了床位。我们在熟睡中被一个鬼影惊醒，它乘我们不备，正从边上的树林子里或者阴沉沉的空间中向我们走来，我们本来就害怕周围的黑暗环境。那个灰白的影子，像鬼魂一般，企图偷偷摸摸地接近我们。我朝它吆喝一声，它退回去了，但是不罢休。它又往前走来，这次像是要袭击我们或者赶我们离开所在的位置。我们绕着房子避开一点，但是它仍在驱赶我们，要我们离开，吓得我们魂飞魄散。我知道自己在对它大叫大嚷，它是否也在大叫大嚷，我不知道，它似乎不在大叫大嚷。但是它咄咄逼人，步步进逼。在它做出最凶猛的攻击时，我们能清楚地听到背后传来声音。我们铺位边的屋子开了一扇门，走出另一个鬼影，身子短小，但是也全身裹在白色之中。我们吓得六神无主，不知该对付哪一个鬼影才能保住自己。那时，大鬼冲着我们来了，我们闪身让

268

路，可是我们看到小鬼（不受我们的阻拦）正在朝它跑来。我们才意识到，这两具猛兽实际是母鬼和她的幼崽。我们做梦也没有想到自己挡了小鬼的道，它不能接近妈妈。

醒来之后，丽莎完全不懂这个梦。但是第二天她的梦变明白了。她梦见死亡。那个孩子，死亡的孩子，受我们的制约。如果我们不让孩子回到妈妈的身边，妈妈就会置我们于死地，这样她才能接近她的孩子。我们幸好允许她的幼崽回到她的身旁，或者说，为她让了道，让她畅行无阻，她这才留下我们的性命。

——下次我们也许会张皇失措，忘记给她让路——丽莎心有余悸地说，她问我：

——什么是死亡的孩子？

我不假思索地回答：

——死亡也许不是我们想象中的那么回事。谁能知道？也许完全是另一码事？死亡或许也有第二个身体，像我们一样？幼小的、尚未充分发育的第二个身体？也许我们都有两次死亡，却以为自己只能死一次？也许会一次又一次地死亡？……

做了这场梦之后，丽莎怕起我来了。每天晚上，她依然在脑中环绕我们的床画一个圈，但愿这个圈儿能够保佑我们。那个圆圈保佑不了我们。一天晚上，我们没让死亡的第二个身体去到它母亲的身旁。我死了。我们没作调整……

我的眼睑似乎越来越厚。心中开始涌出黑暗。我听到那种声音，事情发生了。世界变成水，七十年后，①我终于得以浮出水面进入梦境，宛如踏上岸来吸进一口空气……

我死了几天后，丽莎梦见她在伦敦广场前的十字路口遇到我。

——你好吗？——她问我。我给她看我的右臂，右臂没有手。我伸手似乎想与她握手，我伸出的不是手，而是一枝探水的树枝②——一种发现地下水的工具。丽莎醒过来，大为诧异，她心中的疑问无人能够解答。

——他在冥间失掉了一只手？死的时候，他的手完整无缺……

---

① 《圣经·旧约·诗篇》第90篇第10节说："我们一生的年日是七十岁，若是强壮可到八十岁，但其中所矜夸的，不过是劳苦愁烦，转眼成空，我便如飞而去。"帕维奇在2009年去世，享年八十岁。
② 西方有人自称具备特殊功能，双手持分叉的树枝可在干旱的地区发现地下的水源。

第五章

巴贝村附近的碉堡

丽莎在我的葬礼上见到蒂奥多·伊里奇·契息亚感到很意外。他的穿着规规矩矩，适合这个场合。他看上去很不错，极其殷勤周到。他是那种难得的人，腿骨结构和步态不会给笔挺的裤腿添加皱纹。他陪伴丽莎离开公墓，知道贝尔格莱德市里没有别人可以送她回家。他们去一家酒店喝点酒，她的眼泪夺眶而出。

——他是怎么走的？——蒂奥多问。她忍不住又哭了。丽莎拉着他的手，带他去我们在道曲区的公寓。

——这是干什么？你在刷白墙壁？——他们刚踏进房间，蒂奥多便不解地问。

——我就是要让你看看——丽莎说。

所有的墙壁都被架子覆盖，架子像是楼房外面的脚手架，不过是房间里面的脚手架，尺寸很小，好像建筑工人身高只有一英尺半①。这些架子是空着的书架子。甚至在旧书架的上方安装了新的书架子。那堵像鱼缸一样的玻璃墙之前也架起了书架子，鱼缸现在已经干枯，像沙漠一样。所有的书架空空荡荡，架子上没有一本书。

——我不懂——蒂奥多说，在一把椅子上坐下——为什么

双身记

所有的书架都空着？

——说到点子上了。他总是对我说，世界各地给他寄书来，都是他写的书。他说是出版商和读者给他寄来的。他订购越来越多的书架放书，心里急得很，怕没有地方放书的话，只得把这些书扔了。他每天上邮局去领邮件，领取他的作品。没有邮包来，但是他以为邮包已经到了。直到生命的最后一刻，他还觉得有邮包到了，子虚乌有的书得分门别类放上书架，他总是抱怨书架的空间不够……后来去年秋天，他说所有的书都飞出窗外，随着南迁的鸟儿飞到暖和的地方去了。他奔到街上，眼看着书本往南飞去。他说有些书在飞行途中撞在电线上，受伤后坠落到地上。他告诉我，他看到一本《风的内侧》②在水坑里痛苦地翻动，沾满了泥水。

*　　　*　　　*

葬礼过后四十天举行了纪念仪式。仪式完了以后，丽莎住在巴贝村。蒂奥多·伊里奇·契息亚经过我们家房子，向丽莎招招手，邀她去村里唯一的一家餐厅喝咖啡，那家餐厅叫"热火的乌鸦"。他们坐在一棵枫树下，喝着雀巢咖啡聊天，有意回避任何与我有关的话题。要是提起我，显然会加深此时的创痛。小花园中，在他们身旁，那只用后爪也会狩猎的猫正在玩

---

① 一英尺半约折合 46 厘米。
② 《风的内侧》是帕维奇在 1991 年出版的一部小说。

272

要。从他们坐的位置可以看到前面道路拐弯的地方，有一座混凝土建筑物，包围在树林之中。

——那边是什么？是个碉堡！——丽莎问，一边抚摸着那只猫。猫儿正围着她和她的椅子转来转去。

——那是以前德国人的一个防御工事。是德国人在第二次世界大战中盖的。撤退的时候，他们扣上挂锁就走了。1944年俄国人的部队企图摧毁这座碉堡，但是没有时间。没人利用这座碉堡抵抗，所以俄国人的部队继续向贝尔格莱德进军。游击队的军官进村以后，下令砸开碉堡上的挂锁。叫来了村子里唯一的锁匠，我的父亲，他轻易地砸开挂锁，可是发现碉堡厚实的钢门锁着，没有一把万能钥匙开得了。后来游击队在碉堡边上布岗，看以后怎么办。几个星期后，他们开拔走了，碉堡也就给遗忘了。后来，当地巴贝村里的人开始打碉堡的主意，猜测里面可能有什么东西。士兵的尸体？武器？第三帝国的金马克？种种揣想传来传去，最终全在严守碉堡秘密的钢铁和水泥上撞得粉碎。先是灌木和树丛遮盖了碉堡，接着是遗忘把碉堡掩埋……

丽莎若有所思地注视着碉堡对蒂奥多说：

——我总是想到战争。这种事，我们考古学家必须时时留心。没有战争，考古年份就不能准确推算。我想问你一个有关的问题。你认为谁是拜占庭人？他们以前住在这里。按当今考古专业的讲法，你在一定意义上说也属于他们的"联邦"。

——那是你能解释给我听的事，你是一个懂行的考古学家，古希腊地下遗迹的发掘者。

——我不说，你，蒂奥多先生，对他们有何想法？我丈夫的想法，我知道。但是你是怎么想的？

——拜占庭人是忘了如何航海的希腊人。

——你是什么意思？

——拜占庭人已经忘记他们原先是航海家，他们忘了希腊面临大海，记不得造船的方法，不知道船是干什么用的。拜占庭从来不曾拥有过船队。为了把小麦从保加利亚运到君士坦丁堡让拜占庭的首府有饭吃，他们雇用威尼斯的船队。城里最重要的加拉太区①守卫从金角湾进入君士坦丁堡的海上要道。那个区是热内亚人为了给他们的商船提供补给建造的。难怪君士坦丁堡的坚固围墙倒塌在乘船而来的攻城者面前，崩溃在两支强大的舰队面前——威尼斯的和土耳其的舰队。不过，那还不是故事的结局。你提到了属于所谓"拜占庭联邦"的其他一些国家，也就是说，塞尔维亚、保加利亚和俄罗斯，他们逃离咸水的海域，好像躲避祖宗的罪孽。

——还有杜布罗夫尼克②呢？

——你问得好。杜布罗夫尼克不一样。中世纪的塞尔维亚国王，几乎每一个都围攻过杜布罗夫尼克，想统治这个亚得里亚海边的罗马天主教共和国。它是个小国，但是拥有充足的外交和商业实力，牢牢掌握雄厚的资金（好比今天的瑞士）。它地理位置优越，贸易船队强大。塞尔维亚的屡次围攻都以同样

---

① 加拉太区地处伊斯坦布尔市金角湾北岸。
② 现克罗地亚的一个港口城市。

的原因失败告终。

——什么原因？

——塞尔维亚人不会游泳。

——果真如此？

——当然，这是打个比方。中世纪的塞尔维亚统治者之中没有一个拥有一支舰队，所以围城起不了作用，因为杜布罗夫尼克的市民从海上得到一切所需给养，能够抵挡来自陆地的围攻和袭击。俄罗斯的情况也一样。直到彼得大帝时，他们才建造舰队，而且他的舰队不是建在海上，他的舰队起初是在深入内陆的一个地点建造的，在河边的造船厂里建造的，那个地方叫做伏洛涅茨。①

——太有意思了！丽莎说完站起身要回家。

蒂奥多这时问她是否有他可以帮忙的事，有什么事可由他协助处理。丽莎说所有的事都已经办妥。说到这儿，蒂奥多主动提出一个新的建议。

——我想让你看一样东西。更准确地说，我要向你透露一个秘密。虽然你亡故的丈夫与我关系密切，这个秘密，我甚至没向他透露过。

——能有什么秘密？——丽莎问，她感兴趣了。

——就是那座德军碉堡。你跟我一起在碉堡里用午餐。我会准备一顿小小的宴席。你来就是了。只是走近那个混凝土鬼

---

① 自 1695 年起，彼得大帝在伏洛涅茨建造船厂，准备与奥斯曼帝国争夺亚速海。船厂位于伏洛涅茨河和顿河的汇合处。

双身记

窟的时候，不要引起他人过多的注意。

——你是在邀我到碉堡里去吃午饭？你一定是在开玩笑吧？我怎么进得去？用无后坐力炮？

蒂奥多放声大笑，递给她一把钥匙，一件精湛的铁制工艺品。像所有的钥匙一样，有一个把手，只是稍许长一点。但是钥匙的另一端刻成卐字形状。

——这是你打哪儿搞来的玩意儿？——丽莎问。

——我猜是这么回事，自己手工做的。用它开门，不费吹灰之力。

——整个村子的人绞尽脑汁、想方设法要打开碉堡，洗劫一空，可是没人得逞。那么长的时间里，好几十年了，就你一个人在这儿进进出出？

——当然如此，但是我没有捞一把，因为我从里边随便拿什么出去，人家一看就会知道。再说，你进去后自己看吧。

丽莎·斯威夫特按约定的时间到达碉堡时，几只黑猫像乌鸦一般在他们头上树枝里伺机以动。钥匙插进钥匙孔顺当得很，门锁毫不费力就开了。但是门却不容易拉开。丽莎踏进一步，意识到里面漆黑一片。她想找电灯的开关，突然灯火通明，把她吓了一跳，一时不知身在何处。她的面前摆着一张桌子，已经准备就绪，供两人用餐，刀叉酒杯一应俱全。饭桌后面有一个路易十六世风格①的小间，里面有一个沙发、一张写

————————

① 路易十六世（1754—1793，在位 1774—1792），法国末代皇帝。当时流行洛可式室内装饰风格。

字桌加上数量之多令人难以想象的酒和罐头食品。她注意到有法国库瓦齐埃①牌的科涅克酒，英国的尊尼获加牌威士忌，美国的波旁威士忌，还有各种法国和意大利的葡萄酒供挑选。酒的年份大多是 1938 年、1939 年和 1940 年。丽莎还注意到有鹅肝酱的罐头，鲑鱼和金枪鱼的听头。窗户下堆着 1944 年美军一日三餐的口粮盒子，像是黄、红、蓝色的砖块。黄色的早饭盒子用蜡密封（以防受潮——那时还没有发明塑胶），盒子里有一罐火腿炒蛋、咖啡、糖、奶粉，一包恰斯特菲尔德牌的卷烟，口香糖和小甜饼。午饭，除了上述几样，还包括一个鱼罐头和几根骆驼牌卷烟。晚饭吃得早，有奶酪、牛油、小甜饼、一只避孕套和果汁粉，还有一块巧克力和一瓶樱桃酱……

丽莎惊讶地发现传话筒还能用，通风系统也管用。显然，蒂奥多·伊里奇·契息亚一直在维修，所有设备都处于良好的工作状态。写字桌上有几本书，墙上似乎有人留过言。丽莎念了墙上的字，大为惊讶。墙上写着：

伊娃·莎士比亚②

丽莎走到写字桌边，看看桌上的书。有埃兹拉·庞德的

---

① 科涅克酒是产于法国西南部的一种白兰地酒。波旁威士忌泛指产于美国南方以玉米为主要原料的威士忌酒。
② 多萝西·伊娃·莎士比亚（1886—1973），美国意象派诗人埃兹拉·庞德（1885—1972）的妻子。二次大战期间，庞德充当了法西斯主义辩护士的角色。

书，还有奥斯卡·王尔德的《认真的重要性》①。

——德军士兵和军官肯定不读莎士比亚、庞德和奥斯卡·王尔德？——她心中纳闷，再看一眼墙上涂写的字，用心回想伊娃·莎士比亚究竟是谁。

这时候，她听到背后有人说话：

——那是埃兹拉·庞德夫人的名字——蒂奥多走进碉堡，解释说……

他们站在那儿，一时不知该做什么。他后来请她在两把扶手椅中的一把上坐下，对她说，三下五除二他就能把午餐做成。他动作飞快，熟练地打开一个罐头，点燃气化煤油炉，做了一份配鱼子酱的炒蛋。他打开罐子，取出鹅肝酱端上桌来，煎了几片面包，还送上一个小玻璃碟子的洋葱酱。最后，他斟了两杯香槟酒，请丽莎上桌。

吃饭的时候，丽莎·斯威夫特问蒂奥多他在巴黎干什么。

——什么都干，但是我喜欢去公墓。

——去拉雪兹神父公墓②？

——不错。

——去那儿干什么？

——我去看两个墓。

---

① 奥斯卡·王尔德（1854—1900），英国唯美派作家。这一章中提到他的两部主要作品：剧本《认真的重要性》（1895）和小说《道连·葛雷的画像》（1890）。前者讽刺浮华无聊的英国社会，后者描述唯美倾向和人性堕落的两重性。
② 拉雪兹神父公墓建于 1840 年，在巴黎东部。

——谁的？

——肖邦的，还有一个是你同胞的。

——？

——奥斯卡·王尔德……你知道的，他有段时间用跟我一样的方法谋生。我知道诗，笼统地说就是文字，可以赚大钱，就是跟他学的。

——？

——他出卖文学作品的构思，像我出卖古代的巫术一样。他的坟墓，要是你没有去过，是一座名副其实的博物馆。展品可以说天天变、时时变。他的读者把各种礼物不断送到他坟上，留在那儿。我去瞻仰他的墓地时，那儿有各种礼品：单只的女式高跟鞋、喝剩半瓶子的波尔多酒①、致拉雪兹神父公墓奥斯卡·王尔德的一封情书、题词献给他的一张裸体姑娘的照片、一瓶香水、蜜丝佛陀牌唇膏、用划过的火柴写在地铁票上的诗句、一条洒了纪梵希牌男用香水的手帕、一本 1936 年法语版小说《道连·葛雷的画像》、留着猩红唇印的纸片、一束头发……我在几个口袋里摸来摸去想找一下有什么东西好给他留下，可是没找到一件合适的。我又不愿意不留礼物就走开，那么多人给他留下了礼物。所以我最后掏出我的烟斗，装进烟丝点着了。我吸了两口，把烟雾缭绕、芳香扑鼻的烟斗留下给他。就这样，我与自己的烟斗告别。现在我抽的是这个便宜的烟斗……

---

① 波尔多是法国西南部一个城市。该地区的葡萄酒世界闻名。

双身记

　　——你说他卖什么来着？——丽莎问，双腿在桌下伸直，身子舒展开来。午餐已经结束，蒂奥多开始放音乐。我等候着将要发生的事，我知道这事迟早要发生，也许就会发生在这座碉堡里。

　　——你问他卖什么？这是个挺有意思的小故事。奥斯卡在某地一家酒馆里或者一条长凳上遇到一位法国作家朋友。那位作家坐在那儿苦思冥索，甚至没有注意到奥斯卡。

　　——你为什么事想得出神？——奥斯卡问。

　　——我在考虑新作品的题材。

　　——这事还用你煞费苦心？我有一大堆题材，其中哪一个都比你想出来的高明。要是你愿意，我就卖一个给你。

　　奥斯卡就把他那些题材中的一个卖给了他的法国朋友。他的朋友用这个题材写了一部小说，交给出版商印刷。此事引出一场轩然大波。当时有位著名的法国剧作家正有一部新戏在一家法国剧场上演。这位法国小说家发现戏中采用了他刚在小说中用过的题材，大吃一惊，气得脸色发白。他攻击剧作家，指控他从出版社里偷走了他的题材。

　　——这事后来怎么了结？

　　——什么事也没有。是奥斯卡·王尔德把同一个题材卖给了他们两个人。

　　——所以你卖意大利的谶语魔诀，也是谁要就给谁，来者不拒？

　　——并非如此，也可以说，是这样。但是我小心区别对待。老实说，那些魔诀是假的。

——假的？

——对你，我可以明说。可是你得记住，这话要是传出这座碉堡，你就毁了我的生财之路。尽管这种交易至今历时已有三百多年，那些符咒谶语分文不值。那些话据说是伊特鲁里亚语，实际不是。所有的魔诀是同一个整体中的各个片段，不过是为了多赚几个钱，才分割成几段，一段一段分别买进卖出，像以前出卖名家的画一样（说来当今有时也这样卖），一幅画割成小幅，分别出手。这些"功效神奇"的口诀，每一段都有自己的名称。有一段以"阿耳特弥斯的信"的名称出售，听上去是这样的。

蒂奥多拿起一张纸片，在上面写了一些字：

atto' tseuq ehc ero' uqnic ertlo uip rei

——另外一段魔诀，通常称作"吉佩拉的笑靥"，乍看不知所云，而且价格最昂贵，因为大家说里面还包含一个数字……最后是我搞到手的第三段，有人称之为"马利亚的印记"——蒂奥多说完，递给丽莎一张纸条，上面写着以下文字：

attor uf aiv al iuq ehc eipmoc inna

虽然几百年来高价买进卖出，有时甚至付出血的代价，这些符咒一文不值。对着镜子念一遍这些魔诀，你就明白了。你能看出，这些诗句是古意大利文，但是年代晚于古代西西里诗人，比如，康皮乌塔①，吟诵用的意大利语。对着镜子，这些诗句很容易念，很容易看出它们全是按三韵句②格律朗诵的诗句——那种格律曾经流行一时。

蒂奥多接着用优雅的托斯卡纳口音朗读诗句：

Ier piu oltre cinqu' ore che quest' otta

Anni compie che qui la via fu rotta

——让我讲完——他说——这些是来自但丁《神曲》的诗句，可以在"地狱篇"第二十一歌中找到。③内中提到横跨"第六断层"那座桥崩塌的日期。④这段石桥在基督进入阴间的时

---

① 康皮乌塔·唐采拉，据说是意大利最早的女诗人，大致生活在十三世纪中期。

② "三韵句"是十三世纪在意大利流行的一种诗体，每行六个音步，三行一节，按 aba，bcb，cdc 的规则押韵。

③ 但丁（1265—1321），意大利诗人，文艺复兴的先驱人物。此书中的三段"秘诀"出自但丁《神曲·地狱篇》第 21 歌第 112 至 114 行。诗人维吉尔引导但丁进入地狱，目睹贪官污吏在地狱第八圈第五断层受罚。一个恶鬼对但丁说：

　　Ier piu oltre cinqu' ore che quest' otta,

　　Mille dugento con sessanta sei

　　Anni compie che qui la via fu rotta.

昨天，比此刻迟五个小时，

正是这里的这条道路

断裂了以后的一千二百六十六年。（朱维基译）

这一节说的道路断裂发生在耶稣受难的时刻。由此推断耶稣受难在恶鬼说此话前一千二百六十六年又一天加五个小时。

④ 见于《神曲·地狱篇》第 21 歌。恶鬼告诉但丁，前方第六座桥已崩塌，他们必须走山脊边的小路去下一个断层。

候崩溃了。有人说在但丁把这些写进他的诗作之前，已经有这些句子，是扶乩占卜用的秘诀，用作估算基督在哪一天到达冥府。是否能用它们发现基督第二次降临世界的日期，我不知道，但是我知道要实施巫术，它们帮不上忙。

——难以想象，那么长时间居然没人发现诗句的出处？

——没人发现这个骗局，因为这些句子写下来的时候，总是颠倒着写的，从尾写到头，从右写到左。而且用假魔诀算命总是还得有另一种魔力的配合。据说诗句有助于利用某种戒指和圣水算命，揭示人生中是否会有幸福、健康或爱情。我不知道来自圣母马利亚之泉的水是否会带来健康、爱情或幸福，也许它确实会给我们的某种第二个身体带来健康、爱情或幸福。石头戒指也一样，我从来没见过，但是其中也有它的作用。可是我确确实实知道，我和别人出售的，妄称可使巫术灵验的那些诗句、魔诀或谶语分文不值。以前的船锚，一代传一代给后辈作遗产或嫁妆，它们的价值要高得多。

——那么你想卖给我丈夫的那句魔诀呢？女人想要跟哪个男人生孩子，就在他耳中轻声念的那道魔诀呢？你称之为"吉佩拉的笑靥"。你愿意卖给我吗？

——我不愿意。

——为什么？怕我拿来滥用在你身上？

蒂奥多听到此话，放声大笑。然后他拥抱丽莎·斯威夫特，并且吻她。

接吻的时候，丽莎对他念了一道魔诀。只因为他是个男人，蒂奥多听到了魔诀也没有作罢。在接吻之际，丽莎念出一个数字：

——*Mille dugento con sessanta sei*

他们结合为一体，他穿透她身体的光晕，往她的身子里注入他自己的光晕。在整段时间中，她不断地重复这个数字：

——*Mille dugento con sessanta sei ... Mille dugento con sessanta sei ... Mille dugento con sessanta sei ...*

*   *   *

交欢既止，他们躺着，似乎奄奄一息。她躺在那儿，臀部作枕，垫在背后；他躺在那儿，仰面朝天，终于打破了寂静。

——你怎么知道"吉佩拉的笑靥"？

——我知道很久了。我在以弗所发现的。那时，它只不过是个数字而已，1266。数字边有一条意大利文的短语，*Sorriso di Kebela*，我把它翻译成"吉佩拉的笑靥"。所以我把数字也译成意大利文。我大声念出这个数字：*Mille dugento con sessanta sei*。这些字提醒我什么事，但是我不知道是什么事。今天你在引用但丁"地狱篇"中诗句的时候，提到"吉佩拉的笑靥"，我记起自己在什么地方念过这一段，顿时恍然大悟，你留下三韵句的中间那一行诗不说，就是那句 *Mille dugento con sessanta sei*。你卖的"吉佩拉的笑靥"那一句。纱巾终于全部落下。

——从哪里落下？——蒂奥多问，向丽莎抛去的那张笑脸烧燎她的耳朵。

——刚才你在我面前故意扣下不说诗中那句保证女人受孕的话，因为你要用它赚钱，把它卖给什么人……尽管你深信它分文不值……这也许就是为什么你不向我开诚布公？

说完，丽莎抬起身子，因为烟瘾者烦躁的感觉在影响她，这种作用正在变得越来越强烈。

——我问一下，碉堡里有通风设备吗？我能在这里抽烟吗？

不等回话，丽莎的手伸进提包，想取出香烟。她突然大叫一声，香烟撒落到地上。她盯着提包里的什么东西，惊愕不已。

——有蛇？——蒂奥多说，哈哈大笑。

——别笑，别笑！不是好笑的事。瞧，我已故丈夫的戒指变色了！

丽莎·斯威夫特从包中取出她的手绢。我的戒指系在她的手绢上。我过世以后，她一直随身带着我的戒指。自我收到戒指以来，它确实第一次变了颜色。它显出红色。我活着的时候，它在我的手指上始终是黑的。黑色意味着它无可奉告。现在它突然变成了红色。

——戒指变色是什么意思？——蒂奥多问，声调让她镇定下来。

——要看颜色而定。

——现在变出红色，是什么意思？

——意思太可怕了！意思是说我丈夫现在幸福了。

——你怎么说他现在幸福了，他已经死了四十多天了？

——那你说是怎么回事。可是戒指说的就是这意思,一点不错。太可怕了!他在什么地方感到幸福?他能看见我们这样搂抱在一起?

丽莎挣脱蒂奥多的双臂,站起身来……她两眼茫然,一如碉堡里桌子上那两只香槟酒杯。

——他要是能看到,怎么会幸福?

——等一下——蒂奥多让她镇定下来——那全是胡诌,像我的魔诀一样!

——也许是你对,但是这只戒指不会胡说。它确确实实会根据人体散发的能量变换色彩……

——人体散发的能量?你知道你刚才说了什么吗?——蒂奥多惊异地问。

丽莎几乎听不到他的话。她本来就受不了别人的盘问,也不想回答别人的盘问。她不作答复,窜出碉堡拔腿就往家里跑,一路上把戒指举在眼前。

第六章

颈上的吻

　　她一下子倒在我们家平台上的一把柳条椅子里，把戒指放到面前的桌子上。虽然这是一只红色的戒指，她看着戒指，几乎认不出来。也许戒指确实根据我身体发出的信息变换了色彩，按照我的第二个身体，灵性的身体的信息改变颜色。戒指也许说的是真话。不管怎样，丽莎想，我，她的丈夫，现在也许真正感到幸福，可是不在这个"此时此刻"，她的"此时此刻"，感到幸福，而是在我自己的某种新的"现在"感到幸福。这时，丽莎突然听见那条音线从高空落到她的身上，丽莎想：

　　——也许是有人要跟我说话……

　　音线被另一种声音切断。那种声音进入她的一个耳朵，从另一个耳朵出去。在惊慌中，丽莎开始深呼吸，吸气越来越深，变成我们在巴贝村家这个平台上做过的那种呼吸操。吸进几口气以后，丽莎感觉自己分身了，像她以前的感觉一样。现在她可以看见自己坐着，背靠在柳条椅上，乌黑的头发宛如一顶毛皮帽子。她甚至可以看到身后窗台上有一瓶白葡萄酒，能看清标签上的字：多瑙河之魂。正在注视她的那个人不但能清晰地看到丽莎，而且还能看到过去和未来。但是在过去和未来之间，此人没有一个"现在"，没有一个"此时此刻"。这样丽莎认出了正在观察她的那个人。那是我。是我自己在注视着坐在柳条椅上的丽莎。丽莎不但能眼观我的眼中所见（也就是说，她），而且还能思辨我的脑中所思，感觉我当时的感受，就像在以前的梦中一样，丽莎变成我，我变成丽莎。现在看来她像是我，她知道，我的能量在我去世以后依然存在。现在她看到这一切，仿佛透过一道泛红的纱巾，像我以前的感觉一样。

现在真相大白了：戒指告诉我们的是某种第二个身体的幸福、爱情或健康，不是我们此时此地的身体。戒指不说假话。而是由于那个第二个身体释放的能量，出现了新的情况。

在我的一生中，躯体里禁锢着这个微不足道的、战战兢兢的灵魂，好像它是一个奴隶。现在一切天翻地覆地变了样。不管我是谁，不管我身在何方，我心中发生了巨大的变化，我的时光已经翻出内侧，像是从袖管中抽出衬里。我的灵魂已经冲出奴役它的躯壳，我的灵魂已经历某种大爆炸。借着去世后的能量，我微小的第二个身体，畅快、年轻、幸福的身体，正在它广阔的魂魄里，像在宇宙中那样，遨游。它追逐一滴时间、一滴水。它渴求时间和永恒的黄金交切，渴求在这个相交点上吮吸圣母的眼泪，以滋养新的"现在"……

——那才是宇宙的真实形态——丽莎想到就喊了出来。我的戒指又一次在她眼前变换颜色，现在又是全部黑色。丽莎也不再分身两个，但是我们两个人之间的频率没有完全割断。与我第二个身体失去联络的同时，丽莎觉得颈脖上似乎微微发痒。她摸摸颈脖上那个地方，感觉那儿像是被触摸过后留下了一个印记。发痒的感觉分四个叉向外扩散，形状好比希伯来文中的字母"辛"。丽莎知道如何解读亲吻，她读懂了。读者一定也回想起来了。

从我的亲吻中，阿佐格·伊哈·丽莎发现以下的寓意：

尽你所能，欢欢喜喜！

后　记

　　这样的一本书，读到结尾，现在是读者必然提出疑问的时候了：

　　——要是如你所说，你已经去世了，这本书是谁写的？

　　答复很简单：

　　——在你的书房里，已故作家的书不是多得是吗？你并不在乎。然而现在，突然之间……你问书是谁写的？

　　——那不是同一回事——你会理直气壮地说——他们写书的时候还活着，后来才死的。要是你还在写小说，你就还没有死。

　　——你在说什么？我还没有死？对了，那便是这本书一直在对你说的话，说我没有去世，说在某一个地方，我们大家都没有去世。不过，因为我相信读者总是对的，因为文学是由读者，不是作家，引入未来的，所以我要补加一个说明。

　　这本书当然不可能是我自己写的，理由就是你说的。读者不至于傻得看不出谁是这部小说的作者。这本书是我的妻子在

我去世以后写的，用她的母语英语写成的。本书的作者是伊丽
莎白·阿玛瓦·阿佐格·艾乌洛伊亚·伊哈-斯威夫特，别名
伊摩拉。

译后记

　　塞尔维亚作家米洛拉德·帕维奇（1929—2009）在这部小说中提醒我们，人身上兼有两种实质，也就是说人有两个身体。一个人到底有几个身体？我们或许都听说过，许许多多人也相信，人不只有一个身体。人可以分身，可以复活，可以转世。除了血肉的身体之外，人还有一个精神的身体，《圣经》中称之为"灵性的身体"。帕维奇在小说的开端告诉我们，他已经离开人世了。逝世以后的他（他的第二个身体？）给我们讲述了一个双重身体的故事，这就是《双身记：一部虔诚的小说》，披露他本人以及其他有趣人物分身的秘密，触发我们对血肉和精神双重本质的探索。

　　中国读者最初了解米洛拉德·帕维奇是在1994年。那一年，《外国文艺》杂志刊登了他的小说《哈扎尔辞典》的节选本。《哈扎尔辞典》是帕维奇在1984年发表的第一部长篇小说，是他的成名之作，也是他一生中影响最大的文学成就。小说以帕维奇首创的辞典格式从基督教、伊斯兰教和犹太教三个不同的角度复述哈扎尔人在七至十世纪期间的种种传奇和梦境。小说发表后，作者别具匠心的辞典格式、非凡的想象力和独特的文笔立即引起世界文坛的瞩目。《外国文艺》发表《哈扎尔辞典》后大约不到两年，中国就出现了一部章法与其十分相似但是土生土长的中国辞典小说，颇受中国读者的欢迎。由此引发的文学评论以至笔墨官司一直传到遥远的贝尔格莱德。据帕维奇夫人回忆，帕维奇听说中国也有了帕维奇式的辞典小说，感到高兴。这段往事至少可以说明，二十多年前的中国读者就对帕维奇式的章法构思和想像力十分敏感，非常赏识。2013 年，《哈扎尔辞典》全文中译本出版后的反响又一次证明帕维奇对中国读者确确实实具有巨大的魅力。

宗教小说还是爱情小说？

帕维奇说过，他的第一部小说《哈扎尔辞典》和他的最后一部小说《双身记》是他自己最喜欢的两部作品。在他二十世纪的创作中，他最喜欢的是《哈扎尔辞典》；在他二十一世纪的创作中，最喜欢的是《双身记》。《哈扎尔辞典》从三大宗教的视角求索人生的三重真相，《双身记》探视生前死后的人生真相，两部作品都是"宗教小说"。早在 1998 年接受希腊采访者萨纳西斯·拉拉斯的采访时，帕维奇自称"是最后一位拜占庭人"。直到 2009 年逝世，他始终是一位虔诚的信徒，在精神领域内孜孜不倦地探索。

"宗教小说"是在阅读《双身记》的过程中不难进入的一个层次，因为任何关心灵魂纯洁的读者，都可以说是广义的

双身记

"信徒"。但是，读者先得读完三段男男女女的故事之后方能领悟其中的"宗教"涵义。这三段离奇的恋情占据书中的主要篇幅，交织成另一个十分醒目的层次，我们也许可以称其为"爱情小说"。是什么原因触动帕维奇创作这部双重主题的小说呢？

帕维奇构思《双身记》的灵感，据他夫人回忆，起始于2000年1月1日。那天，帕维奇和他的夫人雅丝米娜·米哈伊洛维奇正在收看电视转播的法国米歇尔山大教堂中的千禧年首次弥撒，讲道的题目是耶稣复活后的第二个身体在今后一千年内意义何在。（书中说那天是复活节。）这个题目深深吸引了帕维奇。在科技发达的今天，如何面对人的精神或灵性仍是一个有普遍意义的重要问题，对他这位最后的拜占庭人来说尤其如此。帕维奇马上开始查阅《圣经》和其他古代文献，看看其中有哪些有关现代人复活的预言。生活在二十一世纪的人应该如何对待自己的第二个身体、"灵性的身体"？去世后，他自己会不会出现在第二个身体中？他留下的爱妻怎么办？他死了以后能不能与妻子交流？在帕维奇与夫人交流种种想法的时候，雅丝米娜·米哈伊洛维奇要求丈夫答应把这部小说作为送给她的礼物。作为对她爱情的信物，雅丝米娜希望这部小说有个幸福的结局。《双身记》之所以表达宗教和爱情的双重主题，不是由于情节的撮合，而是源自作者和他夫人长期的精神探索和共同生活。

小说的构思始于2000年，但是其中一个基本的宗教涵义1991年就已经出现在帕维奇的第三部长篇小说《风的内侧》

中。在那部小说中，作者说，时间是撒旦的创造，而永恒是上帝的创造。生命的意义取决于时间是否与永恒相交。他的这个想法15年后在《双身记》中得到更进一步、更详细的阐述。《双身记》的第一版是在2006年完稿的，新编增补版是在2008年完笔的。修订增补的主要是宗教方面的内容，包括作者对《圣经》之外文献的研究。这位最后的拜占庭人对人生如何走向永恒的思索长达20余年。在这个意义上，这部小说也可以说是帕维奇对自己人生的一个总结。至于他答应给他妻子的幸福结局，译者不便妄加评论，请读者自己留意琢磨、玩味吧。

文学史实

小说中的三段恋情各自以一位确有其人的塞尔维亚文学家为主角。其中一位，扎哈里亚·奥弗林（1726—1784），在十八世纪中期的威尼斯从事文学创作。另一位，加伏列尔·斯蒂芳诺维奇·凡茨洛维奇（约1680—约1749），主要活动在十八世纪的前半期，在奥地利统治下的匈牙利境内颠沛流离，从事创作。书中唯一的一位当代塞尔维亚作家，便是生活在二十与二十一世纪之交的作者本人。纵观这三位作家的创作史实，说《双身记》是一部以塞尔维亚文学为题材的小说也不算牵强。这里还要提请读者留心，帕维奇在小说中的妻子是根据他夫人的原形而创造的人物。雅丝米娜·米哈伊洛维奇本人是一位作家和评论家，对《双身记》的成形有不可忽视的特殊影响。

双身记

　　帕维奇在大学任教期间，对上述两位十八世纪的塞尔维亚作家有过深入的研究，发表过有关的论文和专著来介绍他们对塞尔维亚语言和文学发展做出的重要贡献。书中那位当代的塞尔维亚作家显然是作者本人的化身，他在书中多处提及自己的其他长篇和短篇小说。上文所说的《风的内侧》便是一例，《哈扎尔辞典》是另一个例子。尽管《双身记》与帕维奇其他作品间的内在联系始终没有明说，读者不难发现，或者推断，这个人物暗喻的作品几乎全部是帕维奇本人的长篇或短篇小说。在帕维奇的所有长篇小说中，《双身记》是唯一的一部其中主要的角色不是纯粹的想象的小说。这三位主人公的文学活动是塞尔维亚文学发展中的史实。对斯拉夫文学有特殊兴趣的读者可以在这些蛛丝马迹中理出头绪，更深入地了解帕维奇对塞尔维亚文学发展以及斯拉夫情结演变的看法。在宗教和爱情的双重主题之间，作者巧妙地编织进了塞尔维亚文学史中几段重要的篇章，直至当代二十一世纪。就帕维奇个人来说，这部小说也可以说是他创作生涯的总结。

　　如果人不只有一个身体，那么一位作家的第二个身体会是什么模样？能不能说，作家把灵性灌注进自己的作品，所以作家的创作就是血肉身躯之外的另一具身躯，一个"灵性的身体"？帕维奇在《双身记》中回答了这个问题。他说，他的作品是他的"第二个身体"。帕维奇的这部"宗教小说"允许读者自行选择理解和欣赏的角度。每个读者可以自行选择从一个或几个角度或层次来解析这位虔诚的"最后一位拜占庭人"，只是不要忽视了在小说各个侧面、各个层次中时时闪现的他那个"灵性的身体"。

章　法

　　帕维奇小说的章法毋庸置疑是一个当代传奇。他说过一句简单的话来概括自己的小说章法："我的小说没有传统意义上所说的开端和结局。"他在1984年发表世界上第一部辞典小说《哈扎尔辞典》。（说它是"辞典"其实并不精确，小说更接近于"百科全书"的格局。）全书包括代表不同宗教观点的三部分册，环绕哈扎尔历史中一场宗教大论战总共收录了44个词条，不算多。其中不少词条在三部分册中重复列入，以便对照。分册不分前后，词条解释互不连贯。读者可任选一部分册开读，也可任选一个词条开读。在不同语言的译本中，按字母顺序编排的词条次序不同。这部前无开端、后无结尾的怪书居然是一本全世界读者拿得起、放不下的好书！他的第二部小说《茶绘风景画》于1988年问世，又是一本章法新颖、出其不意的奇书。小说的第一部有条不紊地交代主人公的前半生。翻开第二部，读者才发现主人公的一生原来是个字谜，由22个方格组成，相应于第二部中22个不连贯的片段。读者如果把作者提示的片段放进横排的方格，便有四个自左往右展开的长故事供选读。要是把提示的片段放进竖排的方格，便有七个自上往下发展的短故事供选读。（横排和竖列实际分别为两个拼字游戏。）引用这两个例子是要说明，读帕维奇小说的人有选择情节和结局的自由，也可以说有选择情节和结局的责任。读者与

双身记

作者在小说中互动，共同创作变化多端的故事和结尾。继辞典小说、字谜小说之后，他写的第三部小说是沙漏小说，第四部是纸牌算命小说，如此等等，见多不怪。到那时候，评论文章已经少有"首创先河"的惊叹，帕维奇章法之奇特已是世界文坛上众口一致的公论。

帕维奇为何要取消"传统意义上所说的开端和结局"？他认为，从开端到结局的"单向道式"阅读方式在今天已处于危机之中，因为读者受制于从一个开端到一个结尾的死板格式。在《小说的开头和结尾》一文中，他说："我试图改变阅读的方法，提高读者在小说创作过程中的角色和责任。"要改变阅读的方式，作者必须先改变写作的方式，必须摆脱"单向道式"的章法。所以，帕维奇写小说总是仿佛在捕捉不听从时序支配、不接受情节指令的梦。说他写书，不如说他写的是错落无绪、出乎预料的一个个片断。排除常规的开头和结尾之后，他得以随意构架梦幻中的逻辑，挑动读者的想象，勾引读者移身进入奇妙的境界。

以上的描述适用于帕维奇所有的长篇小说，唯独《双身记》不在此列。《双身记》中的三段恋情基本都是按照时间的推移成文的。全书分五部分。第二和第四部分别讲述两位十八世纪作家的故事。那位二十世纪作家的爱情故事被分割成第一、第三和第五部分。粗看起来，似乎又是他惯用的"时空交叉、盘根错节"的章法。仔细读来，三段爱情故事各自有头有尾，线路清晰，井井有条。原来，他的夫人事先对他提出过要求：作为对她爱情的象征，《双身记》要为她而写，要写成一部"非帕维奇式"的、正常的、按时间先后有条不紊展开情节的小说，而且要有一个幸福的结尾。这就是为什么帕维奇的最后一部小说采用了不同于以往的写法。除了初稿完笔后添加的一节，所有章节均按三条情节的线索按部就班写成。奇怪的是，这部"非帕维奇式"的故事读来像迷宫般的、"帕维奇式"的其他作品一样曲折离奇，同样是一部读者拿得起、放不下的好书，一部看完忘不了、要回头再读的奇书。

没人知道为什么帕维奇的夫人要一本"非帕维奇式"的小说，但是我们知道，献给雅丝米娜·米哈伊洛维奇的《双身记》给了她一个出乎她意料的、帕维奇式的幸福结局。

英译本和中译本

《双身记》的中译本是根据2012年在贝尔格莱德出版的新编增补版英译本翻译的。在翻译过程中，我们有幸得到塞尔维亚族的语言学专家塔悌亚娜·伊利奇博士 (Dr. Tatijana Ilic) 的大力协助。她为我们耐心解答了许多有关塞尔维亚历史文化背景的疑难问题。在此，我们向她表示由衷的感谢。原书中出现包括汉语在内的近十种外语。原文引用的外语单词、短语、标题或段落，英译本中全部不加注释，有几处仅作音译处理。在伊利奇博士的指导下，我们尽力而为，把这些非英语的词句和段落译成了中文，为中国读者清除疑点。我们还酌情添加了宗教、地理、历史和文化方面的简单注解。中译本中若有不妥之处，一概归咎于译者。为反映原作特色，原文的标点符号基本不改，所以中译文的标点符号不完全符合汉语的规范用法。

帕维奇原著的文字魅力，据他自己分析，归功于两个源头：一是塞尔维亚民间口传的文学，包括民歌和谚语；二是拜占庭传经布道的悠久传统。他笔尖流出的文字源自他自幼聆听的塞尔维亚口语。一个好听的句子自然而然便是纸上好读的句子，这是一代又一代巴尔干民间故事口传者和东正教教士传授给他的诀窍。这也是中文译者面对的最大挑战，因为我们对于塞尔维亚语的音质和乐感没有直接的感受。英译者采用现代口语处理一般的对话和自白，但是换用模拟的中世纪英语翻译东正教的宗教语言。我们希望中译本也能让读者在视觉阅读的过程中多少感受到生动的听觉效果。帕维奇笔下的人物得力于斯拉夫口头文学的传承，无论登台布道还是讲个鬼故事，句句动听，有腔有调。读者试一试，看看《双身记》的中译本能不能用耳朵听？

合上《双身记》，你也许会觉得帕维奇没有给你一个完美的答案。但是你会思索人是否只有一个身体。除了血肉的身体之外，是不是还有一个精神的身体，《圣经》中所说的"灵性的身体"？第一个身体的健康、爱情或幸福意义何在？第二个身体的健康、爱情或幸福意义又何在？推动读者的这些悬念，时而虔诚，时而也许不那么虔诚，但是始终有趣引人，发人深省。早已与世长辞的帕维奇（他的第二个身体？）还在继续与爱妻谈心。他的善良、幽默、狡黠的眼光对着雅丝米娜·米哈伊洛维奇微笑。他明亮的眼睛透过字字句句也在对着中国的读者微笑。他在问我们："你想过没想过第二个身体，'灵性的身体'？"我们如何答复自己？

最后，我们要感谢上海译文出版社的编辑龚容女士。她在2015年远赴贝尔格莱德独家采访帕维奇的夫人雅丝米娜·米哈伊洛维奇。我们的前言引用了她尚未发表的专访内容，特此祗谢。

张叔强、叶逢
2016年复活节

图书在版编目(CIP)数据

双身记：一部虔诚的小说/(塞尔维亚)帕维奇
(Milorad Pavic)著;张叔强,叶逢译.—上海:上
海译文出版社,2017.12
书名原文：SECOND BODY：Pious novel，New
expanded edition
ISBN 978 - 7 - 5327 - 7432 - 6

Ⅰ.①双… Ⅱ.①帕… ②张… ③叶… Ⅲ.①长篇小
说-塞尔维亚-现代 Ⅳ.①I543.45

中国版本图书馆 CIP 数据核字(2017)第 085104 号

图字：09 - 2013 - 631 号

双身记：一部虔诚的小说

[塞尔维亚]米洛拉德·帕维奇 著 张叔强 叶逢 译
责任编辑/龚容 装帧设计/柴昊洲

上海世纪出版股份有限公司
译文出版社出版
网址：www. yiwen. com. cn
上海世纪出版股份有限公司发行中心发行
200001 上海福建中路 193 号 www. ewen. co
上海盛通时代印刷有限公司印刷

开本 890×1240 1/32 印张 9.75 插页 5 字数 141,000
2017 年 12 月第 1 版 2017 年 12 月第 1 次印刷
印数：0,001—8,000 册

ISBN 978 - 7 - 5327 - 7432 - 6/I • 4529
定价：60. 00 元